Bruno Morchio
Wölfe in Genua

metro

*Meiner Mutter und
ihrem Eigensinn gewidmet*

Maccaia, du Scheusal aus Licht und Wahn, Dunst,
Fischen, Afrika, bleierner Müdigkeit und Träumerei.
Paolo Conte, *Genua für uns*

1
Ein Detektiv, der keine Unterhosen trägt

Ein Zischen, kaum lauter als das wohlige Seufzen einer Frau, die aus dem Schlaf erwacht. Anfangs nur ein Flüstern, schwillt das Geräusch langsam zu einem lauten Brodeln an, um schließlich in einem satten Gurgeln zu verebben. Ein wunderbarer Duft erfüllt den Raum. Egal, wie hart der Tag auch werden mag – ein Lichtblick zu Beginn. Ein letztes röchelndes Blubbern, und es ist wieder still.

Der Espresso war fertig. Ich war bereits mit schlechter Laune aufgewacht, zur Arbeit fehlte mir jede Motivation. Und das am Montag, einem von unzähligen Montagen. Das Leben entgleitet dir, dachte ich, und du tust nichts dagegen. Du lässt dich einfach treiben, ohne Zweck und Ziel. Früher war ich an diesen Gedanken fast verzweifelt. Heute nicht mehr. Inzwischen war ich zur Einsicht gelangt, dass es in meinem Alter nicht mehr darum geht, was man aus seinem Leben macht. Das Problem ist vielmehr: Was hat das Leben aus einem gemacht?

Während ich den Espresso in die Tasse goss, spürte ich den roten Bademantel auf der Haut kleben. Heißes Wasser, Kaffeeduft: Es reichte nicht, um das Gefühl von Verlorenheit zu vertreiben, das trotz Dusche an mir haften geblieben war. Ich beschloss, auf dem Balkon zu frühstücken, um das erhabene Bild der tauglänzenden Schieferdächer Genuas zu genießen.

Der Schirokko hatte den Frühling aus der Stadt geblasen. Ich bewegte mich in Zeitlupe, träge von der salzgeschwängerten, feuchtheißen Luft und von der lähmenden Langeweile. Es war noch früh am Morgen, aber schon drückend schwül, fast tropisch. Vielleicht schon eine Folge von Luftverschmutzung und Treibhauseffekt? Wer wusste das schon.

Als wir noch zusammen waren, hatte mich Mara immer scherzhaft »Krokodil« genannt. Ihrer Meinung nach war ich gepanzert gegen Schmerz. Ich kenne nur Schuldgefühle, konstatierte sie. Selbst mein schlechtes Gewissen sei bloß ein leichtes Unwohlsein, nachdem ich mal wieder meine Gelüste befriedigt hatte. Sie musste es wissen, denn sie war vom Fach. Kinderpsychologin. Sie durchleuchtete ihre kleinen Patienten, die den Spaß am Leben verloren hatten. Aber es war noch nicht zu spät. Mara bog die Fehler der überforderten Eltern wieder zurecht, die mit den Widrigkeiten des Lebens nicht klargekommen waren. Dottoressa Mara Sabelli. Drei Jahre hatten wir uns nicht gesehen. Sie besaß die Gabe, jedes Gefühl in Worte zu fassen. War ich nicht glücklich, streifte sie die Untersuchungshandschuhe über, fokussierte meinen Gemütszustand in ihrem geistigen Mikroskop, zerpflückte ihn, klassifizierte ihn und versenkte ihn schlussendlich in Formalin. Keimfrei. Die Serienkillerin der Gefühle trug einen weißen Kittel. »Was Gefühle angeht, bist du ein Analphabet, Bacci.«

Wohl tausendmal hatte ich das in unseren gemeinsamen sieben Jahren gehört. Eine ernst zu nehmende Diagnose, immerhin stammte sie von einer Expertin, die den Hypothalamus wie ihre eigene Westentasche kennt. Hatte sie tatsächlich nicht erkannt, dass mein Leben eine Kette schmerzhafter Erinnerungen war? Sie haften an mir, vor allem nachts, wenn allein das Bettlaken für ein wenig Behaglichkeit sorgt.

Trotzdem lag Mara mit dem Krokodil nicht falsch. Denn selbst wenn sie im Schlamm gespannt auf Beute lauern, wirken diese Tiere träge. Und genau so fühlte ich mich an diesem Morgen: wie ein Krokodil im Sumpf. Ich saß im Korbsessel auf dem Balkon und nippte an meinem Espresso. Dabei ließ ich meinen Blick vom Meer bis zum Glockenturm von San Silvestro schweifen, der im milchigen Morgenlicht nur schemenhaft zu erkennen war. Doch das Bild war nicht vollständig: Die »Eiche der Benediktinerinnen« fehlte. Bis vor Kurzem hatte im Garten der Architekturfakultät eine uralte Steineiche gestanden. An Winterabenden war sie Treffpunkt der Stare gewesen, im Sommer hatten die Studenten in der Mittagspause unter ihrem gewaltigen Schattendach gesessen. Vor drei Monaten, am 28. Januar, hatte man sie gefällt. Ohne Vorankündigung und ohne ersichtlichen Grund. Bis zu diesem Tag hatte die Eiche einen Teil des Glockenturms verdeckt, der jetzt in voller Pracht vor den Fenstern meiner Wohnung aufragte.

Meine Wohnung. Mein Kokon. Meine Festung. Sie hüllt mich ein wie mein roter Bademantel. Büro, Wohnzimmer, Schlafzimmer, Kochnische, Bad. Plus ein komplett ausgestattetes Zimmer für meine Tochter. Noch immer unbenutzt. Nach der Trennung von meiner Frau war ich vor zehn Jahren hierhergezogen. Dem Mädchen hatte ich ein schönes Zimmer eingerichtet. Sie war jedoch aus Rücksicht auf die Mutter nicht einmal hier gewesen. So war das Zimmer zu einer Art Museum verkommen, von den wenigen Gelegenheiten abgesehen, bei denen es als Gästezimmer genutzt worden war. Ein Museum für eine Vater-Tochter-Beziehung, die ich mir immer gewünscht, aber nie gehabt hatte.

Meine Wohnung ist nicht groß, gut achtzig Quadratmeter, für mich und meine Bedürfnisse ideal. Ich verbringe mein Leben mit dem Geld, das ich verdiene, so angenehm wie möglich. Keine großen Sprünge, keine Abenteuer, schöne Frauen und hohe Gas- und Telefonrechnungen einmal ausgenommen. Plus die Extras, die ich meiner Exfrau für Aglaja bezahle. Das ist alles, was ich habe. Eine Tochter namens Aglaja, die ich seit zehn Jahren vermisse. Dazu zwei, drei Freunde und diese helle, luftige Dachwohnung in einem kleinen Miethaus aus der Nachkriegszeit. Einen schwarzen Käfer Cabrio und eine amarantrote Vespa 200 PX in einer Garage an der Piazza Sarzano. Die Wohnung, die Garage, der rote Bademantel. Meine zweite Haut. Damit schütze ich meine ramponierte Seele, hin und her gerissen zwischen Reife und Verfall. Zwischen Bücherregalen und CD-Stapeln kommen Stück für Stück wehmütige Erinnerungen ans Tageslicht, und ein schlechtes Gewissen habe ich nur dann, wenn ich auf jemanden geschossen habe. Und wenn ich an meine Tochter denke.

Auf mich wartete ein ganz normaler Tag. Mittagessen im Capitan Baliano mit meiner Anwältin Gina Aliprandi. Thema war der Stand der Klage eines gewissen Alberto Losurdo gegen mich. Ein kleiner Gauner, der sich in einer noblen Genueser Familie eingenistet hatte, in deren Auftrag ich ermittelte. Am Nachmittag musste ich einen kurzen Bericht schreiben und einige Fotos vergrößern, die bei einem Prozess als Beweismittel dienen sollten. Immer das gleiche lästige Zeug. Die übliche Routine meines schmutzigen Berufs.

Dott. Giovanni Battista Pagano
Ermittlungen
Büro/Privat: Stradone di Sant'Agostino,
Genua

Noch immer hatte ich den bitteren Kaffeegeschmack auf der Zunge. Mein Blick wanderte nach Norden zu einem Moloch aus Beton, Spekulationsobjekten aus den berühmt-berüchtigten Sechzigerjahren und ihren nicht minder hässlichen Nachfolgern. Die Konturen der umliegenden Höhenzüge verschwammen im Grau des Himmels. Der Wind vom Meer trieb perlmuttfarbene Wolken dicht über das Forte Sperone und den ziegelroten Torre della Specola, den wie ein Kegelstumpf abgeflachten Turm des Forte Castellaccio. Früher nannte man diesen Ort »le Forche«. Wer dort hinaufwollte, musste eines der schmalen Gässchen hochsteigen, die von der Via dell'Agonia abzweigen. Auf dem »Galgenplatz« waren die von der Seerepublik Genua zum Tode Verurteilten gehängt worden. Etwas unterhalb, wie Seerosen auf einem Teich, die Häuser von Castelletto, die Wallfahrtskirche Madonna di Loreto und die Endstation der Zahnradbahn Granarolo. Das ganze Panorama war in ein diffuses Licht getaucht, wie eine Kulisse.

Energisches Klingeln an der Tür. Um diese Zeit kam Essam mit den Tageszeitungen vorbei. Essam ist fünfzehn, Ägypter, und zusammen mit seiner Mutter Zainab ist er seit einigen Jahren meine Familie. Für mich ist der Junge eine wertvolle Informationsquelle, denn er streift tagein, tagaus durch die engen Gassen der Altstadt. Was immer ich über illegale Einwanderer in Erfahrung bringen muss: Essam weiß es. Ich öffnete die Haustür und kehrte auf den Balkon zurück, um meinen Espresso fertig zu trinken. Die Tür ließ ich angelehnt. Unterwegs schaltete ich den CD-Player im Büro an. Prompt ertönten die ersten zarten Töne des Konzerts für Klavier und Orchester K 466 von Mozart. Eines der beiden Stücke, die er in Moll geschrieben hat, vielleicht war auch er an diesem Tag nicht gerade bester Laune. Seine Musik gleicht einer chronischen Krankheit. Ohne störende Symptome, gegen die man behandelt werden muss. Anders als die Arbeit oder die Frauen, ist Mozarts Musik perfekt. Sie spricht für sich selbst. Sie braucht mich nicht.

Essams Lockenkopf tauchte in der Balkontür auf. »Chicago Bulls«-Sweatshirt, trendige Jeans im Used-Look und Nike-Schuhe. Wenn es um das Outfit ihres Sohnes geht, spart Zainab nicht. Allerdings begannen die Ärmel des Shirts schon etwas kurz zu werden, genau wie die Hosenbeine. Essam wuchs viel zu schnell. Er war lang und dürr, im Profil ähnelte er einer Schlange. Zeitungen hatte er keine dabei. Er schien schlecht gelaunt, ungewöhnlich für ihn. Normalerweise sprühte er vor Tatendrang und Lebensfreude.

»Was gibts, Essam? Mit dem falschen Fuß aufgestanden?«

»Ich nicht, aber du vielleicht. Was treibst du um diese Zeit im Bademantel?«

»Ich warte darauf, dass ich langsam auf Touren komme, ich habe am Wochenende nur rumgegammelt.«

»Ganz im Gegensatz zu mir. Ich war mit meinem Bruder und einigen Freunden in Bologna, auf dem Vasco-Konzert. Weißt du, seine Lieder sind so ...« Erst jetzt fiel ihm die Musik im Hintergrund auf. »Was ist denn das? Ich wette, wieder Mozart. Bacci, was Musik angeht, bist du echt nicht zu retten. Willst du wirklich nicht wissen, was heute angesagt ist? Vielleicht ein bisschen Jazz? Oder guter Rap? Da gibts coole Sachen.«

»Was ist mit den Zeitungen?«

»Schon kapiert, du willst nicht. Pech für dich, Alter. Dann lasse ich dich eben in deiner faden Mozartsuppe sitzen, dein stinklangweiliges Gedudel kannst du allein hören. Die Zeitungen kommen sofort, meine Mutter bringt sie mit, zusammen mit der Focaccia. Also, wie schon gesagt, ich war in Bologna ...«

»Fade? Woher hast du das denn?«

»Warum, sagt man das nicht?«

»Schon, aber man hört es heute selten.«

»Klingt doch toll. Habe ich von Clarissa, es bedeutet so was wie ungesalzen.«

»Ich weiß, was es bedeutet. Welche Clarissa?«

»Darauf wollte ich gerade kommen, aber du lässt mich ja nicht ausreden ...«

»Du redest ununterbrochen, Essam.«

»Clarissa kommt aus Florenz. Ich habe sie auf dem Konzert kennengelernt. Ich fand sie gut, sie fand mich gut, und dann waren wir zusammen.«

»Großartig.«

»Von wegen. Hier, schau mal.« Er tippte betont lässig auf sein Handy und reichte es mir. Auf dem Display war eine SMS.

Date mit Arturo. Liebe ihn immer noch. Tut mir leid. Lass uns Freunde sein, okay?

Ich griff nach der Tasse und stand auf, um in die Wohnung zu gehen. Beim Vorübergehen bohrte ich ihm den Zeigefinger in die Rippen. »Willst du denn mit ihr befreundet sein?«

»Das kann sie vergessen, die blöde Kuh.«

»Warum blöd?«

»Alle Italienerinnen sind blöd. Sie sind eben anders.«

Jugendliche sind brutal in ihrem Urteil, Essam war da keine Ausnahme. Doch war Anderssein noch nie ein Problem für ihn gewesen. Im Gegenteil, er war stolz darauf. Anders heißt anders, aber keinesfalls schlechter. Und Essam wollte noch nie sein wie alle.

»Und warum anders?«

»Was soll die Frage, Bacci? Weil sie vom wirklichen Leben keine Ahnung haben. Was weiß Clarissa schon? Ihre Welt endet an der Tür ihres Zimmers. Dahinter warten Ken und Barbie.«

»Ach, ihr habt mit Puppen gespielt?«

»Wir haben geknutscht. Aber nur kurz, dann war keine Zeit mehr.«

»Vielleicht habt ihr beim nächsten Konzert mehr Zeit. Knutschen ist kein schlechter Anfang.«

»Aber sie will doch nichts mehr von mir.«

»Probiers halt noch mal, wenn ihr euch wiederseht.« Ich ging ins Schlafzimmer, um mich anzuziehen. Rosa Jeanshemd, beiger Sommerpullover und leichte kastanienbraune Hosen. Passende Strümpfe und meine guten, auf Hochglanz polierten Timberlands. Essam schien über meinen Vorschlag nachzudenken, jedenfalls sagte er schon seit einiger Zeit kein Wort mehr. Als ich ins Wohnzimmer zurückkam, saß er auf dem Sofa und blätterte abwesend in der Zeitung.

»Also soll ich ihr schreiben, dass Freundschaft okay ist?« Er blätterte weiter.

»Warum nicht?«

»Weil mit jemand befreundet sein und mit jemand zusammen sein nicht dasselbe ist.« Er lächelte verschmitzt.

»Essam, versuch nicht, mich zu verarschen. Ich weiß genau, was du denkst.«

Er ließ die Zeitung zu Boden gleiten und sah mich herausfordernd an. »Na klar. Sie ist echt blöd. Wenn sie in Florenz ist, ist sie mit Arturo zusammen, und wenn …«

»Blöd? Ich finde die Strategie ziemlich klug.«

»Sie ist blöd und ein bisschen gemein.«

»Sagen wir, realistisch. Sie kann nicht mit dir zusammen sein, wenn sie in Florenz wohnt und du in Genua. Sie ist mit dem zusammen, der gerade da ist, mehr nicht. Würdest du in Florenz wohnen, wärt ihr vielleicht ein Paar.«

»Aber wer sagt dir denn, dass sie mit mir knutschen will, auch wenn wir nur Freunde sind?«

»Wenn du ihr Angebot nicht annimmst, wirst du es nie erfahren.«

Erneut langes Nachdenken. Ich nahm nicht an, dass er mir recht geben würde. Das wäre ein Gesichtsverlust gegenüber einem Erwachsenen.

»Sag mal, seit wann machst du dir eigentlich Gedanken über andere Mädels? Bist du nicht mehr mit dieser ... wie heißt sie noch ... zusammen?«

»Du meinst Marcella?«

»Genau, Marcella. Warum bist du eigentlich mit ihr zusammen?«

»Das fragst du noch? Du bist doch nicht blind, was?«

Es war nicht seine Schuld, dass es Mädchen wie Marcella gibt. Und dass sich Marcella und Essam begegnet sind, war Schicksal. Marcella, die Blonde mit den grünen Augen aus dem altsprachlichen Gymnasium Cristoforo Colombo. Sie hatte beschlossen, nicht mehr die verhätschelte Tochter ihrer über alles geliebten Eltern zu sein, und sich einen Ägypter ausgesucht. Um dann mit Entsetzen festzustellen, dass diesem netten Jungen mit der schwarzen Haut so ziemlich alles fehlte, was für sie selbstverständlich war. Ein Handy zum Beispiel. Der Platz auf einer Eliteschule, Karriere garantiert. Trotzdem hatte sie die richtige Wahl getroffen, denn mit einem Jungen wie Essam kann man nichts falsch machen. Eine Rebellion mit gesundem Menschenverstand – nicht wie andere junge Damen aus gutem Hause, die ihre Eltern in den Wahnsinn treiben, weil sie sich als Samariterinnen bei einem Drogensüchtigen versuchen: weiß, Christ, Italiener. Am besten aus dem Norden und aus reichem Elternhaus. Der dann doch in einer schmierigen Altstadtgasse endet, die Nadel noch in der Vene.

Ich fragte Essam, ob er schon gefrühstückt habe. Hatte er nicht. Bald käme ja Zainab mit der Focaccia und den Zeitungen. Wir kehrten auf den Balkon zurück und warteten. Essam blickte konzentriert auf die verschwommenen Konturen der Hügelkette. »Es ist Vollmond, aber leider sieht man ihn nicht.«

»Woher weißt du das denn?«

»Das war gestern Thema in der Schule. Weißt du, dass da oben ein Wolf heult?«

Eine Steilvorlage.

»Ein Wolf? In Genua? Willst du mich auf den Arm nehmen?«

»Ganz und gar nicht«, antwortete er ernsthaft, »das stand gestern sogar in der Zeitung. Mein Mathelehrer hat es auch erzählt. Der wohnt oben auf dem Righi. Seit einer Woche ist dort jede Nacht ein Heulen zu hören. Heute Abend wollen wir uns die Sache mal ansehen.«

»Und das soll ein Wolf sein? So ein Blödsinn. Da heult ein Hund.«

»Hunde bellen, Bacci, die heulen nicht.«

»Manchmal heulen sie auch.«

Manchmal heulen sie. Und manchmal schweigen sie auch. Der zweite Satz des Mozart-Konzerts setzte ein, und ich verstummte. Es gab nur noch die Musik. Erst das Klavier, knapp und präzis. Bereitet die Melodie vor, die vom Orchester aufgenommen und mit Leben erfüllt wird. Dann wieder nur das Klavier. Ein Hin und Her, bis sie endlich zusammenfinden. Eine heikle Passage. Zuerst wird das Klavier nur von den Geigen begleitet, sehr dezent, als ob sie nicht stören wollten. Dann Moll-Töne, die den Zuhörer erschauern lassen.

Essam hielt Ausschau nach seiner Mutter. Dann musterte er die bewaldeten Hänge, wo er den Wolf vermutete. Seit Jahrhunderten fraß die Stadt sich unaufhaltsam weiter nach oben. Das Bild erinnerte an die steilen Weinterrassen der Küstenregion, wo die Vermentino-Trauben für den Sciacchetrà reifen.

Ich sinnierte über die beiden Gesichter Genuas. Zwei völlig verschiedene Städte, je nachdem, ob der Wind vom Meer oder aus den Bergen blies. Wie ausgewechselt. Den Wind aus den Bergen nennen wir Genueser Tramontana, obwohl er in Wirklichkeit Greco heißt. Oder Mistral. Dann ist es kalt, die Luft ist klar, der Himmel blank geputzt. Die Sonne lässt die Farben leuchten, als wäre die Stadt komplett frisch gestrichen. Die Kontraste werden schärfer. Öfter als aus den Bergen kommt der Wind vom Meer, besonders im Frühling. Er weht aus Südosten und bringt feuchte, salzhaltige Luft mit. Dann verschwindet die Sonne im Dunst, den der Wind über die Stadt drückt. Drei Viertel des Jahres ist Genua dem Schirokko ausgeliefert, mal stürmisch, mal sanft, bis er sich schließlich wie eine feuchtwarme Glocke über die Stadt stülpt. Diese drückende Schwüle, in der alles und nichts passieren kann, nennen wir Maccaia.

Heute war einer dieser Tage, und es passierte etwas: Das Telefon klingelte. Auf dem Balkon kaum zu hören, denn auf der Stradone unter uns herrschte reges Treiben. Studenten und Studentinnen auf dem Weg zur Architekturfakultät, ihre Bücher und Planrollen unter dem Arm. Meine Anwältin Gina Aliprandi, die sich rückversichern wollte, ob ich unsere Verabredung im Capitan Baliano nicht vergessen hatte? Ich hastete zum Telefon, um abzunehmen, bevor sich der Anrufbeantworter einschaltete.

»Bacci Pagano.«

Am anderen Ende eine jugendliche Männerstimme, verlegen, fast ängstlich. »Spreche ich mit Giovanni Battista Pagano, dem Privatdetektiv?«

»Ja, sowohl mit dem einen als auch mit dem anderen.«

»Ich muss Sie so schnell wie möglich treffen. In einer heiklen Angelegenheit. Heikel und sehr wichtig.«

»Mit wem spreche ich?«

»Es geht dabei nicht um mich. Ich rufe im Auftrag der CarPol-Versicherung an.«

Nie gehört. Aber ich antwortete: »Dann machen wir gleich einen Termin aus. Wann passt es Ihnen?«

»Wie gesagt, so schnell wie möglich. Machen Sie einen Vorschlag.«

Wir vereinbarten einen Termin am folgenden Tag, morgens um neun. In meinem Büro. In dem Zimmer, wo ich gerade mit ihm telefonierte. Mit direktem Zugang zum Balkon mit Panoramablick über die Dächer von Genua.

Nachdem ich aufgelegt hatte, drehte ich mich mit dem Bürostuhl um hundertachtzig Grad und schaute nach draußen. Essam stand immer noch auf dem Balkon und wartete auf seine Mutter. Durch die offene Tür kroch die Maccaia ins Büro. Kein Zweifel: Das war kein gewöhnlicher Auftrag. Er hatte mein Interesse geweckt. Es war noch vor acht, und wenn sich jemand bei einer Versicherung schon so früh an die Arbeit machte ... Ich hatte eine Vorahnung, und auf meine Vorahnungen konnte ich mich verlassen: Bald würde ich mitten in einem turbulenten Fall stecken, zu dessen Lösung ich Hilfe brauchen würde. Ein Fall, mit dem sich offiziell mein Freund Pertusiello als Leiter der Mordkommission herumschlagen musste.

Es klingelte wieder. Vor der Tür stand Essams Mutter Zainab, mit Zeitungen und Focaccia. »Guten Morgen Signor Bacci«, begrüßte sie mich mit einem ironischen Seitenblick auf ihren Sohn. Essam hatte aus taktischen Gründen einen Schmollmund aufgesetzt, um seiner Mutter den Wind aus den Segeln zu nehmen. Er wusste, dass er es versäumt hatte, sich um Zeitungen und die Focaccia zu kümmern. Und er wusste, dass Zainab ihm deswegen Vorwürfe machen würde.

Ich erwiderte den Gruß, bot ihr von dem noch heißen Kaffee an und griff nach den Zeitungen. Essam würde mich nicht stören, denn er stürzte sich auf die Focaccia wie sein Righi-Wolf auf die Beute. Auf dem Weg ins Badezimmer, wo sie sich stets für die Arbeit umzog, streifte mich Zainabs gleichgültiger Blick. Sie schenkte mir dabei nicht mehr Aufmerksamkeit als einer Kommode, die sie abstauben musste. Eine ihrer Varianten, mich zu begrüßen. Nicht die einfache Putzfrau, sondern die exotische Haushaltschefin eines Detektivs ohne Unterhosen. Denn ich trage keine Unterwäsche, und Zainab weiß das. Sie arbeitet seit mehr als fünf Jahren für mich. Diskret und mit absoluter Perfektion. Sie ist eine eindrucksvolle Erscheinung, wie alle Nubierfrauen. Ihre eleganten und geschmeidigen Bewegungen erinnern an die wilden Tiere ihrer Heimat. Ihrem straffen, fast fünfzigjährigen Körper sieht man die Schwangerschaften und das schwere

Schicksal, das Allah ihr auferlegt hat, weiß Gott nicht an. Nach dem Tod ihres Mannes hatte sie nie wieder heiraten wollen. Vielleicht war sie auch besonders anspruchsvoll. Ob es überhaupt einen Mann in ihrem Leben gibt, habe ich nie herausgefunden. Ihre Perfektion bestand nicht zuletzt in ihrer absoluten Diskretion. In unseren fünf gemeinsamen Jahren hat sie mich kein einziges Mal gefragt, wer all diese Frauen in meinem roten Bademantel waren, die ihr über den Weg gelaufen sind. Sie kamen und gingen, der Bademantel blieb immer der gleiche. Zainab hatte sich auch nie nach dem Schicksal von »Signorina Mara« erkundigt, nachdem diese den roten Frotteemantel für immer abgestreift hatte. Und sie war immerhin schon sechs Monate meine Haushälterin, als sie mir eines Sommermorgens die Frage stellte: »Entschuldigung, Signor Bacci, aber waschen Sie Ihre Unterhosen selbst?«

»Nein, Zainab. Ich trage einfach keine.«

Prustendes Gelächter, abrupt mit der Hand vor dem Mund erstickt. »Das glaube ich Ihnen nicht. Ihr tragt doch alle Unterhosen.«

Wir waren allein, und ich erwartete niemanden. Und es wartete auch niemand auf mich. »Soll ich es Ihnen beweisen, Zainab?«

Zainab ist ein Temperamentbündel. Sie sagte nicht Nein. In ihren Augen blitzte es, aber nur einen kurzen Augenblick. Voller Sehnsucht. Wahrscheinlich ist sie auch beim Sex anspruchsvoll. Aber in diesem Moment und allen, die noch folgen sollten, spielten Ansprüche und Verstand keine Rolle. Nur das Verlangen. Wir verloren darüber nie ein Wort. Zainab fuhr fort, mich zu siezen, sie reagierte so konsequent auf mein »Sie«, als ob es zwischen uns niemals ein »Du« geben könnte. Ein Abenteuer mit der Hausangestellten im fortgeschrittenen Alter. Spontaner Sex eines alternden Mannes, der keine Extravaganzen mehr braucht, sondern Trost. Wie die Massage im Dampfbad nach dem samstäglichen Joggen oder das eiskalte Negroni, um das Wochenende einzuläuten.

Zainabs Mann musste sehr attraktiv gewesen sein. Jedenfalls nach der verblichenen Fotografie zu urteilen, die Zainab in der Geldbörse stecken hatte. Sie nahm das Bild nur selten heraus, vorsichtig, als handele es sich um eine Reliquie. Und nur für jemanden, »der mit dem Herzen sehen kann«, wie sie jeweils sagte. Es ist das Hochzeitsfoto: sie und ihr Mann in nubischer Tracht. Aufgenommen in Assuan. Hinter ihnen der Nil, der ihnen Haus und Hof genommen hatte. Zainab wirkt fast noch wie ein Kind, er ist ein gut aussehender junger Mann, Essam zum Verwechseln ähnlich. Mit schneeweiß blitzenden Zähnen und breitem Lächeln. Mit einem Gesicht von der Farbe geschmolzener Schokolade.

Nachdem ich meine Brille aufgesetzt hatte, die ich immer an einem Band um den Hals trug, nahm ich im Drehstuhl hinter dem Schreibtisch Platz und begann lustlos, den »Decimonono« durchzublättern. Heutiger Aufmacher war ein Bericht über einen alten Mann, den man am Sonntag im Wald auf einem der Hügel über der Stadt tot aufgefunden hatte.

Wieder das Telefon. Ich nahm ab. »Bacci Pagano.«

Es war mein alter Freund René. In Marseille geboren und aufgewachsen, hatte er lange Jahre auf Transportschiffen die südlichen Weltmeere befahren. Ein Bilderbuchkapitän, der nie einer gewesen war. Heute war René Besitzer einer Crêperie in der Stradone Sant'Agostino. Von der Vergangenheit war nur sein Spitzname übrig geblieben: »il capitano«. Inzwischen begnügte er sich damit, an Bord eines alten Boots namens Lola im Golf von Genua herumzuschippern. Er lud mich ein, mit ihm hinauszufahren, um mit Schleppangeln Sardellen zu fischen. »Komm schon, die Bonitos sind da. Die Sardellen springen wie verrückt.«

Das ließ ich mir nicht zweimal sagen. Ich fragte Essam, ob er mitkommen wolle. Daraufhin begann im Wohnzimmer eine lebhafte Diskussion.

»Hast du deine Hausaufgaben schon gemacht?«

»Natürlich, Mamma, ich schwöre, wirklich, Mamma.«

Am Ende gab Zainab immer nach. Dieser Teufelskerl schaffte es wie kein anderer, sie herumzukriegen. Er stürmte ins Büro und nickte mir zu. Ich erklärte dem Capitano, dass ich vorher noch einen Termin mit meiner Anwältin wahrnehmen müsse wegen eines Strafprozesses, bei dem ich der Angeklagte war. So lange müssten die Bonitos warten. Er knurrte zwar, zeigte sich aber kompromissbereit. Wir verabredeten uns für den Nachmittag um drei an der Mole des Yachthafens.

Zum Teufel mit der Arbeit, den Fotos und dem Bericht.

Essam war nicht mehr zu sehen. Er war wohl gerade dabei, seine Mutter mit der Hartnäckigkeit eines Presslufthammers zu bearbeiten. Ich griff wieder nach der Zeitung. Der Tote war am frühen Morgen von einem Jogger gefunden worden, der auf dem Trimmpfad am Monte Peralto unterwegs war. Ganz oben, zwischen dem Forte Castellaccio und dem Forte Sperone. Sein Hals war übel zugerichtet, als ob sich ein Hund oder ein Wolf darin verbissen hätte. Der Mann war regelrecht zerfleischt worden. Die zuständigen Ermittler des Falls waren Vicequestore Pertusiello von der Mordkommission und Staatsanwalt Dottor Repetto.

2
Großstadtgeschichten

Der Wind hatte nicht nachgelassen. Von der Punta Chiappa her trieb uns der Schirokko aus Südosten Welle um Welle entgegen. Irgendwo musste es eine Trennlinie zwischen Himmel und Meer geben. Der Bug der Lola durchschnitt diagonal die Wellen, sie schaukelte wie eine Wiege. Der Dieselmotor unter unseren Füßen tuckerte, mal lauter, mal leiser, je nachdem, wie viel Kraft er brauchte, um uns vorwärtszubringen. Obwohl nicht mehr der Jüngste, lief er wie geschmiert. Der Capitano wartete sein Boot penibel. Innen wie außen war es tadellos in Schuss. Das Holz, immer und immer wieder gegen Witterungseinflüsse und aggressives Salzwasser lasiert, glänzte wie neu.

Der Capitano saß im Heck am Ruder und hielt das Boot auf Kurs. Essam und ich hatten es uns über dem Motorraum bequem gemacht, mit dem Rücken gegen die Bugwand gelehnt. In den Halterungen auf beiden Seiten des Bootes waren zwei Angelruten fixiert. Lautlos glitten die straff gespannten Angelschnüre übers Wasser. Wir hatten etwa fünfunddreißig Meter 50er-Angelschnur ausgelegt, dazu etwa zehn Meter 25er-Endschnur. Als Köder hatte der Capitano sie mit zwei Blinkern bestückt. Die Backbord-Angel deckte die Wasseroberfläche ab, während die Steuerbord-Angel, versehen mit einem Fünfzig-Gramm-Bleigewicht, in den etwas tieferen Wasserschichten geführt wurde. Gemächlich, mit etwa fünf, sechs Knoten, tuckerten wir Richtung Monte di Portofino.

Wir hatten Regenjacken übergezogen, um gegen die Gischt geschützt zu sein, die der Schirokko uns entgegentrieb. Der Capitano hatte seine obligatorische Wollmütze auf dem Kopf, die bis zu den Ohren reichte. Um uns herum waberte der Nebel, und das monotone Motorengeräusch machte schläfrig. Eine Schar hungriger Möwen hielt Ausschau nach Sardellen. Wir hatten Foce und Genuas stinkende Kloake hinter uns gelassen und befanden uns jetzt auf Höhe des Strandes von Albaro. Das Wasser war dunkel, ein dumpfes Blaugrün, dumpf wie die Schwüle dieses Frühlings. Je weiter wir uns von der Küste entfernten, desto besser wurde die Sicht auf die Stadt. Dann riss der Himmel für kurze Zeit auf, der Horizont weitete sich. Wer in Genua Weite und Erhabenheit sucht, muss die Hügel und Felsen hinter sich lassen und aufs offene Meer hinausfahren.

Ich zog meinen Balkan-Sobranie-Tabak aus der Tasche und stopfte in Ruhe meine Pfeife. Sie anzuzünden war unter diesen Umständen knifflig, auch wenn ich extra Sturmzündhölzer mitgenommen hatte. Außer dem Motorensummen und dem Klatschen der Wellen gegen den Rumpf des alten Bootes war nichts zu hören. Erneut legte sich ein Dunstschleier übers Meer. Es war kein anderes Boot zu sehen. Ich fragte mich, ob die »wie verrückt springenden« Sardellen und die Bonitos ein Bluff des Capitano gewesen waren. Ein Trick, damit ich ihn aufs Meer begleite. Aber ich schwieg, zog an der Pfeife und beobachtete, wie sich der Rauch hinter seinem Rücken verflüchtigte. Essam saß neben mir, aufmerksam wie ein Jagdhund, der Witterung aufgenommen hat. Er starrte auf das Meer, sein Blick verfolgte die Möwen, die dicht über der Wasseroberfläche dahinsegelten. Hin und wieder prüfte er die beiden Angelruten, die sich im Takt hoben und senkten.

Wir waren jetzt mehr als eine Seemeile von der Küste entfernt, etwa auf der Höhe von Sant'Erasmo di Quinto, als der Capitano endlich etwas sagte. »Hast du mit Gina gesprochen?« Er klang besorgt.

René und meine Anwältin Gina Aliprandi kannten sich gut. Vor ungefähr zehn Jahren hatten sie sich gefunden, bei einem bisschen Sex nach zu viel Alkohol. Ein flüchtiges Abenteuer, aus dem eine echte Freundschaft entstand: zwei Kumpel, die sich auf die Schultern klopften, zusammen tranken, sich stritten und beschimpften. Gina und René waren zwei unverbesserliche Teenager in den Fünfzigern. Singles, für die der Zug, sich mit Partnerschaftsritualen und mit Trennungen zu stressen, längst abgefahren war. Zechkumpane und Stammgäste im Roger Café, wo sie sich durch die reichhaltige Auswahl an karibischem und südamerikanischem Rum tranken. Ein Schauspiel, das man nicht verpassen sollte.

»Es ist kaum zu glauben, aber es scheint, als wolle Losurdo die Anklage zurückziehen.«

»Nachdem er ein Jahr so verbissen daran festgehalten hat? C'est pas possible!«

»Aber so ist es. Sein Anwalt hat heute Morgen bei Gina vorgefühlt. Zwar gibt es noch nichts Schriftliches, aber Gina ist sich sicher, dass es sich nur um eine Frage der Zeit handelt.«

»Druck aus der Via di Damasco?«

»Schwer zu sagen. Vielleicht hat Donna Assunta ihren Sohn gedrängt, Losurdo davon zu überzeugen, die Sache fallen zu lassen. Immerhin ist es das Geld der Pellegrinis, das ich für meine Verteidigung ausgebe. Wie du weißt, haben sie mir versprochen, alles zu tun, damit ich meine Lizenz wiederbekomme. Sie haben Wort gehalten. Vielleicht haben sie sich lange genug ins eigene Fleisch geschnitten? Das ist jedenfalls die überzeugendste Hypothese.«

»Und die weniger überzeugende?«

»Genaues weiß man nicht. Aber die Verbindung zwischen Losurdo und dem Pellegrini-Sohn stinkt nach schmutzigem Geld und Mafia. Ich habe den Eindruck, sie wollen mich bei Laune halten, damit ich weiterhin den Mund halte.«

»Und was hast du vor?«

»Ich habe ein unverbindliches Gespräch mit einem Staatsanwalt geführt und ihm erzählt, was ich über Losurdos dunkle Geschäfte herausgefunden habe. Ich glaube allerdings nicht, dass das zu etwas führt. Diese Leute werden von ganz oben gedeckt. Es gibt kaum Chancen auf ein internationales Rechtshilfeersuchen, um ihre Auslandkonten zu durchleuchten.«

Mit dem rechten Arm hielt er das Ruder auf Kurs, dabei sah er mich kopfschüttelnd an. »Eine seltsame Geschichte. Erst eine Anzeige nach der anderen, und jetzt ...«

»Alles, was im letzten Jahr passierte, ist seltsam. Denk nur an die Sache mit dem Gewehr.«

»Rätselhaft. Darüber hat nie wieder jemand ein Wort verloren. Selbst dein Freund Pertusiello ist da nicht weitergekommen, oder?«

Ich schüttelte den Kopf.

»Und du bist wirklich sicher, dass du einen Schuss gehört hast?«

»Den haben alle gehört. Selbst Cecchi, Levrero, Fois und die Esposito. Die gesamte Mordkommission war rund um das Liceo D'Oria postiert. Sogar Pertusiello hat den Schuss gehört, und der saß in der Questura.«

»Und es war eine Pistole?«

»Ich kann einen Pistolenschuss sehr wohl von einem Gewehrschuss unterscheiden.«

»Und von dem Amerikaner keine Spur?«

»Wie vom Erdboden verschluckt.«

»Meinst du, man hat ihn außer Landes gebracht?«

Ich nickte.

»Nach deinem Gesichtsausdruck zu urteilen, scheinst du das zu bedauern.«

»Er hätte mich umbringen können, zweimal. Er hat es nicht getan. Außerdem spielte er wunderbar Cello …«

René lüftete seine Wollmütze. Sie saß jetzt noch lockerer, nur noch ganz oben auf dem Kopf. Dann sah er mich von der Seite an, sein Mund verzog sich zu einem leichten Grinsen. »Im Grunde wart ihr euch sympathisch, oder?«

»Mit Sympathie hatte das nichts zu tun. Es war einfach nicht nötig, mich umzubringen. So einfach ist das.«

»Und wer hat ihn deiner Meinung nach außer Landes gebracht?«

Ich blickte zum Himmel. Es gab Fragen, auf die es einfach keine Antworten gibt. Unlösbare Rätsel, die vielleicht sogar den Verlauf der Geschichte mitbestimmt hatten … Die Sache mit dem Gewehr lag nun schon ein Jahr zurück. Ich hatte mir diese Frage bestimmt schon hundertmal gestellt. Ohne Erfolg. In der Zwischenzeit war die Anklage gegen Lagrange und die Jungs von Radio Baba Yaga längst zu den Akten gelegt worden. Baba Yaga war wieder auf Sendung, seine Hörerzahl sprunghaft angestiegen. Die ganze Sache war für den Sender eine gute Werbung gewesen. Ein anonymer Anrufer hatte der Redaktion des »Secolo XIX« einen Tipp gegeben, und wenig später war das Gewehr auf dem Grund des Lago del Brugneto gefunden worden. Das war im Frühling. Aus der Waffe war kein einziger Schuss abgegeben worden. Einige Zeitungen mutmaßten, es habe sich um ein Geheimdienst-Komplott gehandelt, das erst im letzten Moment vereitelt werden konnte. Andere gingen davon aus, die Täter hätten das Ganze nur inszeniert, um dem Ministerpräsidenten zu drohen. Als Warnung, falls ihre Forderungen nicht erfüllt würden. Aber welche Täter sollten dafür infrage kommen? Und welche Forderungen? In diesem Fall gab es weniger als Vermutungen. Eben jener Ministerpräsident hatte zur allgemeinen Überraschung nicht wie üblich über die Kommunisten und die Terroristen gewettert, sondern die Angelegenheit mit einer witzigen Bemerkung vom Tisch gewischt.

»Mich erschießen? Unmöglich, die Italiener lieben mich!«
Was blieb, war eine Anzeige gegen Unbekannt wegen Diebstahls. Mehr nicht. Aber irgendwas in dieser Geschichte passte nicht zusammen. Als mir der Amerikaner – Annibale Draghi oder Anthony Sartori oder wie auch immer sein Name war – seinen Plan geschildert hatte, wusste ich sofort, dass er es ernst meinte. Er war entschlossen, seinen Auftrag zu Ende zu bringen. Ihn zu stoppen, wäre nur mit Waffengewalt möglich gewesen. Der trockene Knall an jenem kalten Tag vor Weihnachten war ein Pistolenschuss gewesen, da gab es keinen Zweifel. Und er hatte Draghi gegolten, da war ich ebenso sicher. Bevor er selbst feuern konnte, hatten sie ihn aus dem Weg geräumt, ohne die geringste Spur zu hinterlassen. Saubere Arbeit. Und ironischerweise ganz sein Stil. Dann begann das große Schweigen.

Ich wollte dem Capitano gerade antworten, als Essam aufsprang und in Richtung Heck zeigte. »Vögel!«, schrie er.

Fünfzig Meter hinter dem Boot schien das Meer zu brodeln. Ein Schwarm kreischender Möwen stürzte sich gierig auf die Beute. Ihre Schreie zerrissen das monotone Geräusch von Wind und Wellen.

»Es ist so weit«, jubelte der Capitano, »die Sardellen sind da!«

Die Angelruten bogen sich, die Bremsen der Angelrollen heulten, die straffen Schnüre veränderten Richtung und Winkel. Blitzschnell zogen Essam und ich die Angelruten aus den Halterungen. Der Capitano sah uns zu. Und lachte. »Allez! Allez!«, rief er freudestrahlend. »A la guerre! A la guerre!«

Auf der Visitenkarte war unter dem Logo der Compagnia CarPol Assicurazioni zu lesen:

Dott. Gianluca Boero
Leiter der Rechtsabteilung

Der Duft eines teuren, angesagten Aftershaves lag in der Luft. Dieser Mann war eitel. Ich fragte mich boshaft, wer außer dem geschniegelten Schmalspur-Direktor wohl noch in dieser ominösen Rechtsabteilung arbeitete. Seine Kleidung passte haargenau zur Visitenkarte. Einer dieser geklonten Mittdreißiger: leuchtend blauer Gabardineanzug, gerade frisch aus der Reinigung. Weißes Hemd. Grellgelbe Krawatte, lässig gebundener Knoten. Tadelloser Aufsteiger-Look. Sein leichter Mailänder Akzent war mir am Telefon gar nicht aufgefallen. Ob er echt war? Kurzhaarfrisur, kastanienbraun, mit blonden Strähnchen. Er wirkte unsicher. Um ihn zu ermuntern, zog ich ein Holzkistchen aus der Schreibtischschublade und bot ihm eine Camel an. Er lehnte höflich ab. Ich zündete meine Pfeife an, ruckelte mich in meinem Sessel zurecht und wartete in aller Seelenruhe.

»Sie werden sich vielleicht fragen, warum wir uns gerade an Sie wenden«, begann er. Als ihm auffiel, dass seine Worte zweideutig wirkten, schob er nach: »Ich meine natürlich, wer Sie uns empfohlen hat …«

Mir war nicht klar, ob er mit mir über meine Referenzen sprechen oder andeuten wollte, dass er sich nicht auf das Urteil der Medien verließ. Hin und wieder tauchte mein Name bei Verbrechens- und Unfallberichten auf. Kostenlose Werbung.

»Unsere Firma existiert seit sechs Jahren, ursprünglich gehörten wir zur Liaison-Versicherung.«

»Gehörten?«

»Ja, wir sind jetzt eine Tochterfirma mit eigener Geschäftsleitung. Die Liaison hält nur einen kleinen Anteil und bürgt gegenüber unserer Kundschaft.«

»Und wenns drauf ankommt, haftet sie tatsächlich?«

»Unsere Kunden können ganz beruhigt sein. Natürlich handelt die CarPol in allen Geschäftsangelegenheiten selbstständig.«

»Und welchen Vorteil zieht die Liaison daraus, dass sie für ihre Firma haftet?«

»Einen garantierten Anteil am Gewinn, unabhängig von der Dividendenausschüttung und vom Aktienkurs. Umsonst sind die Dienste der Liaison also nicht. Sie kennen die Firma ja selbst …« Er stockte. Ich nickte. Tatsächlich hatte ich bereits einige Male für die Liaison ermittelt und wusste, mit welchen Tricks dort gearbeitet wurde. Die Firma zahlte so gut, dass ich immer besonderes Engagement heuchelte, und bis jetzt hatte ich alle mir übertragenen Fälle professionell erledigt. Derzeit hatte ich doch partout keine Lust auf einen neuen Auftrag. Recherchen in einem Versicherungsbetrug? Lästig. Die Geschichte begann mich bereits zu langweilen, als mich mein Gegenüber unvermittelt aus der Reserve lockte.

»Haben Sie schon Zeitung gelesen?«

Ich blickte ihm direkt in die Augen, um meine Neugier zu verbergen.

»Dieser Mord ... einem Mann wurde die Kehle durchgeschnitten«, er schluckte. »Sonntagmorgen im Parco del Peralto.«

»In der Zeitung stand, er sei zerfleischt worden, von einer durchgeschnittenen Kehle weiß ich nichts.«

Er wirkte wie ein kleiner Junge, der vom Lehrer beim Abschreiben ertappt wurde. »Ja, Sie haben recht. Zerfleischt. Die Kehle.« Er schluckte wieder. »Dieser Mann, ein achtundsechzigjähriger Rentner, war bei uns Kunde. Im Dezember vor zwei Jahren hat er eine Lebensversicherung abgeschlossen, über zwei Milliarden. Lire natürlich. Nun wird die Witwe in zwei Wochen abkassieren, es sei denn ...« Er brach ab. Er war ein Anfänger, und er wusste es. Genau deswegen begann ich, die Geschichte ernst zu nehmen. Dieser Grünschnabel war als Leiter der Rechtsabteilung einer Versicherungsgesellschaft überfordert. Ganz zu schweigen von seiner Hilflosigkeit im Umgang mit einem Privatdetektiv, den er mit Ermittlungen in einem Mordfall beauftragen sollte. Das Opfer, hoch versichert, aber auf brutale Weise zu Tode gekommen. Eine zerfleischte Kehle ist kein Kavaliersdelikt. Bevor ich auf seine Bemerkung einging, nahm ich einen tiefen Zug aus der

Pfeife. Bläulicher Rauch umhüllte seinen leuchtend blauen Gabardineanzug. Der trocken-würzige Duft des englischen Tabaks zog durch den Raum und überdeckte den feuchten Salzgeruch, der von der Nacht übrig geblieben war.

»Es sei denn?«, fragte ich mit provokantem Unterton.

»Es sei denn, sie hat ihn umgebracht. Seine Ehefrau, meine ich.«

»Denken Sie nicht, dass das die Polizei entscheiden sollte?«

»Ja, natürlich«, stammelte er, »selbstverständlich. Zuständig ist die Polizei … aber wir wollen eigene Ermittlungen anstellen. Privat. Verstehen Sie?«

»Haben Sie kein Vertrauen in die Arbeit der Polizei?«

»Nein. Das heißt, doch. Aber darum geht es nicht.« Sein Auftritt war ein einziges Fiasko. Ich konnte allerdings nicht verhindern, dass er mir langsam sympathisch wurde, trotz seines Outfits.

»Sie werden verstehen, dass zwei Milliarden kein Pappenstiel sind.«

Ein Menschenleben auch nicht. Mir kamen die Fernsehbilder von Otranto in den Sinn. Albanische Flüchtlinge, die in überfüllten Nussschalen auf offener See trieben. Wie viel ein Menschenleben auf dem globalen Markt des nackten Überlebens wohl heute wert war?

»Das ist ein aufsehenerregender Fall. Der Tatort wird von der Polizei überwacht, mittendrin tummelt sich die Mordkommission. Dort an Informationen heranzukommen, wird nicht leicht sein. Wie viel zahlen Sie?« Ich bluffte. Mit Pertusiello vor Ort war die Polizei eher eine Hilfe als ein Hindernis für mich. Manchmal war ich wirklich gut.

»Da müsste ich kurz mit meinem Chef Rücksprache halten.«

Das war es, was ihm fehlte: Format. Und ein Satz wie dieser war der beste Beweis.

»Aber Sie haben doch sicher selbst eine Vorstellung über mein Honorar, oder nicht?«

»Fünf Prozent, wenn Sie die nötigen Beweise finden.«

Fünfzigtausend Euro, hundert Millionen Lire. Eine hübsche Summe. Dafür könnte ich alle betrogenen Ehemänner, die bei mir anklopften, ein ganzes Jahr lang vor der Türe stehen lassen. Trotz dieses verlockenden Hintergedankens mimte ich weiter Skepsis und Desinteresse, um die bestmöglichen Bedingungen herauszuholen. »Und wenn ich keine Beweise finde? Offen gesagt, scheint es mir höchst unwahrscheinlich, dass eine ältere Dame ihren Ehemann an einem schönen Aprilabend in einem Wald auf dem Righi einfach so zerfleischt.«

»Von wegen ältere Dame! Sie ist knapp über dreißig.«

Davon hatten die Zeitungen nichts berichtet. Er erklärte mir, dass der Tote, ein gewisser Giacomino Terenzi, besser bekannt als Mino, erst vor vier Jahren geheiratet hatte. Ein kleiner Handwerker im Ruhestand, der sich zuvor vierzig Jahre lang erbittert gegen eine Ehe gewehrt hatte. Sie kam aus Panama, mit befristeter Aufenthaltsgenehmigung und der Perspektive, auf dem Strich zu landen. Oder bestenfalls eine Stelle als illegale Haushaltshilfe zu finden. Stattdessen zog sie das große Los. In einem Tanzlokal im Süden des Piemont lernte sie den Junggesellen Mino Terenzi kennen. Wenige Monate später heirateten die beiden. Julia Rodriguez Amanzar wurde eine richtige Signora. Laut Boero »ließ sie es richtig krachen«. Ihre Ansprüche überstiegen die finanziellen Möglichkeiten des kleinen Rentners bei Weitem. Sie machte den Führerschein und kaufte sich ein nagelneues Mercedes-Cabrio für siebzigtausend Euro. Mindestens zweimal pro Monat fuhr das Paar nach Monte Carlo, stieg in einem Luxushotel ab und verspielte, Augenzeugen zufolge, an einem Abend im Kasino mehrere zehntausend Euro.

Die Geschichte versprach interessant zu werden.

»Schön und gut. Aber nehmen wir einmal an, jemand anders hat ihren Mann umgebracht. Wie viel zahlen Sie in diesem Fall?«

Er räusperte sich. »Zweitausend Euro als Spesen auf die Hand, plus dreihundert netto pro Tag. Mit der Option für uns, den Auftrag jederzeit stoppen zu können.«

»Business«, dachte ich. Selbst ein Anfänger wie dieser Anzugträger gewinnt an Format, wenn es um Geld geht. In der Zwischenzeit war meine Pfeife ausgegangen. Ich hatte mich von der Geschichte der schönen Signora Rodriguez ablenken lassen. Bedächtig zündete ich die Pfeife wieder an, stand auf und ging zum Herd, um mir einen Espresso einzugießen. Mein Gegenüber lehnte auch dieses Mal ab. Kurz darauf läutete es. Essam. Ich drückte den Summer, die Wohnungstür ließ ich angelehnt. Dann kehrte ich ins Büro zurück und setzte mich. »Sie nehmen wohl nichts von Leuten, die Sie nicht kennen, Dottor Boero?«

»Ich rauche nicht, und Kaffee habe ich bereits in der Bar getrunken.«

Immerhin, er trank Kaffee. Womöglich ein Vertreter der Fit-for-Fun-Generation, bei der nur Vollwertkost und weißes Fleisch aus ökologischer Tierhaltung auf den Tisch kam? Welcher Mensch verbarg sich wohl in dem piekfeinen Anzug?

»Eine bildhübsche junge Immigrantin, die als Zugabe auch noch eine Million einstreicht: Anlass genug, über Gott und die Gerechtigkeit in der Welt nachzudenken, finden Sie nicht?«

Er fühlte sich offensichtlich nicht wohl in seiner Haut. »Sie haben, wie ich sehe, ein Faible für das Paradoxe. Nehmen Sie aus Prinzip nichts richtig ernst, oder sind Sie heute einfach besonders gut drauf?«

»Weder noch. Unsere Vorstellungen über Ernsthaftigkeit gehen wahrscheinlich auseinander. Geld ist für mich nur eine ernst zu nehmende Angelegenheit, wenn ich keins mehr habe. Denn dann kann ich nicht mehr leben, wie ich will.«

»Geld regiert die Welt, Dottor Pagano.« Diese Erkenntnis klang aus seinem Mund wie: »Es regnet« oder »Die Sonne scheint«. Über die elementaren Dinge des Lebens macht man keine Scherze. Für seine Generation gab es scheinbar keinen Unterschied zwischen der Welt, wie sie ist, und der Welt, wie sie sein könnte. Aber war ich auch besser? Bis zu diesem Augenblick hatte ich nur über mein Honorar gesprochen.

»Auch für mich spielt Geld eine wichtige Rolle, Dottor Boero. Aber nur, weil es mir ein bequemes Leben erlaubt. Was machen Sie eigentlich mit dem Geld, das Ihnen die CarPol bezahlt, außer Gabardineanzüge zu kaufen und zum Friseur zu gehen?«

»Letzte Woche habe ich mir ein neues Auto gekauft.«

»Interessant. Lassen Sie mich raten, ein Deutscher oder ein Japaner?«

»Ein Deutscher.«

»Bestimmt ein Golf oder ein BMW mit Sonderausstattung.«

»Ein Golf Turbo Diesel. Woher wissen Sie das?«

»Darin wirkt eine Designerkrawatte wie Ihre eben besonders schick. Außerdem: Für einen Privatdetektiv gehört es dazu, eins und eins zusammenzählen zu können. Quasi ein professioneller Reflex. Wie das Rezitieren für einen Schauspieler oder das Betrachten der Hände für einen Handleser.«

Vielleicht war es für eine Karriere bei der CarPol Bedingung, den Blitzableiter abzugeben, denn zu meiner Überraschung war er jetzt deutlich entspannter. »Darf ich daraus schließen, dass Sie schon mit den Ermittlungen begonnen haben und gerade prüfen, welche Rolle ich bei dieser Angelegenheit spiele?«

»Im Augenblick besteht Ihre Rolle darin, mich mit Informationen zu versorgen. Woher wissen Sie überhaupt, dass Terenzi und seine Frau im Luxus gelebt und Unsummen im Kasino verspielt haben?«

Er erklärte mir, dass Augusto Caviglia, der Präsident der CarPol, mit Kunden gesprochen hatte, die ebenfalls im Kasino von Monte Carlo verkehrten und Terenzi vom Sehen kannten.

»Womit verdient Terenzi so viel Geld? Wissen Sie, woher sein Geld kommt?«

Er lächelte ironisch und fuhr sich mit einer eindrücklichen Geste durch die Haare. »Das herauszufinden ist Ihre Aufgabe, Dottor Pagano. Daran wird man sehen, ob Sie Ihr Geld wert sind.«

»Dieser Fall könnte mich das Leben kosten, und ich habe nur eines. Mein Tarif bemisst sich nach meinem Risiko. Und dieser Mord könnte nur die Spitze des Eisbergs sein. Vielleicht steckt Sprengstoff in diesem Fall.«

Das hatte er nicht erwartet.

»Viertausend Euro sofort, plus zehn Tage Bedenkzeit. Ich muss erst das Risiko einschätzen können.«

»Und wenn Ihnen das Risiko zu hoch ist?«

»Dann bekommen Sie das Honorar abzüglich entstandener Kosten zurück.«

»Ich denke, damit können wir leben«, entgegnete er zufrieden, »aber grünes Licht kann ich Ihnen erst geben, wenn ich mit meinem Chef gesprochen habe.«

»Dann teilen Sie Ihrem Chef doch auch Folgendes mit, mein lieber Dottor Boero. Wenn die Geschichte wirklich so brisant ist, wie ich glaube, muss er mit einem Tagessatz von tausend Euro rechnen. Für weniger riskiere ich mein Leben nicht. Wie schon gesagt: Geld verdienen ist nicht mein Lebensinhalt. Und die Aussicht zu sterben reizt mich nicht.«

»Ich werde es ausrichten«, seufzte er und hob resigniert die Arme. Damit gab ich mich jedoch noch nicht zufrieden. Ich wollte genauer wissen, für wen diese Angelegenheit noch von Bedeutung sein konnte. Er erklärte mir, dass Terenzi nach den der CarPol vorliegenden Informationen keine weiteren Verwandten habe, die einen Anspruch anmelden könnten. Die Versicherungssumme stand somit allein der Witwe zu. Falls diese jedoch des Mordes überführt werden sollte, müsste die Versicherung nicht einen Cent bezahlen. Die Police enthielt die üblichen Klauseln, auch was den gewaltsamen Tod durch Fremdeinwirkung betrifft.

Mehr musste ich im Moment nicht wissen. Ich begleitete meinen Besucher zur Tür und gab ihm meine Handynummer. Wir wollten im Laufe des Tages noch einmal telefonieren.

Im Wohnzimmer wartete die ofenfrische Focaccia, die mein junger Freund mitgebracht hatte. Essam hockte im Schneidersitz am Boden, ein Stück Focaccia in der Hand, die Zeitung vor sich ausgebreitet. Sein Appetit schien unersättlich: egal, ob auf Focaccia oder auf das Leben. Meine Begrüßung erwiderte er wie üblich mit einem Lächeln, strahlend und warm wie die afrikanische Sonne. »Ciao, Bacci! Siehst du, ich hatte recht. Den Wolf gibt es wirklich, jetzt hat er sogar einen armen alten Mann zerfleischt.« In seinem Italienisch schimmerte noch immer ein leichter afrikanischer Akzent durch.

Ich fragte ihn, ob er gestern wie geplant mit seinen Freunden auf dem Righi gewesen war.

»Ja, aber die hatten Schiss. Sie meinten, es wäre zu gefährlich, wir bräuchten unbedingt eine Waffe. So ein Blödsinn. Dort oben wimmelte es von Menschen, wie auf der Piazza delle Erbe am Samstagabend – alle wollten den Wolf jagen. Es soll ein Werwolf sein, schreiben die Zeitungen heute.«

»Alles Quatsch!«

»Weißt du, dass du einen Werwolf nur töten kannst, wenn du ihm eine silberne Kugel mitten ins Herz schießt?«

»Für so eine Lappalie würde ich keine Silberkugel verschwenden. Die sind nicht eben billig.«

»Aber diese Bestie ist gefährlich, immerhin hat sie dem armen Rentner die Kehle durchgebissen.« Für Essam war ein Menschenleben mindestens eine Silberkugel wert. So klang es jedenfalls. Er zog die Augenbrauen hoch, sein Gesicht wurde so nachdenklich wie vor einer schweren Prüfung in der Schule. »Seltsame Geschichte. Was zum Teufel will ein alter Mann um diese Zeit im Parco del Peralto?«

Er war neugierig, wie ein Profi an die Sache herangehen würde. Außerdem hatte ich den Eindruck, dass er mir zeigen wollte, was er draufhat.

»Hast du eine Vermutung?«

Er schloss die Augen und konzentrierte sich darauf, alles zu bündeln, was er bisher in Erfahrung gebracht hatte. Um daraus eine plausible Erklärung abzuleiten, die den Fall aus einem anderen Blickwinkel beleuchtet. »Zuerst dachte ich, er wäre ein Spanner gewesen. Aber in den Zeitungen steht davon nichts. Hat das vielleicht mit Diskretion zu tun?«

»Journalisten wissen nicht mal im Ansatz, was Diskretion heißt.«

»Seltsam.«

»Von einem Wolf angefallen zu werden, ist auch ziemlich seltsam.«

Essam sah mir fest in die Augen und fuchtelte mit dem Zeigefinger vor meiner Nase herum. Wie alle Moslems, wenn sie die Bedeutung ihrer Worte unterstreichen wollen. »Ich glaube nicht an Werwölfe. Für mich ist das eine Erfindung der Zeitungen, um die Auflage zu steigern. Vielleicht wurde der Alte in eine Falle gelockt. Vielleicht ging es um eine offene Rechnung unter Drogendealern.«

»Möglich. Aber um mehr darüber sagen zu können, fehlen uns noch wichtige Details.«

Er überlegte einen Moment, offensichtlich war er enttäuscht. Dann wechselte er das Thema. »Weißt du was, Bacci? Du solltest mal mit meiner Lehrerin reden.«

Ich dachte kurz: »Ich bin doch nicht dein Vater«, fragte dann aber doch nach dem Grund.

»Wegen ihr gab es gestern Stress mit einem Jungen aus meiner Klasse. Ein Zigeuner, er heißt Mitri.« Essam erklärte mir, dass die Lehrerin Mitri in der Unterführung am Bahnhof Brignole beim Betteln erwischt hatte, mit seiner dreijährigen Schwester auf dem Arm. Sie regte sich fürchterlich auf und berief eine Klassenkonferenz ein. Es wurde beschlossen, dass der Direktor Mitris Eltern verständigt. Der Junge fühlte sich danach verfolgt und wollte nicht mehr zur Schule gehen.

»Und was kann ich da tun, Essam?«

»Dieser Ignorantin erklären, dass Betteln für Mitri ein Job ist. Sie hat Mitris Eltern vorgeworfen, kleine Kinder zu missbrauchen, um das Mitleid der Leute zu erregen. Ich finde Betteln ja auch blöd, aber was sollen sie denn sonst machen? Mitri hat fünf kleine Geschwister, die muss man erst mal satt bekommen.«

Die muss man erst mal satt bekommen. Mir fiel eine der Binsenwahrheiten meines Großvaters Baciccia ein: »Worte machen nicht satt.«

Ich warf einen Blick auf die Zeitung. Im Regionalteil der »Repubblica« waren ein Passbild von Terenzi und ein Foto des Waldstücks auf dem Monte Peralto abgedruckt, wo die Leiche gefunden worden war. Mir kamen beide Abbildungen bekannt vor. Nicht verwunderlich. Genua ist ein großes Dorf. Dieser Mann hatte in der Altstadt gelebt, genau wie ich. Und seit sie Anfang der Neunzigerjahre dort oben den Park angelegt hatten, joggte ich jede Woche auf dem Fitnesspfad. In der Schlagzeile stachen mir die Worte »Vollmond« und »Wolf« ins Auge. In den vorangegangenen Nächten war den Bewohnern der Umgebung ein unheimliches Heulen aufgefallen. Ich öffnete den Kühlschrank und nahm eine Flasche chilenischen Sauvignon blanc heraus. Essam goss ich ein Glas Milch ein. Diese Wolfsgeschichte beschäftigte ihn so nachhaltig, dass er seine Probleme mit Clarissa und Marcella völlig vergessen hatte.

»Milch für dich, Wein für mich, wie es sich gehört.«

Essam war Moslem, genau wie seine Mutter. Sie sprachen Arabisch miteinander, obwohl sie keine Araber, sondern Nubier waren. Ihre Hautfarbe war zwar dunkel, aber ihre Gesichtszüge waren eher europäisch, nicht wie bei Schwarzafrikanern. Essam stammte aus Assuan, wohin seine Eltern umgesiedelt worden waren, als der große Staudamm gebaut wurde. Ihr Heimatdorf am Nil war dem Projekt zum Opfer gefallen. Assuan ist ein übervölkerter Moloch, der in Lärm und Abgasen zu ersticken droht. Die Busse der Touristen rauschen vorbei, ohne auch nur einen Blick auf die Menschen zu werfen, die sich um die Marktstände scharen, wo ein verführerisch duftendes Angebot an Früchten und Gewürzen auf Käufer wartet. Jahr für Jahr karrt die Tourismusindustrie Horden von Besuchern an den Nil, die von beflissenen Fremdenführern durchs Tal der Könige geschleust werden.

Die Stadt Assuan war der Familie immer fremd geblieben, sie war ein anderes Leben gewohnt. Seit Jahrtausenden lebten die Bauern am Nil, im beschaulichen Rhythmus der Jahreszeiten. Viele wanderten aus, in der Hoffnung, woanders ihr Glück zu finden. Aber bevor Essams Familie ihre große Reise antreten konnte, wurde der Vater krank und starb. Vielleicht, weil der Abschied ihn überfordert hatte, wie so viele Flüchtlinge auf dieser Welt. Zainab blieb mit ihren zwei Söhnen allein zurück. Aber sie war eine Kämpferin. Sie wusste genau, was zu tun war, und sie hatte Mut. Sie verkaufte ihr gesamtes Hab und Gut, um die Reise zu finanzieren, und kehrte Afrika den Rücken. Mithilfe eines Verwandten ihres Mannes, eines Bananenhändlers, verschlug es sie nach Genua. Hier fand sie rasch diverse Putzstellen im vornehmen Carignano-Viertel. Der ältere Sohn, Mohammed, fand Arbeit in einer Werkstatt am Hafen. Es ging aufwärts. Essam besuchte regelmäßig die Schule, machte den Realschulabschluss und schrieb sich für einen Abendkurs an der größten Hotelfachschule Genuas ein. Doch sein Ehrgeiz reichte weiter, als Kellner oder Koch zu werden. Sein Traumberuf war Privatdetektiv. Genuas Hafengelände war früher Standort florierender Industriebetriebe, die jedoch einer nach dem anderen in die Peripherie verlagert wurden. Am Hafenbecken boomte die Tourismusindustrie, sodass es dort plötzlich aussah wie in Assuan oder wie in den aus dem Boden schießenden Freizeitparadiesen der Dritten und Vierten Welt. Kellner wurden hier immer gebraucht. Das wusste Essams Mutter, und sie hatte ihn deshalb auf die Hotelfachschule geschickt.

Ich wollte draußen frühstücken. Mit einer eisgekühlten Flasche Sauvignon blanc, einem Stück Focaccia und dem »Decimonono«, den Essam auf der Ablage der Küchenzeile hatte liegen lassen. In meinem alten Korbsessel betrachtete ich die Landschaft. Mein besonderes Interesse galt dem Gelände unterhalb der Festungsanlagen des Forte Castellaccio, des Forte Sperone und des Forte Begato. Dabei stellte ich mir die sonst so ruhige Straße vor, in der es jetzt bestimmt von Polizeifahrzeugen wimmelte. Den Tatort, der sicherlich weiträumig abgesperrt ist und von der Spurensicherung akribisch untersucht wird. Und dazwischen die zweieinhalb Zentner von Commissario Pertusiello, der sich schnaufend den Wald hinaufschleppt und dabei denjenigen verflucht, der auf die aberwitzige Idee gekommen war, ausgerechnet dort oben einen armen Christenmenschen zu ermorden. Und über allem der schemenhafte Vollmond.

Ich nahm einen Schluck Sauvignon und studierte die Zeitung. Auch der »Decimonono« berichtete von dem seltsamen Heulen. Es sei etwa eine Woche lang zu hören gewesen, seit der Tat aber verstummt. Man hatte die Anwohner der Straßen, die sich auf die Anhöhe hinaufschlängelten, befragt: Via Vesuvio, Via Costanzi und Via Mura delle Chiappe. Ihre Aussagen waren identisch. Selbst ein Universitätsprofessor hatte sich zum Thema geäußert. In einem knappen Artikel berichtete er von zahlreichen Werwolflegenden, über das Werwolfsyndrom in der Psychiatrie als Form einer diagnostizierbaren Epilepsie, und er zitierte Beispiele des Werwolfphänomens aus Literatur und Film. Die Zeitung berichtete, dass in jener Nacht viele sensationslüsterne Schaulustige unterwegs gewesen waren. Genau wie Essam und seine Freunde waren sie die engen, mit Kopfstein gepflasterten Gässchen zu den Festungen hinaufgepilgert. Dem Werwolf auf der Spur. Seit jener klaren Sommernacht, als man den Schweif des Halleyschen Kometen bewundern konnte, waren nie mehr so viele Menschen dort oben gewesen. Der Leichnam war erst am Sonntagmorgen gefunden worden. Von einem Walker, der auf dem Fitnesspfad unterwegs gewesen war und per Handy sofort die Polizei verständigt hatte. Die Obduktion hatte allerdings ergeben, dass der alte Mann bereits in der Nacht zuvor getötet worden war, und zwar zwischen Mitternacht und ein Uhr morgens.

Essam teilte mir mit, dass er für seine Mutter dringende Besorgungen machen müsse, und fragte, ob ich auch etwas brauche. Dann verabschiedete er sich und ging. Ich blieb allein zurück, aß die letzten Bissen meiner Focaccia und nippte am Wein. Der angenehm beerige Nachgeschmack brachte mich auf eine Idee. Der Sauvignon stammte aus meiner Lieblingsweinhandlung in der Via Malta. Der Inhaber war mit mir auf dem Gymnasium gewesen. Dort hatte ich auch zwei Flaschen chilenischen Cabernet gekauft, aus einem besonders edlen Jahrgang. Ich wusste, dass mein alter Freund Pertusiello einen reifen Tropfen zu schätzen wusste. Vor allem als harmonischen Begleiter zu einem deftigen Essen. Damit würde ich den Vicequestore ködern. Hin und wieder koche ich für ihn. Als Gegenleistung bekomme ich dann die eine oder andere vertrauliche Information. Manchmal lade ich ihn aber auch nur ein, um nicht einsam zu sein. Dann hole ich einen besonderen Wein aus dem Keller, um meine Traurigkeit zu betäuben. Übrigens: Gegen Einsamkeit ist ein guter Tropfen wirksamer als eine Frau. Wein kann man ohne Weiteres altern lassen, ohne dass er schlechter mundet, im Gegenteil.

Ich wählte die Handynummer des Commissario und lud ihn zum Abendessen ein: Bollito misto con Bagnetto verde. Dazu zwei Flaschen 92er Cabernet Sauvignon. Er schien schon auf meinen Anruf gewartet zu haben, denn er sagte sofort zu. Ich konnte sein Grinsen förmlich vor mir sehen, als er mich warnte: »Es kann aber ziemlich spät werden. Du hast ja die Zeitungen gelesen, mein Freund. Eine verrückte Geschichte. Im Augenblick sind wir auf der Jagd nach Werwölfen, und wer weiß, vielleicht haben wir es bald noch mit Hexen, Vampiren und sonstigen Teufeleien zu tun.«

3
Der verliebte Geizhals

Ich entschied mich, nicht länger auf Zainab zu warten und einkaufen zu gehen. Nur wenige Schritte, dann tauchte ich in das vertraute Schattenreich der Carruggi ein. Dunkel, feucht und schwül. Ein Gemisch aus Küchendunst und Uringestank schlug mir entgegen. Der Geruch legte sich auf meine Haut, sickerte langsam in meine Seele und verbannte die bleierne Müdigkeit aus meinem Körper. Hier war ich zu Hause. In diesem Spinnennetz miteinander verwobener Gässchen kannte ich jeden Winkel. Hier fand ich mich mit geschlossenen Augen zurecht. Die Geschichten der alten Palazzimauern und des holprigen Carruggipflasters hatten sich mir ins Herz gebrannt. Das Brackwasser war mein Element. So war ich eben, und so werde ich immer sein: wie eine Ratte. Bacci Pagano, die Carruggi-Ratte. Schnüffeln, scharren, spüren, was gerade Sache war. Und genau in diesem Augenblick begann ich, Witterung aufzunehmen, um diesem seltsamen Gefühl nachzuspüren, das über mich gekommen war, wie aus heiterem Himmel. Ich war ein melancholischer Heimkehrer. Was hatte das Exil aus mir gemacht? Das Hochsicherheitsgefängnis von Novarra hatte mich meiner Jugend beraubt, fünf verlorene Jahre, und ich weiß bis heute nicht, warum. Dann die totale Isolation von Aglaja, als hätte ich eine ansteckende

Krankheit. Seit zehn Jahren hatte ich meine Tochter nicht mehr sehen dürfen. Grundlos wie meine Inhaftierung. Nur weil ich aufgehört hatte, ihre Mutter zu lieben. In wenigen Tagen wurde Aglaja achtzehn. Als Clara und ich uns trennten, war sie gerade mal acht, mit kurz geschnittenen Haaren wie ein Junge. Wie oft war sie mit aufgeschürften Knien oder einem blauen Auge nach Hause gekommen. Sichtbare Zeichen, dass sie sich mal wieder mit einem Schulkameraden angelegt hatte. Wegen ihrer Aggressivität hatte mich ihre Lehrerin sogar um ein persönliches Gespräch gebeten. Als Vater. Ich sollte Einfluss auf ihr Verhalten nehmen.

»Halten Sie mich da bloß raus«, war das Einzige, was ich dazu zu sagen hatte, »sonst liefern Sie nur weiteren Zündstoff zwischen ihren Eltern.«

Bekannte, die Aglaja öfter sahen, erzählten mir, dass sie sich sehr verändert habe. Nicht mehr der kleine Lausbub, als den ich sie in Erinnerung hatte. Sie lebte zusammen mit Clara und deren neuem Mann an der Riviera, in Chiavari. Ein fürsorglicher Ehemann und Vater, der für beide nur das Beste wollte. Er hatte meine Tochter aufwachsen und zur Frau werden sehen. Dass sie nach Chiavari zogen, war die Idee meiner Frau gewesen. Zwischen mir und meiner Tochter sollten möglichst viele Kilometer liegen.

Ich passierte das noch geschlossene Portal von San Donato und stieg die Salita Pollaiuoli nach oben. Vor dem Caffè degli Specchi blieb ich stehen und sah durch das Schaufenster. Das Lokal war brechend voll. In einem Ambiente aus Holz, Emaille und beschlagenen Spiegeln drängelte sich ein buntes Völkchen: gestylte Banker und Versicherungsangestellte auf Tuchfühlung mit bärtigen Linksintellektuellen, alle orientierungslos in den Strömungen der neuen Zeit. Selbst die Entscheidung, mit welcher Hand man seine Focaccia in den Cappuccino tunken sollte, mit der rechten oder mit der linken, schien heikel. Ich bog um die Ecke und tauchte in die Kühle der Canneto il Lungo ein. Ein handtuchbreites Gässchen, Zuflucht für Schwarzafrikaner und Marokkaner. Schwarze waren um diese Stunde nur wenige zu sehen. Von der schwülen Frühlingsluft ermattet, lagen die meisten noch in ihren Betten. Die Marokkaner dagegen machten bereits Geschäfte, palaverten oder dealten. Alles mit gelangweilter Miene, als wäre gerade Siesta. Typisch Araber: Nur wenn sie nichts zu tun hatten, kamen sie auf Touren.

Die Canneto il Lungo erinnerte an einen Souk. Der Lebensmittelmarkt des Centro Storico, ein Geschäft neben dem anderen. Fischhändler, Gewürzkräuterläden, Schweine-, Rind- und Lammmetzgereien, Geflügelhändler, Obst- und Gemüseläden. Je weiter ich zum Meer hinunterging, desto stärker stank es nach faulem Fisch. Wie ein Schleier legte sich der penetrante Geruch auf die maroden, triefenden Hauswände. Endlos hohe Palazzi versperrten den Himmel, nur ein winziges perlmuttfarbenes Fleckchen war zu sehen. Die Sonne existierte nur noch in der Fantasie des Betrachters. Eine fahle Sonne, die ein wenig Licht in das Dunkel der quälenden Erinnerungen bringen kann. Die Menschen hier sind von weit her gekommen. Von dort, wo die Sonne alles verbrennt und Hunger und Elend das Leben zur Hölle machen.

Ich betrat die Metzgerei von Cesare. In dieser Gerüchteküche kaufte ich mein Fleisch am liebsten. Das Mysterium des Righi-Werwolfs war auch hier das beherrschende Thema, was sonst. In Genua wurde offenbar über nichts anderes mehr gesprochen. Der makabre Leichenfund hatte die Stadt landesweit in die Schlagzeilen gebracht. Sogar das Fernsehen war vorgefahren, um Aufnahmen vom Tatort auf dem Hügel zu machen, den vorher niemand auf der Welt kannte und der bis dato selbst manchem Genueser fremd gewesen war. Eine rundliche Dame, scheinbar bestens informiert, bestand darauf, dass in dieser Nacht Vollmond gewesen sei. Sie hatte ihn mit eigenen Augen gesehen! Eine andere, spindeldürr und verhärmt, murmelte, sie müsse diesen Vollmond wohl geträumt haben, bei all dem Nebel, der über den Hügeln gehangen habe. Cesare fragte mich nach meiner Meinung als Experte, und das Stimmengewirr verstummte. Ich reagierte mit einem lockeren Spruch: Die wirklichen Werwölfe lebten hier unten in der Stadt, nicht dort oben. Die Rundliche prustete vor Lachen. Die andere stimmte mir zu und beendete die Diskussion mit einem genuesischen Sprichwort: »Die Mutter der Idioten ist immer schwanger.«

Als ich an der Reihe war, fragte ich nach Bollito misto, und zwar mit Zunge, Kopffleisch und Schwanz. Keine Chance. Was sollte ich Pertusiello jetzt vorsetzen? Ich könnte auf Pfeffersteaks ausweichen, das würde gut zum Cabernet Sauvignon passen. Oder auf Kutteln geschmort, mit Kartoffeln, eine Leibspeise des Commissario. Nein, das war es auch nicht. Plötzlich kam mir die Idee: Stoccafisso accomodato. Das hatte ich seit Jahren nicht mehr gekocht, und Pertusiello war ganz verrückt danach. Wer meint, dass zu Stockfisch nur Weißwein passt, der versteht nichts von gutem Essen. Im Gegenteil. Die leicht säuerlichen Weißen unserer Region sind keine guten Begleiter für dieses deftige Gericht. Ein guter alter Roter dagegen unterstreicht den intensiven Geschmack und hilft mit, das schwere Essen zu verdauen, sobald es einmal im Magen liegt.

Ich verabschiedete mich von Cesare und ließ ihn mit den Filets und Klatschgeschichten allein. Ich verabschiedete mich auch vom schummrigen Licht der Via di Canneto. Der Übergang in die lichtdurchflutete Via San Lorenzo tat den Augen weh. Durch weitere Carruggi gelangte ich schließlich ins Herz des Centro Storico, in die Via di Soziglia. Meine Nase führte mich zu einem Laden mit Stockfisch. Die ganze Gasse roch danach. Einen Augenblick lang starrte ich gedankenverloren ins Schaufenster. Der Stockfisch lag in einem Marmorbecken, das von einem kleinen Springbrunnen bewässert wurde.

Dann nahm ich das Handy aus der Jacke und wählte. Es klingelte eine Ewigkeit. Wenigstens kam es mir so vor. Mein Herz klopfte zum Zerspringen, obwohl ich wusste, dass sie nicht ans Telefon gehen würde. Um diese Zeit war sie wahrscheinlich in der Schule. Zwei Jahre war es her, seit ich sie zum letzten Mal angerufen hatte. Es kam mir vor, als wäre es gestern gewesen. Damals hatte ich mir etwas Mut angetrunken. Oder hatte ich mir Mut machen müssen, weil ich getrunken hatte? Jedenfalls war das damalige Gespräch eine kalte Dusche gewesen.

»Hallo, ich bins. Dein Vater.«

»Hallo. Willst du Mama sprechen?«

»Wie gehts? Was macht die Schule?«

»Gut, danke. Ich geb dir jetzt Mama.«

»Ich will nicht mit deiner Mutter sprechen, sondern mit dir.«

»Tut mir leid, ich habe dir nichts zu sagen. Willst du bestimmt nicht doch noch mit Mama sprechen?«

»Nein.«

»Na gut. Ciao.« Klick. Aufgelegt.

Endlich nahm jemand ab.

»Ja?« Eine Männerstimme.

»Giovanni, bist dus?«

Kurze Pause. Vollbremsung auf spiegelglattem Eis. Dann sprach er weiter. Jeden Augenblick konnte das Eis einbrechen. »Bacci? Was gibts?«

»Ist Clara da?«

»Außer mir ist niemand zu Hause. Was willst du?«

»Ich will mit Clara sprechen. Über Aglaja.«

Ein tiefer Seufzer. Wieder Stille.

»Wann kann ich mit ihr reden?«

Wahrscheinlich hätte er am liebsten geantwortet: »Nie.« Doch er war zu gut erzogen. »Sobald sie zurück ist, sag ich ihr Bescheid. Es ist ihre Sache, ob sie zurückruft.«

»Tut mir leid, Giovanni. Diese Antwort hättest du dir schenken können. Sag mir lieber, wann Aglaja zu Hause ist, dann rufe ich noch mal an.«

Wieder diese ominöse Stille.

»Na gut«, knurrte er, »morgen früh nach neun.«

»Danke, Giovanni.«

Eigentlich kein übler Bursche, dieser Giovanni. Er sieht sich als Schutzengel für zwei wehrlose Wesen. Deshalb muss er auch ab und zu ein bisschen knurren, damit man ihn nicht für einen Scheißer hält. Aber in Wirklichkeit weiß er ganz genau, dass es für Clara die größte Genugtuung war, mir meine Tochter wegzunehmen. Und ihm ist auch klar, dass mir kein Richter verbieten kann, bei ihnen auf der Matte zu stehen. Dass ich es trotzdem noch nie tat, liegt daran, dass ich meine Exfrau einfach zu gut kenne. Seit ich sie damals in ihrem Wahn erlebt hatte, war mir klar, dass ich die Trennung von meiner Tochter akzeptieren musste. Clara hatte beschlossen, mich bluten zu lassen. Und der Versuch, Aglaja auf meine Seite zu ziehen, hätte das Kind entzweigerissen. Deshalb unternahm ich nichts.

Ich klappte mein Handy zu und ließ es in die Tasche gleiten. Das war erledigt. Jetzt konnte ich den Laden betreten und ein gutes Kilo gewässerten Stockfisch kaufen. Dazu alle Zutaten, die man für Stoccafisso accomodato unbedingt braucht: Pinienkerne, Kapern und Oliven. Anchovis und schwarzen Pfeffer hatte ich noch reichlich zu Hause. Beim Gemüsehändler nahm ich noch zwei Kilo vollreife Tomaten und zwei Kilo Kartoffeln mit. Gemüse der Saison zum Pinzimonio, einem Dip aus Öl, Pfeffer und Salz. Ecco. Jetzt konnte ich nach Hause gehen und das Essen vorbereiten. Und die beiden Flaschen entkorken, damit der Wein atmen konnte. Auf dem Weg dachte ich über meine Strategie für das Gespräch mit dem Commissario nach. Ich musste taktisch geschickt vorgehen und die richtigen Fragen stellen.

Als Pertusiello kam, war es bereits nach neun. Begeistert machte er sich über den Stockfisch her. Er schien vergessen zu haben, dass ich ihm eigentlich Bollito misto alla piemontese versprochen hatte. Unvermittelt begann er, über die Probleme zu sprechen, die er mit dem Werwolffall hatte, ins Detail ging er allerdings nicht. Nur als er Terenzis Witwe beschrieb, schwelgte er in Superlativen: »Diese pechschwarzen Augen, diese ...«

Ich ließ ihn seinen Teller leeren, ohne konkrete Fragen zu stellen. Danach einen zweiten. Mit einem Stück Brot wischte er den Rest Sauce vom Teller, die in Farbe und Konsistenz an fruchtbare Muttererde erinnerte. Während er aß, betrachtete ich seinen gewaltigen Körper, der sich unter der grauen Jacke abzeichnete, und erinnerte mich an alte Zeiten, in denen

Stockfisch ein Arme-Leute-Essen gewesen war. Meine Familie gehörte auch dazu. So weit ich zurückdenken konnte, war das unser Sonntagsessen gewesen, das Proteindepot für die Woche.

Pertusiello hatte den Krawattenknoten gelockert und den Hemdkragen geöffnet. An seinem Stiernacken wirkte der Kragen wie zwei Schmetterlingsflügel. Dass ihm das Essen schmeckte, konnte ich an seinen Gesten ablesen. Er fuchtelte mit den Händen, typisch für einen Kampanier.

Ich kannte Salvatore Pertusiello seit mindestens zwanzig Jahren. Damals war er aus dem Süden zur Questura von Genua versetzt worden. Sein erster Fall war eine Drogensache, in die auch ich involviert war. Ein Industrieller, hin und her gerissen zwischen Unternehmens- und Familieninteressen, hatte mich mit Ermittlungen beauftragt. Ganz auf die Firma fixiert, hatte er übersehen, wie sein Sohn abhängig geworden war. Heroin. Mit der Zeit war das Gesicht des Commissario voller geworden, sein Bauch hatte sich aufgebläht wie ein Segel. Er sah jetzt aus wie ein gutmütiger Riese. Beim Essen, Trinken und Rauchen kannte Pertusiello kein Maß. Als sei die Welt nur mit vollem Magen zu ertragen. Ein vorbildlicher Beamter, für den Pflichterfüllung über alles ging. Ein Mann mit Charakter. Dazu war er ein Moralist, der allen und jedem auf die Nerven ging. Er war von Beginn an bei der Mordkommission. Bei einigen spektakulären Fällen hatten wir Hand in Hand gearbeitet, mit breitem Medienecho. »Doppel-Ass« hatte uns der »Decimonono« tituliert. Dieser Spitzname war uns bis heute geblieben. In seiner Karriere hatte er es bis zum Vicequestore gebracht. Aber er blieb, auch für sein Team, stets der Commissario, auch für mich.

Mit Pertusiello zu arbeiten, war nervenaufreibend. Um

nichts in der Welt hätte ich jedoch darauf verzichten wollen. Nicht einmal auf seine penetrante Aufdringlichkeit, seine Art, alles an sich zu reißen, ohne Rücksicht auf Verluste. Er beansprucht viel Raum, nicht nur wegen seiner Leibesfülle. Er redet unaufhörlich. Beim Schauspiel seiner verbalen Zügellosigkeit bleibt allen anderen nur die Statistenrolle. Nicht dass er Blödsinn redet, im Gegenteil. Ihm zuzuhören ist ein Genuss höherer Art. Auch wenn ich als Musikliebhaber ein Streichquartett doch vorziehe. Der Commissario erinnert mich bei seinen Auftritten eher an einen Posaunisten, der ein Solo spielt. Im Laufe unserer Zusammenarbeit habe ich gelernt, ihn rechtzeitig zu bremsen und seinen Redefluss zu lenken, ohne dabei seine ausgeprägte Eitelkeit zu verletzen. Manche Grobheit seinerseits nehme ich einfach hin, denn auch auf diesem Gebiet ist er nicht zu toppen. Gepaart mit seiner Sturheit, ein aufreibender Mix. Da werden regelrechte Religionskriege über Belanglosigkeiten geführt. Ohne Vorwarnung gebärdet er sich wie der Sonnenkönig: »L'état c'est moi.« Bei unseren verbalen Scharmützeln schlagen sich selbst seine Mitarbeiter hin und wieder auf meine Seite. Trotz aller Wortgewalt verstellt ihm sein ungezügeltes Temperament in diesen Situationen die Sicht auf die Dinge. Dann würde er mich zwar gern in die Tasche stecken, schafft es aber nicht.

Pertusiellos Vertrauen zu genießen, ist Freud und Leid. Gelingt es mir, seine Unmäßigkeit hinzunehmen und die Rollenverteilung zu akzeptieren, kann ich von unserer Freundschaft profitieren. Dann kriege ich ein »Heimspiel«, wenn ich in einem Fall ermittle, für den er zuständig ist.

Wenngleich Pertusiello ein exzellenter Polizist ist, habe ich doch den Eindruck, dass er von unserer Zusammenarbeit genauso viel profitiert wie ich. Er hört mir zum Beispiel selbst dann aufmerksam zu, wenn ich eine auf den ersten Blick abwegige Idee präsentiere, die mir gerade durch den Kopf geschossen ist. Ein »coup de foudre«, wie Pertusiello es nennt. Manchmal nennt er mich scherzhaft den »Musiker«. Er meint, ich könne aus den Worten und Gesten der Menschen erkennen, was sie denken. Wie eine Musik, der andere nicht lauschen können. Doch was Intuition angeht, steht er mir in nichts nach. Und nicht zuletzt ist er mit einem begnadeten Organisationstalent gesegnet. Seine Leute funktionieren mit der Präzision eines Schweizer Uhrwerks, die Truppe mit der besten Aufklärungsrate der gesamten Questura. Über Jahre hat er seine Mitarbeiter sorgfältig ausgewählt, und zwar nicht nur die Inspektoren Levrero, Fois, Cecchi und Esposito, auch die niederrangigen Beamten. Immer wieder ist seine Mannschaft zur richtigen Zeit am richtigen Ort, um die Verdächtigen festzunehmen. Zumindest die Verdächtigen, die sich festnehmen lassen.

Die zweite Flasche Cabernet war bereits halb geleert, als Pertusiello sich schließlich über den Mund strich. Seine Wangen glühten. Allein der satte Rülpser, der nun folgte, war Lohn genug für meine Mühen am Herd. Ein leidenschaftliches De Profundis aus den Tiefen seiner Eingeweide. Sein Dank für das von einem loyalen Freund zubereitete Stoccafisso accomodato. Mit allem, was dazu gehört. Von einem Privatdetektiv, der dafür eine Gegenleistung erwartete. Der Commissario hatte die Augen geschlossen, als ob er einer inneren Melodie lauschte. Einer Melodie, in der sich das Rumoren seines Verdauungstrakts mit tiefster Zufriedenheit paarte. Mit einem inbrünstigen Seufzer steckte er sich eine Zigarette an und begann. »Okay, Bacci, was willst du wissen?«

Um Katz und Maus zu spielen, kannten wird uns zu gut.

»Eine Versicherungsgesellschaft hat sich bei mir gemeldet. Terenzi hatte eine Lebensversicherung abgeschlossen, und seine Witwe kassiert jetzt eine Million Euro. Sie vermuten, die Dame könnte ihn umgebracht haben.«

»Weiß ich. Die CarPol. Und weißt du was? Ich glaube, sie haben recht.«

»Dann weißt du wohl auch, dass die Panamaerin auf großem Fuß lebt. Geld, Luxus, ein Mercedes-Cabrio und abends nach Monte Carlo ins Kasino.«

»Ja, auch das. Man muss sich nur ihre Wohnung anschauen. Ein Penthouse in der Altstadt. Von außen ist das Haus nicht gerade ein Palast, aber sobald du die Sicherheitstür hinter dir gelassen hast ... Madonna Mia! Kein Loch wie dieses hier, das kann ich dir sagen. Dreihundert Quadratmeter auf zwei Stockwerken. Antike Möbel, die allein schon ein Vermögen wert sind, ganz zu schweigen vom Schmuck und von den Pelzen. Nicht dass ein Körper wie der ihre diesen Luxus nicht auch verdient hätte ... Meine Leute haben jeden Winkel der Wohnung durchsucht und das Paradies entdeckt.« Er wollte mich provozieren. Pertusiello machte es Spaß, mich immer wieder daran zu erinnern, dass ich ewig ein Proletarier bleiben würde, genau wie er. Im Höchstfall ein Kleinbürger. Die Welt der Reichen war nicht unsere Welt. Pertusiello war einer der wenigen Polizeikommissare, die sich zur Linken bekennen und auch im 21. Jahrhundert noch an den Klassenkampf glauben. Bis ins Mark geprägt von nicht greifbaren, längst verstaubten Idealen. Und das in einer Zeit, in der es doch nur darum zu gehen scheint, ob man einem Clan oder einer bestimmten gesellschaftlichen Gruppe angehört. Früher war man Teil eines Volkes. Heute ist man Teil der Mafia, des Opus Dei oder Kunde von American Express.

Ich goss Wein nach und räumte die Teller ab. Dann holte ich das Gemüse und die Schälchen für das Pinzimonio. »Woher kommt das ganze Geld?«

Mit einem ironischen Lächeln tauchte er eine besonders zarte Selleriestange in den Olivenöldip. »Frag Repetto! Er ist der ermittelnde Staatsanwalt. Morgen gibt er eine Pressekonferenz.«

»Jetzt mach mal halblang, Totò. Ich habe dir Stoccafisso accomodato gemacht. Soll ich dir etwa auch noch den Hof machen, bevor du zur Sache kommst? Was machte Terenzi für Geschäfte?«

»Wir haben seine Bankverbindungen bis ins letzte Detail überprüft. Er hatte diverse Konten, alle hübsch verteilt. Große Sachen, wie Erpressung oder Drogengeschäfte, waren nicht sein Ding. Er arbeitete stets auf eigene Rechnung, machte kleine Geschäfte. Terenzi war einer dieser Schweinehunde, die Geld verleihen und denjenigen die Hölle heiß machen, die nicht zurückzahlen können.«

»Ein Wucherer.«

»Ganz genau. Nicht gerade seriös, aber auf diese Weise hat Mino Terenzi ein beachtliches Vermögen gemacht. Er hat armen Teufeln Geld geliehen, die in der Altstadt eine bescheidene Klitsche aufmachen wollten, eine Pizzeria vielleicht oder eine kleine Werkstatt. In letzter Zeit auch Immigranten aus Nicht-EU-Ländern, die sich ihre Aufenthaltserlaubnis über dubiose Kanäle beschaffen mussten, und das kostet nun mal. Der Safe in seiner Wohnung quoll über vor fälligen Wechseln und vordatierten Schecks. Aber das sind alles nur Peanuts.«

»Gut, aber Kleinvieh macht auch Mist. Ein Tausender nach dem anderen, Kredit auf Kredit, dazu die Wucherzinsen …«

Er stellte das Schälchen Pinzimonio beiseite und kratzte sich mit dem Nagel des kleinen Fingers auf der glänzenden Glatze, dabei schüttelte er den Kopf. »Aber nein, so wars bestimmt nicht. Terenzi war ohne Zweifel ein Kredithai, aber er hatte es nur mit einer bestimmten Klientel zu tun. Er war die letzte Hoffnung für die ganz unten. Dort hatte er keinen schlechten Ruf. Glaub mir, da gibts viel Schlimmere. Und womit hätte er säumige Schuldner unter Druck setzen können? Im Grunde war er ein kleiner Fisch.«

»Immerhin muss er in dreißig Jahren ein Vermögen angehäuft haben, von nichts hätte sich die Signora ein solches Leben nicht leisten können.«

Kaum hatte ich Terenzis Frau erwähnt, begannen seine Augen zu glänzen. Es fehlte nicht viel, und er hätte zu sabbern begonnen wie eine Bulldogge. Er warf mir ein verschmitztes Lächeln zu, das Beste kam wohl noch. Dann seufzte er abgrundtief. »Das ist das Schöne, Bacci. Selbst in unserem grauen, dreckigen Arbeitsalltag gibt es ab und zu einen Lichtblick. Wir stoßen eine Tür auf, und dahinter verbirgt sich ...« Er wusste nicht weiter. Um Zeit zu gewinnen, griff er nach seiner Zigarette, die im Aschenbecher langsam vor sich hin qualmte, während ich mir eine Pfeife stopfte.

»Nun ja, etwas, das uns wieder durchatmen lässt. Kleine Freuden, die das Leben für einen bereithält. Verstehst du? Frische Luft, die unsere Seele reinigt und unserem Dasein wieder einen Sinn gibt.« Dabei sog er tief den Rauch ein. »Dieser kleine Mistkerl werkelte dreißig Jahre lang unbemerkt vor sich hin: eine echte Kanalratte. Miese Geschäfte mit armen Schweinen, für die er der letzte Rettungsanker war. Verzweifelte, die auf ihn angewiesen waren, um einen finanziellen Engpass zu überbrücken. Nach und nach summiert sich das.

Er kaufte sich ein Haus. Eine Bruchbude, in der die meisten Zimmer leer blieben und vor sich hin gammelten. Er hauste wie ein Hund, erbärmlich wie die, die er über den Tisch zog. Er schuftete, nur um Geld zu scheffeln. Tag für Tag. Die Abende verbrachte er in einer der düsteren Bars zwischen der Piazza Banchi und der Piazza della Nunziata. Dreißig Jahre lang, kannst du dir das vorstellen?«

Langsam verstand ich, worauf er hinauswollte. Inzwischen hatte ich meine Pfeife angezündet und nahm einen tiefen Zug. Pertusiello fuhr fort, er war jetzt in Fahrt. Seine Wangen glühten, und auf seiner Glatze spiegelte sich das gelbliche Licht der Wohnzimmerlampe, die über dem Tisch hing. Ihr schwaches Licht spielte mit dem bläulichen Zigaretten- und Pfeifenrauch, was dem Raum etwas Geheimnisvolles verlieh. Etwas zwischen Krankenhaus und Sakristei. Ich brauchte dringend eine stärkere Glühbirne.

»Eines schönen Tages, als unser Millionär schon fast in der ewigen Versenkung zu verschwinden drohte, und mit ihm sein verwelktes bestes Stück, mit dem ohnehin nicht mehr viel los war ... zack! Der Blitz schlug ins Leben dieses Scheißkerls ein! Rumms!« Ein zweites Mal donnerte seine riesige Faust auf den Tisch. »In einem Tanzsaal in Castelletto d'Orba begegnet er einer Frau, die selbst eine Schwuchtel nicht kaltlassen würde. Mit einem Schlag wird alles anders. Das Leben beginnt noch einmal von vorn, Bacci. Weißt du, was ich meine?« Pertusiello ist wie ein Kind. Er kann es nicht ertragen, wenn sein Gegenüber keine Reaktionen zeigt. Er will wissen, woran er ist. In jeder Situation, ohne Wenn und Aber. Immer wieder vergesse ich das und setze mein übliches Pokerface auf, wenn ich ihm zuhöre. Und er regt sich jedes Mal drüber auf.

»Natürlich weiß ich, was du damit sagen willst, Totò«, erwiderte ich und klopfte ihm besänftigend auf die Schulter, »ich bin ja nicht blöd.«

Das leuchtete ihm ein. Mit neuem Elan fuhr er fort, seine Theorie zu untermauern, als ihm urplötzlich ein beunruhigender Gedanke durch sein weinseliges Hirn schoss. »Apropos, hast du etwas von Jasmine gehört? Hat sie sich gemeldet?«

Warum kam er gerade jetzt auf Jasmine? Vielleicht um abzulenken, weil ihm die Panamaerin nicht aus dem Kopf ging. Sie schien es ihm wirklich angetan zu haben. Ich stand auf und versuchte, den Schmerz, der mit Jasmines Namen verbunden war, in Schach zu halten. Unmöglich. Am liebsten hätte ich ihn erwürgt. »Nein, kein Lebenszeichen. Ich habe mit einem Freund in Paris Kontakt aufgenommen, aber er weiß auch nichts.«

»Paris! Was für eine Stadt! Und die Franzosen erst! Sie verstehen das Leben zu genießen! Sie gelten ja als Etatisten. Weißt du, was sie antworten, wenn man sie darauf anspricht? »L'etat démocratique c'est l'expression de la volonté populaire!« Der laizistische Staat ist für sie gleichbedeutend mit der nationalen Einheit. Der Pakt, der alle Bürger eint und ihre Rechte und Pflichten definiert. Nicht wie bei uns, wo der Staat funktioniert wie eine Milchkuh. Alle wollen sie melken, aber sobald eine Gegenleistung verlangt wird, wird der Staat zum Feind, den man bekämpft oder verarscht.« Wenn sich Pertusiello auf die Politik einschoss, verlor er schnell den Faden, also …

»Totò, wann werden wir endlich aufhören, uns die Köpfe der anderen zu zerbrechen? Im Leben kommt ein Punkt, wo man nur noch sich selbst sein möchte und einem die Meinung der anderen egal ist. Dann ist man endlich erwachsen geworden. Meinst du nicht?«

Der Blick, der mich traf, verriet Besorgnis und Argwohn. Ich schien ihm in diesem Augenblick suspekt. Vielleicht fürchtete er sogar, ich hätte das politische Lager gewechselt.

»Kann sein. Aber erklär mir mal, warum wir von einer Horde Krimineller regiert werden, kaum besser als die Panzerknackerbande bei Donald Duck?«

»Mit dem Unterschied, dass die Panzerknacker nicht die Wahlen gewonnen haben!«

Pertusiellos anklagender Zeigefinger zerschnitt die Luft wie ein Säbelhieb. Er war wütend. »Ah, ich sehe schon, statt weiter zu Fuß zu gehen, springen wir lieber auf den Zug der Sieger auf, was?«

»Ich bin schon immer zu Fuß gegangen. Was mich wirklich traurig macht, ist die Tatsache, dass die Wähler des schwerreichen Schmierenkomödianten keine Außerirdischen sind. Es sind unsere Nachbarn, Totò. Unsere Kollegen. Manchmal sogar unsere Freunde.«

Wütendes Grunzen. Pertusiello klang wie ein angeschossener Eber. »So ist es. Deine Freunde.«

»Wenn du sie fragst, wie es überhaupt so weit kommen konnte, bleibt ihnen nur die Antwort, dass es keine Alternativen gab.«

»Verflixt noch mal! Wie kann man Al Capone mit einem dahergelaufenen Kleinkriminellen verwechseln?«

Echauffiert zündete er sich eine weitere Zigarette an, das einzige Mittel gegen seine düsteren Gedanken.

»Aber klar doch, lassen wir ruhig alles den Bach runtergehen. Wichtig ist, dass wir unseren eigenen Arsch retten, was?«

Wenn er persönlich wurde, reagierte ich wirklich sauer. »Und das mache ich, indem ich meinen Job hinschmeiße und stattdessen den Leuten, die an der roten Ampel warten, die Scheibe putze? Rette ich etwa so meinen Arsch?«

»Das interessiert dich doch alles nicht mehr.«

»Es ist jedenfalls kein Grund, mich umzubringen.«

»Aber es muss doch etwas geben, für das es zu kämpfen lohnt, etwas wirklich Wichtiges, wichtiger als wir selbst.« Ein flehentlicher Appell. Er war jetzt traurig. Die weinselige Hochstimmung war verflogen. Was war für ihn wichtig? Sein Appetit. Und sein selbstloser Einsatz für den Staat, von dem er sein Geld bekam. Aber das konnte ich ihm nicht sagen, ohne ihn in seinem überschwänglichen Pathos im Nachhinein auch noch zu bestätigen. Pertusiello war allergisch gegen Komplimente, ganz besonders, wenn sie von mir kamen.

»Für Terenzi war seine Panamaerin wirklich wichtig. Und für die Signora vielleicht ein Scheck über eine Million Euro. Und für den Präsidenten der CarPol, eben dieses zu verhindern.«

»Und für dich?«

Die Eine-Million-Euro-Frage. Für mich?

»Den Mörder dieses Halsabschneiders zu fassen und das Leben zu genießen.«

»Das ist doch nicht das Thema, das will ich auch.«

»Dann erzähl mir endlich mehr von diesem Typen und seiner Bellezza aus Panama.« Vielleicht gelang es mir damit, ihn wieder auf Kurs zu bringen.

»Ja, dieser Terenzi, der Teufel soll ihn holen ... Hör mal, glaubst du allen Ernstes, er wäre ohne sie jemals über Castelletto d'Orba hinausgekommen? Für ihn war es doch ein Glücksfall, in diesem Tanzschuppen die Frau seines Lebens zu treffen. Er hatte nichts Besseres zu tun, als sonntags dort die Zeit totzuschlagen. In seiner Dreihundert-Quadratmeter-Hütte war es genau so öde und leer wie in seinem ganzen Leben. Er wusste gar nicht, was Leben wirklich bedeutet.« Er brach ab, hob den Kopf, um schließlich fortzufahren: »Diese Frau ist völlig anders, als ich sie mir vorgestellt hatte. Keine verzweifelte Kreatur, aus der Gosse in die Arme eines geilen alten Sacks geflüchtet, dem sie als Dank dafür zu Diensten war. So einfach ist es nicht. Ganz und gar nicht!« Sein massiger Kopf pendelte hin und her. »Sie ist … eine Frau, die in keine Schublade passt. Attraktiv, stilvoll, faszinierend. Ich kann mir beim besten Willen nicht vorstellen, was dieser kleine Wicht mit einer solchen Frau anfangen sollte. Aber eins ist klar: Ihr Erscheinen war die Initialzündung für ein neues Leben.«

»Und für seinen Tod«, fiel ich ihm ins Wort.

Diesen Einwand steckte er weg. Er musste sich entscheiden: Glorifizierung oder Mordverdacht. »Mensch, wenn ich an der Stelle des alten Bocks gewesen wäre … das hätte sich gelohnt, keine Frage.«

»Totò, meinst du, sie war es, ganz ehrlich?« Ich merkte plötzlich, dass ich gerade dabei war, mir das Wasser abzugraben. Insgeheim hoffte ich, er würde mit »Nein« antworten. Aberwitzig, denn damit könnte ich fünfzigtausend in den Wind schreiben. Dabei hatte ich diese Frau noch gar nicht gesehen. Moralische Skrupel? So leicht so viel Geld zu verdienen … Oder war es Pertusiellos Anspielung, ich hätte meine Schäfchen schon im Trockenen? Oder hatte ich mich etwa von seinen Gefühlen für die schöne Witwe anstecken lassen?

Der Commissario kratzte sich erneut auf der Glatze und brummelte: »Ganz ehrlich? Eine Million ist kein Pappenstiel.

Außerdem gibt es da einen Lover: einen jungen Südamerikaner. Aber das ist top secret, verstanden? Das kostet mich sonst meinen Job. Ich habe Repetto gebeten, die höchste Geheimhaltungsstufe anzuordnen. Das gilt für alle Untersuchungsergebnisse und sonstigen Informationen die Signora betreffend, inklusive der Versicherungsgeschichte.« Er nannte sie tatsächlich so. Die Signora. Und das, obwohl er einen Eid darauf geschworen hätte, dass sie als Täterin infrage kommt. Er wollte noch etwas sagen, zumindest hatte ich den Eindruck. Dann blickte er sich suchend um.

»Was ist los? Willst du einen Whisky?«

»Ja, ein Whisky wäre nicht zu verachten.«

»Mit Eis, wie immer?«

»Ja.« Er schien mit seinen Gedanken ganz woanders zu sein. Gedanken, die von Cabernet, üppigem Essen und der Erschöpfung nach einem langen Arbeitstag geprägt waren. Ich goss zwei Gläser ein. Nach all den Jahren war mir das Phänomen vertraut: Das Gehirn des Commissario schaltete auf Touren. Es verarbeitete Gedankenspiele, Reminiszenzen plus die Tagesaktualität. Wenn Pertusiello in seinem reichen Erfahrungsschatz wühlte, bekam er einen ganz speziellen Gesichtsausdruck. Wie ein Billardspieler, der die Positionen der Kugeln auf dem grünen Spielfeld sondiert. Hoch konzentriert. Welche Kugel muss zuerst gespielt werden? Karambolage? Mit welcher Bande? Jetzt musste ich einhaken, wenn ich etwas erfahren wollte.

»Wir haben nicht viel in der Hand«, bekräftigte er. Pertusiello kombinierte offensichtlich gerade die bisher vorliegenden Informationen mit den aktuellen Erkenntnissen. In diesem Moment blitzte in einem Winkel seines Polizistengehirns ein wichtiger Gedanke auf. Zwischen Cabernet Sauvignon, Nikotin und dem Stoccafisso accomodato, der gerade seinen Weg durch den voluminösen Magen des Kolosses von der Amalfiküste begann. Ich begriff, dass diese Frau ihn so tief verunsicherte, als ob er sich in sie verliebt hätte. Als ob er sie schützen wollte. Er nippte an seinem Whisky und fuhr dann mit fast träumerischem Gesichtsausdruck fort: »Schau mal, Bacci, in diesem Fall geht es um kleine Gaunereien, in der Größenordnung von höchstens tausend, vielleicht zweitausend Euro. Peanuts. Dafür bringt dich keiner um.«

Interessant. Ich hatte Witterung aufgenommen, wagte kaum zu atmen.

»Es sei denn...« Er brach ab.

»Es sei denn?«, wiederholte ich.

»Es sei denn, es geht um eine Barabhebung, noch nicht fällige Schatzanweisungen. Dreihundert Millionen alte Lire. Ausgezahlt vor zwei Jahren. Das Geld ist spurlos verschwunden.«

»Dreihundert Millionen?«

»Exakt. Und nicht der kleinste Hinweis, kein vordatierter Scheck, kein Wechsel oder irgendein anderes verfluchtes Dokument, das uns verraten könnte, wo die Kohle hingeflossen ist und wer sie eingesackt hat.«

»Ein mögliches Motiv«, sagte ich. Wenngleich ich mir keine Illusionen machte, schwang in meiner Stimme doch ein Schimmer Hoffnung mit. Pertusiello schien das zu bemerken und schnitt mir brüsk das Wort ab. Vorwurfsvoll sagte er: »Meinst du nicht, dass auch eine Million Euro von der Versicherung ein ausreichendes Motiv sind?«

Er ist nicht mehr er selbst, dachte ich nun schon zum zweiten Mal. Sobald auch nur ein klitzekleines Indiz für die Unschuld der schönen Julia Rodriguez auftauchte, sah die

Welt für ihn gleich anders aus. Doch die Fakten sprachen eine andere Sprache, und den Fakten musste er sich stellen. An die Unschuld dieser Frau zu glauben, fiel schwer. Und der Gedanke, dass eine Mörderin mit heiler Haut davonkommen könnte, war für Pertusiello unerträglich. Auch wenn die Welt ohne sie trister wäre.

»Was sagt denn Julia Rodriguez zu den dreihundert Millionen?«

»Dass sie nichts davon weiß. Sie beteuert immer wieder, dass ihr Mann sie nicht in seine Geschäfte eingeweiht hat. Auch als wir ihr von der Versicherungspolice erzählt haben, ist sie aus allen Wolken gefallen. Dafür hat sie von einem seltsamen Telefonanruf berichtet, den ihr Mann in ihrem Beisein erst kürzlich bekommen hatte. Er schien danach sehr beunruhigt, aber über den Inhalt schwieg er sich aus.« Er umklammerte mit beiden Händen den Tisch und quälte sich aus seinem Stuhl hoch. Eine imposante Erscheinung. Wahrscheinlich war jetzt der richtige Moment, zu gehen. Er wirkte wie ein alter Mann, müde von der Bürde des Lebens und träge vom Wein. Ein bis zur Neige ausgekostetes Leben, ohne Netz und doppelten Boden, rücksichtslos gegen sich selbst. Unvermittelt übermannte mich Zärtlichkeit, ich legte ihm die Hand auf die Schulter.

»Und Agnese? Wie läufts, jetzt, wo sie in Rente ist?«

Er breitete die Arme aus und schüttelte erneut den Kopf. »Sie erträgt mich, ein halbes Leben schon. Mitsamt meinem Beruf und meinen Macken. Kann ich mehr verlangen?«

»Grüße sie von mir. Und erinnere sie daran, dass sie mir eine Einladung zum Cappon magro versprochen hat.«

Dreißig Jahre verheiratet und immer noch glücklich. Zwei Menschen, die nicht mit ihrem Schicksal hadern. Unzählige Gemeinsamkeiten haben sie zusammengeschweißt. Sie können vergessen und machen keine großen Worte. Pertusiello und seine Frau Agnese. Beide gute Köche und ebenso gute Esser. Stattlich, zupackend und leidenschaftlich. Beide stammten von der Amalfiküste, ihre wettergegerbte Haut verriet das Erbe von Generationen von Fischern und Tomaten- und Olivenbauern.

Wir hatten bisher kein einziges Wort darüber verloren, unter welch makabren Umständen Terenzi zu Tode gekommen war. Die Werwolfstory war ein gefundenes Fressen für die Medien.

»Dieser Werwolf könnte genauso gut der Liebhaber gewesen sein. Die südamerikanische Werwolfvariante«, merkte ich an. Zum Lachen war mir nicht.

»Selbst wenn, die Geschichte ist und bleibt seltsam. Die Autopsie ist noch nicht vollständig abgeschlossen. Aber es ist wirklich so gewesen, Bacci.«

»Was ist wirklich so gewesen?«

»Es sieht so aus, als wäre er an den Bisswunden gestorben. Ihm wurde die Kehle durchgebissen. Und: Tatort ist gleich Fundort. Das ist Fakt.«

»Willst du damit sagen, es könnte ein Unglücksfall gewesen sein?«

»Ja, warum denn eigentlich nicht?« Er lachte lauthals, seine Wangen wurden noch eine Spur röter. Während er in Richtung Flur ging, klatschte er in die Hände. Es klang wie ein Paukenschlag. »Ein Unglücksfall! Jeder weiß doch, dass auf den Hügeln rund um Genua blutrünstige Wölfe hausen! Ein Unglücksfall, aber sicher!«

»Dann sind die Wölfe nicht bloß eine Erfindung der Presse?«

»Oh nein, mein Freund. Das ist das Einzige, was in diesem Fall sicher zu sein scheint. Der arme Teufel hat sich gewehrt, so gut er konnte. Wir haben Fellreste zwischen seinen Fingern gefunden. Bei der Untersuchung hat der Leiter der Kriminaltechnischen Abteilung sogar einen Zoologieprofessor der Universität zu Rate gezogen. Und was haben sie herausgefunden? Die Haare stammen tatsächlich von einem Wolf. Canis lupus, um genau zu sein. Dottor de Meo hat das ausdrücklich in seinem Bericht festgehalten. Und der Dottore hat immer recht. Mino Terenzi wurde von einem Wolf getötet, genau wie Rotkäppchen.«

4
Augen, schwarz wie die Nacht

Sie nahm nach dem ersten Klingeln ab. Hatte sie etwa auf den Anruf gewartet?

»Ja, bitte?«

»Clara? Hier Bacci.«

»Was willst du?«

»Mit dir reden.«

»Worüber?«

»Über Aglaja.«

»Das Thema ist abgehakt.«

Stille.

»Gut, reden wir. Wir brauchen mehr Geld, das Leben wird immer teurer.« Finanziell über die Runden zu kommen, war für sie ein Seiltanz, seit mehr als zehn Jahren.

»Einverstanden.« Niemals hätte ich das Wohl meiner Tochter von der statistischen Teuerungsrate abhängig gemacht. »Wir müssen reden, unbedingt.«

»Schieß los.«

»Nicht am Telefon. Wir müssen uns treffen.«

»Das ist reine Zeitverschwendung, Bacci.«

»Nur eine halbe Stunde, mehr nicht. Wenn es dir lieber ist, komme ich nach Chiavari.«

»Auf keinen Fall. Warte, übermorgen bin ich in Genua im Theater.«

»Übermorgen passt bestens. Um wie viel Uhr?«
»Die Vorstellung beginnt um neun.«
»Wo?«
»Im Tosse.«
Das Teatro della Tosse war in der Piazza Negri, nicht weit von meiner Wohnung.
»Treffen wir uns um acht im Roger?«
»Roger? Nie gehört.«
»Das Roger Café in der Stradone di Sant'Agostino.«
»Gut. Um acht im Roger.«
Ich legte auf und rief Terenzis Witwe an. Ich teilte ihr mit, dass ich Privatdetektiv sei und im Auftrag der CarPol im Mordfall ihres Mannes ermittle. »Madre mia!« Sie klang ängstlich. Die Angst des Wildes vor den Jägern. Ich spürte eine gewisse Sympathie für diese Frau, die für ihre Gegner bestimmt eine leichte Beute war. Ein Mann war ermordet worden. Der Schuldige musste gefunden und seiner gerechten Strafe zugeführt werden. Die Gesellschaft hat ihre Spielregeln. Ich fragte sie, ob wir uns treffen könnten, Ort und Zeit überließe ich ihr. Sie stimmte zu, resignierend. Sie wusste, dass ihr nichts anderes übrig blieb. Am Nachmittag in ihrer Wohnung. Um drei. Ihre sanfte Stimme rührte mich. Sie sprach zwar gut Italienisch, man merkte aber, dass Spanisch ihre Muttersprache war. Neben Resignation lag noch etwas anderes in ihrer Stimme: Verwunderung. Sie hatte bestimmt schon einiges mitgemacht, aber offenkundig gab es immer noch Situationen, die sie überraschten. Ich fühlte ein gewisses Unbehagen, das mich bis zu unserem Zusammentreffen nicht mehr verlassen sollte.

Es waren nur zehn Minuten bis zu ihrer Wohnung, deshalb ging ich zu Fuß. Durch die Dunstglocke über der Stadt drangen schüchterne Sonnenstrahlen, die schwüle Luft des frühen Nachmittags heizte sich auf. Die Wohnung lag in der Via San Luca, einer quirligen Geschäftsstraße im Centro Storico. Ein typischer Altstadtpalazzo, marode, grau und trist. Über dem Eingang schlichte Marmorornamente, auf die längst niemand mehr achtete. Das Tor stand offen. Ich ging durch den düsteren, modrigen Flur und stieg die breite Schiefertreppe hoch. Alle Wohnungen hatten verschiedenartige Eingangstüren, für Altstadtpalazzi durchaus nicht ungewöhnlich. Im obersten Stockwerk angekommen, musste ich noch eine schmale Stiege hoch, nur spärlich beleuchtet von einer verdreckten gelblichen Glühbirne, die lose an einem Kabel an der Wand hing. Die Jacke hatte ich anbehalten, und mein durchnässtes Hemd spannte über dem Rücken. Ich war total verschwitzt. Jetzt versperrte mir eine gepanzerte Tür den Weg, offensichtlich neueren Datums. Ich klingelte. Nach einiger Zeit eine Stimme:

»Wer ist da?« Ihre Stimme.

»Bacci Pagano. Der Privatdetektiv, der ...« Ich hatte den Satz noch nicht beendet, als sich die Tür einen Spalt breit öffnete. Das Erste, was mir im diffusen Licht auffiel, waren ihre Augen. Schwarz und tief wie die Nacht. In diesen Augen lagen Fragen über Fragen. Jäh überkam mich das Bedürfnis, ihr zärtlich über die Wange oder über die schulterlangen schwarzen Haare zu streichen. Aber wir gaben uns nicht einmal die Hand. Sie nickte nur. Ihre markanten Gesichtszüge, der olivenfarbene Teint und die mandelförmigen Augen ließen indianische Vorfahren vermuten. Kein Lächeln. Kein Wort. Auch ungeschminkt waren ihre vollen roten Lippen ein Blickfang. Wie glücklich mussten die Männer gewesen sein, die diese Lippen schon hatten küssen dürfen! Sie trug ein langärmliges dunkelgraues Kleid, das gerade bis zu den Knien reichte und ihre schlanken Beine zur Geltung brachte. Ihre Füße steckten in hellen Mokassins. Ihre ganze Erscheinung strahlte Anmut und Eleganz aus, unterstrichen durch ein dezentes Parfüm.

Sie machte einen ungeduldigen Eindruck, als wollte sie das unangenehme Gespräch so schnell wie möglich hinter sich bringen. Sie öffnete die Tür ganz und bat mich, ihr zu folgen. Während sie leichtfüßig vor mir die Treppe hochstieg, hatte ich Gelegenheit, ihr knackiges Hinterteil zu betrachten, das sich aufreizend unter dem Kleid abzeichnete.

Am Ende der Treppe führte eine Flügeltür ins Wohnzimmer. Gleißend helles Sonnenlicht schlug uns entgegen. Durch die vorhanglosen großflächigen Fenster bot sich ein unverstellter Blick auf die glänzenden Schieferdächer der Altstadt. In der Ferne war das Meer zu erahnen.

Das geräumige Zimmer war geschmackvoll eingerichtet. Genauso, wie ich es mir nach Pertusiellos Beschreibung vorgestellt hatte. Und auch Julia Rodriguez entsprach genau meinen Erwartungen.

Dabei hatten die melancholische Verklärtheit Pertusiellos und ihre Stimme am Telefon genügt, in mir übersteigerte Vorstellungen zu wecken. Wie bei einer Filmdiva, die man zufällig auf der Straße trifft und dann mit ihrer Paraderolle vergleicht.

Mitten im Wohnzimmer blieb sie abrupt stehen, als ob noch etwas zu erledigen wäre. Sie bot mir einen Platz auf dem Sofa an, rührte sich selbst aber nicht vom Fleck. Was tun? Ihre Augen wanderten zögerlich zwischen Sofa und offener Wohnzimmertür hin und her. »Entschuldigen Sie mich einen Augenblick.« Dann schlüpfte sie aus der Tür. Aus dem angrenzenden Zimmer hörte ich Fetzen eines Gesprächs, das durch mein Kommen unterbrochen worden war.

»Ich habe Besuch bekommen. Können wir morgen weiterreden?«

»Kein Problem … morgen, gerne auch übermorgen. Ganz wie Sie wünschen, Signora Terenzi. Es ist mir immer ein Vergnügen, mit Ihnen zu plaudern, das wissen Sie.« Die raue Stimme eines Mannes, der es nicht eilig hatte und sich an ihrem Unbehagen zu weiden schien. Dann fügte er leise hinzu: »Jemand von der Polizei?«

»Nein, keine Polizei … ein Freund«, antwortete sie laut und deutlich.

»Ah, ich verstehe. Jemand, der Ihnen kondolieren möchte. Ich hoffe, er wird mir nicht böse sein. Aber in diesen Tagen sind so viele Uniformierte unterwegs …«

»Mein Mann wurde ermordet, Señor Santi.«

»Wie könnte ich das vergessen, Signora Terenzi, eine üble Geschichte. Ich will Sie nicht drängen. Alles zu seiner Zeit. Denken Sie in Ruhe darüber nach. Aber glauben Sie mir, Sie sollten die Gelegenheit nutzen, mehr ist die Wohnung nicht wert.«

»Ich habe Ihnen doch schon gesagt, dass ich nicht verkaufe.«

»Diese Wohnung ist doch viel zu groß für eine alleinstehende Frau. Und zu teuer. Denken Sie an die laufenden Kosten.«

»Lassen Sie das meine Sorge sein.«

»Gut, gut. Wir können gerne später noch mal darüber sprechen, unter vier Augen. Seien Sie versichert, Sie können immer auf meine Unterstützung zählen. Sie wissen doch, der arme Mino und ich waren wie Brüder …«

Sie kehrte zusammen mit einem älteren Mann ins Wohnzimmer zurück. Dürr, kahlköpfig, Frettchengesicht, schwarzer Anzug. Er sah aus wie ein Totengräber. Leicht nach vorne gebeugt ging er an mir vorbei, dabei nickte er mir kurz zu. Er wirkte angespannt. Als sie ihn hinausbegleiten wollte, sagte er: »Machen Sie sich keine Umstände, ich kenne den Weg.«

Das Ganze war ihr nicht geheuer. Sie wollte sich vergewissern, dass dieser aalglatte Typ auch wirklich das Haus verlassen hatte, und ging mit ihm die Treppe hinunter. Erst jetzt fiel mir das Bild auf. Fast versteckt hinter den ausladenden cremefarbenen Ledersesseln, stand es auf einer Kommode an der Wand. Ein Farbfoto in einem silbernen Rahmen, offensichtlich ein Schnappschuss. Im Hintergrund eine Armada von Segelbooten, die in einem kleinen Hafen vor Anker lagen. Vor einem strahlend blauen Himmel wehte die Trikolore. Wahrscheinlich Monte Carlo. Im Vordergrund standen sie, beide glücklich lächelnd. Das Glück schien grenzenlos, wie ein Rausch. Dieses Glück zu sehen, machte mich hilflos und traurig. Ich war nicht in der Lage, es in Worte zu fassen. Und es tat mir weh. Nur ganz kurz, nur so lange, bis sie die Treppe wieder hochgestiegen war.

»Haben Sie das gehört? Dieser Kerl ist der Verwalter des Palazzo. Er glaubt, ich sei pleite, und drängt mich, die Wohnung unter Wert zu verkaufen. Und nicht nur das. Una buena persona, no?«, platzte sie heraus. Jetzt konnte sie sich endlich setzen. Die Augen auf den Boden gerichtet, ein zerknülltes Taschentuch in der Hand. Sie hielt inne, nur einen Moment, um sich wieder zu beruhigen. Dann blickte sie auf und fragte, ob ich etwas trinken wolle. In Anbetracht ihrer Trauer schien mir das etwas geschmacklos. Sie zuckte mit den Schultern. Keine Umstände, keine Förmlichkeiten. Darauf legte sie ohnehin keinen Wert. Ich bat um einen Scotch mit Eis. Sie stand auf und verließ den Raum. Sie behandelte mich höflich, aber reserviert. Ich kam mir vor wie ein Aasgeier, der auf dem Sofa lauert, um ihr den Rest zu geben. Nur damit die CarPol eine Million Euro spart. Fast eine Kopie des Widerlings von eben. Sie kam zurück, in der einen Hand ein Whiskyglas, in der anderen eine Flasche Chivas Regal. Kein Tablett. Wie gesagt, Förmlichkeit war nicht ihre Sache. Sie nahm mir gegenüber Platz, ganz vorn auf der Sesselkante. Die Knie zusammengepresst, die Hände gefaltet, wie in sich selbst versunken. Ihre Haltung war Ausdruck ihres Seelenzustands, ängstlich und sorgenvoll.

Ich wusste nicht, wie ich anfangen sollte. Gelähmt von der Angst, sie zu verletzen, konnte ich keinen klaren Gedanken fassen. Noch ein nervenaufreibendes Verhör, noch ein Spürhund, der an ihr schnuppert. Ob der Geruch der Mörderin an ihr haftete? Sie blieb stumm, die nachtschwarzen Augen fixierten mich. Sie wartete, dass ich etwas sagte. Ich umklammerte mein Glas wie einen Rettungsring und fing einfach an: »Ich kann mir gut vorstellen, dass Sie in dieser schlimmen Zeit mit unzähligen Fragen belästigt werden, und jetzt auch noch ich …«

Einen Moment lang schien sie verblüfft, dann schenkte sie mir ein schüchternes Lächeln. Ein Lächeln, fast kindlich, einfach rührend. Ausdruck aufkeimender Sympathie, was vielleicht sogar sie selbst überraschte. »Ja, genau so ist es.« Wieder klang der spanische Akzent durch, der ihrer Stimme einen freundlich-melodiösen Tonfall verlieh. »Aber das macht doch nichts. Im Augenblick erwarte ich keine Blumen oder andere Nettigkeiten. So wie es ist, ist es richtig.« Die markanten s-Laute stachen aus ihrer ansonsten weichen Sprachmelodie heraus. Erst jetzt bemerkte ich, dass ihr das Sprechen schwerfiel, als hätte sie einen Knoten im Hals. Ich fasste mir ein Herz und fuhr fort.

»Sie ahnen bestimmt, warum ich hier bin.« Ahnen war wohl nicht ganz das passende Wort. Sie wusste Bescheid. Wir wussten es beide. »Ihr Mann hat vor zwei Jahren eine Lebensversicherung abgeschlossen. Zu Ihren Gunsten. Die Versicherungssumme beläuft sich auf eine Million Euro.«

Sie nickte, sagte aber nichts.

»Ich muss Ihnen einige Fragen stellen und hoffe, dass Sie mir ehrlich antworten. Aber ich muss Sie vorher darüber aufklären, dass Sie dazu nicht verpflichtet sind.«

Sie nickte bestätigend, sagte aber noch immer kein Wort.

»Vieles hat man Sie bestimmt schon gefragt, aber ich muss mir selbst ein Bild machen. Wo waren Sie in der Nacht von Samstag auf Sonntag gegen ein Uhr morgens?«

Ihre dunklen Augen starrten mich an, für einen Augenblick schien ich in der Schwärze zu ertrinken. Danach zog sie die Augenbrauen hoch und blitzte mich an, wobei ihr Gesicht einen leicht ironischen Ausdruck annahm. »Quiere la verdad, Señor Bacci, Sie wollen die Wahrheit wissen? Ich habe der Polizei gesagt, dass ich hier war. Das stimmt zwar, aber nicht ganz. Ich war nicht allein. Mein Freund war bei mir. Er heißt Manuel Verda und ist Chilene. Wir hatten es uns bequem gemacht, genau da, wo Sie jetzt sitzen. Y hemos hecho el amor.«

Sie hatten miteinander geschlafen. Hier auf dem gemütlichen Sofa. Warum erzählte sie das ausgerechnet mir und nicht der Polizei? Sagte sie die Wahrheit?

»Und jetzt, Señor Bacci, denken Sie bestimmt, ich sei eine Puta, eine ... wie sagt ihr noch? Eine Hure. Aber hoffentlich sind Sie keiner von denen, die glauben, dass eine Frau, die ihren Mann betrügt, auch kein Problem damit hat, ihn umzubringen.« Sie war aufgebracht, aber auch erleichtert. Nachdem sie mit der Wahrheit über ihren Liebhaber herausgerückt war, schien sie sich besser zu fühlen.

»Warum haben Sie das der Polizei verschwiegen?«

»Ganz einfach, Señor Bacci. Weil ich gehofft hatte, die Affäre mit Manuel verheimlichen zu können. Ich wollte ihn da raushalten. Denn wenn die Polizei davon erfährt, werden sie ihn verhaften und ins Gefängnis stecken. Weil er Chilene ist und wegen seines Jobs.« Sie hielt inne, ihr Blick streifte meine Hand, die noch immer das Whiskyglas umklammert hielt. Das Eis hatte sich nach und nach aufgelöst. Genau wie mein Hirn. Ihren Blick konnte ich fast körperlich spüren.

»Sein Job?«

»Er züchtet Hunde, Wachhunde, auf einem Gelände nahe Piani di Fregoso.«

Auch das noch. Die Witwe schien entschlossen, die Karten auf den Tisch zu legen. Ich kippte den Whisky in einem Zug hinunter. Er war eiskalt und höllisch stark. Meine Kehle brannte, mein Magen war betäubt. »Warum erzählen Sie das ausgerechnet mir?«

»Warum, warum? Können Sie nichts anderes fragen, Señor Bacci?« Unbewusst fuhr sie sich durchs Haar und strich es zurück. »Ich weiß auch nicht, warum, no sé. Me va y punto. Vielleicht, weil Sie sympathisch aussehen und keine Uniform tragen.«

»Sie mögen keine Uniformen?«

Sie sah mich herausfordernd an. »Gute Frage. Vielleicht ist es Ihnen entgangen, aber ich wurde in Panama geboren und habe dort zwanzig Jahre lang gelebt. Ich komme von einem Kontinent, wo Uniformierte nicht gerade zum Wohl des

Volkes beitragen. Sagen Ihnen die Namen Pinochet, Somoza und Videla etwas? Wissen Sie nicht, dass Los Yanquis in ganz Lateinamerika blutrünstige Generäle eingesetzt haben, nicht besser als die Yankees selbst? Und glauben Sie mir, wenn ich nicht so gut angezogen wäre, würde man mich selbst hier in den Altstadtgassen ständig nach meinen Papieren fragen. Denn jemand, der aussieht wie ich, der kann ja nur eine Hure sein!«

Als ob man anhand der Kleidung eine Dame von einer Hure unterscheiden könnte. Aber für die Polizisten, die in den Carruggi Streife gingen, war das ein Kriterium.

»Seit wann treffen Sie sich mit diesem Verda?«

Sie lächelte, legte die Arme auf die Sessellehne und schlug die Beine übereinander. Bei dieser Bewegung zeichneten sich ihre kleinen festen Brüste deutlich unter ihrem Kleid ab. »Seit drei Jahren, aber eigentlich kennen wir uns schon länger. Wir studierten beide an der Uni in Turin. Ich Medizin, er Veterinärmedizin. Dann haben wir das Studium fast gleichzeitig abgebrochen. Ich hatte Mino kennengelernt, und Manuel brauchte einen Job, weil ihm seine Familie kein Geld mehr schickte. Tiere waren seine Leidenschaft, und es gelang ihm, die Hundezucht aufzubauen. Mino kannte ihn übrigens auch. Er wusste von unserer Beziehung, aber eifersüchtig war er nicht. Überhaupt nicht. Er wusste es, und er verstand.« Der Knoten löste sich. Ihre Augen wurden feucht, eine einzelne Träne rollte über ihre Wange bis in den Mundwinkel, wie ein Tautropfen über ein Blatt. Hastig leckte sie die Träne auf und wischte sich mit dem Handrücken über die ungeschminkten Augen. Dabei fiel mein Blick auf ihren Ehering und auf die zierliche goldene Uhr am linken Handgelenk, wahrscheinlich Cartier. Als sie es bemerkte, meinte sie: »Hübsch, nicht? Mino hat sie mir zu unserem dritten Hochzeitstag geschenkt.« Dabei schwang ein leises Schuldgefühl mit, was sie selbst sofort bemerkte. »Es stimmt nicht ganz, dass Mino nicht eifersüchtig war«, fügte sie hinzu. »Yo sé, es hat ihm bestimmt wehgetan, auch wenn er nie darüber sprach. Aber ich liebe Manuel gar nicht. Gut, er ist jung, sieht gut aus, und wir haben Spaß. Doch meine Liebe gehörte allein Mino, mit ihm wollte ich zusammen sein. Bis zum Ende. Schauen Sie sich nur einmal um.«

Ich sah mir das Zimmer genauer an. Allein das Sofa, auf dem ich saß, musste ein Vermögen gekostet haben. Der Designerstahltisch mit Kristallplatte stand ihm in nichts nach. Hinter ihrem Sessel versteckte sich die Louis-XVI-Kommode, auf der ich das Foto entdeckt hatte. Ein Detail, das auch Pertusiellos Späherblick bestimmt nicht entgangen wäre. Die ganze Einrichtung war geschmackvoll abgestimmt. Jedes Stück am richtigen Ort.

»Als ich zum ersten Mal hierherkam, sah das ganz anders aus. Total verdreckt, die Möbel schrottreif. Wie im Schweinestall. Mino sagte zu mir: »Julia, das ist jetzt dein Zuhause. Du kannst es so einrichten, wie es dir gefällt. Nach und nach habe ich all diese wunderschönen Möbel gekauft, und Mino wurde von Tag zu Tag glücklicher. Er sagte, jetzt wäre alles gut, nur weil ich bei ihm war ...« Die Erinnerung überwältigte sie, und ihre Augen füllten sich mit Tränen. Vergeblich versuchte sie, ein Schluchzen zu unterdrücken. Ich reichte ihr ein Taschentuch. »Er tat alles für mich, und verlangt hat er nie etwas von mir. Ich musste einfach nur da sein und mich um ihn kümmern. Manchmal sollte ich mich vor ihm ausziehen. Aber er wollte mich nur anschauen, angefasst hat er mich nie.«

Ich wäre gerne im Erdboden versunken. Als Zuschauer in ihrem Lebensfilm blieb mir aber nichts anderes übrig, als dazusitzen und abzuwarten. Von wegen illegalem Straßenstrich: Pertusiello hatte recht, Julia Rodriguez Amanzar spielte in einem anderen Film. Da gab es kein Drehbuch mit voraussehbarer Handlung, sondern rätselhafte, verwirrende Gefühle, die schwer zu deuten waren. Sie hatte einen alten Deppen geheiratet und war mit ihm in seine versiffte Bruchbude gezogen. Geld hatte dabei mit Sicherheit eine wichtige, aber nicht die entscheidende Rolle gespielt. Es musste noch etwas geben, von dem ich nichts wusste. Mein Blick wanderte wieder zum Foto im Silberrahmen. Dieses strahlende Lächeln sprach Bände. Und es tröstete mich. Eine Frau wie sie konnte jeden Mann haben, selbst einen karrieregeilen Lackaffen wie Dottor Boero. Nach ihr drehten sich auch junge Männer der besseren Gesellschaft um, Männer in den besten Jahren. Also kamen nur zwei Möglichkeiten infrage: Entweder sie log wie gedruckt, dann musste sie eine hervorragende Schauspielerin sein. Oder aber … Ich versuchte, diese Alternative zu verdrängen. Alle Überlegungen mündeten in ein unentwirrbares Knäuel aus Hypothesen, die letztlich auf dem Abstellgleis landeten. Sie wusste von der Lebensversicherung, deshalb hatte ihr Komplize Manuel Verda den Alten um die Ecke gebracht. Und sie hatte die Wolfsgeschichte inszeniert, um das Ganze zu kaschieren. Aber irgendwie passte das alles nicht zusammen.

Während ich diesen Gedanken nachhing, schaute ich aus dem Fenster. Nur schemenhaft erkannte ich in der Ferne die Trennlinie zwischen Himmel und Meer. Ich dachte an Panama. Ein Land an der Schnittstelle zweier Kontinente. Die Maccaia hatte die Stadt noch immer im Würgegriff. Vielleicht lag es aber auch am Whisky: Jedenfalls war ich nass geschwitzt. In verworrenen Situationen verließ ich mich auf meinen Instinkt. Spontan fragte ich: »Sie wussten, was Ihr Mann so trieb, oder?«

»Natürlich. Er verlieh Geld an verzweifelte Menschen, die keine andere Wahl hatten. Leute, die von den Banken zum Teufel gejagt wurden.«

»Wissen Sie, dass dies nach italienischem Recht verboten ist? Und wie man Menschen nennt, die so etwas beruflich machen, Signora Terenzi?« Ich hatte sie provoziert.

Hasserfüllt blitzte sie mich an: »Zum Teufel mit Ihnen, Señor Bacci! Váyase al diablo usted también! Mino war ein Ehrenmann. Er verlieh Geld und verlangte etwas höhere Zinsen als die Bank. Das musste sein, denn manchmal bekam er sein Geld ja nicht zurück. Was ist denn mit denen, die Sie geschickt haben, Señor Bacci? Was tun die? Erst alles, damit die Leute eine Versicherung abschließen. Aber wenn es ans Bezahlen geht, versuchen sie, sich zu drücken.«

Ich ignorierte ihre Attacke und fuhr fort: »Arbeitete Manuel Verda für Ihren Mann?«

»Arbeitete?«

»Wurde er von Ihrem Mann für bestimmte Leistungen bezahlt?«

»Manchmal machte er Fahrten für ihn. Mino hatte zwar einen Führerschein, aber er fuhr nicht gerne.«

»Sonst nichts?«

Sie zögerte einen Moment, dann antwortete sie schnell: »Ein- oder zweimal hat er ihn zu einem Kunden geschickt, der nicht zahlen wollte.«

Das hatte ich mir gedacht. Es gab also noch etwas anderes zwischen beiden Männern außer Julia Rodriguez. Sie machten Geschäfte miteinander. Ein Wucherer in seinem Alter brauchte einen Gorilla, der säumigen Kunden ein bisschen Druck macht. »Vor zwei Jahren hat Ihr Mann ein großes Geschäft gemacht. Wussten Sie davon?«

»Das hat mich die Polizei auch schon gefragt. Nein, das wusste ich nicht. Sie haben herausgefunden, dass Mino nach Weihnachten Wertpapiere im Wert von dreihundert Millionen Lire verkauft hat, ohne die Fälligkeit abzuwarten. Aber in seine Geschäfte hat er mich nicht eingeweiht. Er wollte das nicht. Ich sollte mit diesen Leuten nichts zu tun haben. Ich sei zu gut für diese Welt, sagte er immer.«

Jetzt begriff ich, wieso Pertusiello Terenzi mit einer Scheißhausratte verglichen hatte. »Warum hat Ihr Mann eine Lebensversicherung abgeschlossen? Hatte er Feinde?«

Von dieser Versicherung habe sie keine Ahnung gehabt, ihr Mann habe sie nie erwähnt, verteidigte sie sich. Sie habe erst jetzt durch die Polizei davon erfahren. Dann berichtete sie mir von einem Telefonanruf kurz vor Weihnachten. Sie hatte abgenommen, am anderen Ende ein Mann mit einem seltsamen Akzent, vielleicht ein Osteuropäer. Als sie den Hörer an ihren Mann weitergegeben hatte, war er blass geworden. Selbst Tage danach war er immer noch besorgt. Aber er wollte nicht darüber sprechen. Später beruhigte er sich, war wieder ganz der Alte. Auf meine Frage, ob sie die Nationalität des Mannes erkannt hätte, meinte sie, er sei auf keinen Fall Albaner oder Russe gewesen, auch kein Serbokroate. Sie kannte Immigranten aus diesen Ländern, der Mann am Telefon hatte anders geklungen. Aber er war ein Osteuropäer, da war sie sich sicher.

Ich hörte ihre Stimme. Ich sah sie an. Ihre leuchtenden Augen erwiderten meinen Blick. Der stumme Wunsch, sich jemandem anzuvertrauen, der ihr glaubte. Ich zog die Pfeife aus der Tasche und stopfte sie mechanisch. Ich zündete sie an und nahm einige tiefe Züge. Rauchschwaden legten sich wie ein Schleier über das lichtdurchflutete Wohnzimmer. Mein Kopf musste wieder frei werden, damit ich meinen Job machen konnte. Gefühle konnte ich dabei nicht brauchen. Ob der Chilene auch rauchte, nachdem er mit ihr geschlafen hatte?

»Ich habe noch eine andere Frage. Signora Rodriguez, stimmt es, dass Sie eine Leidenschaft für Glücksspiele haben?«

Wieder ruhte ihr Blick auf mir. Diese Augen! In ihrer Stimme lag keine Wut. Nur Resignation und Trauer. Vielleicht auch eine Spur Mitleid für meine Engstirnigkeit. »Nein, Señor Bacci, das stimmt nicht. Allerdings war ich mit Mino oft in Monte Carlo im Kasino. Seit er mich kennengelernt hatte, liebte er diesen Nervenkitzel. Vorher hatte er nie gespielt, hatte höchstens mal in einer der Spielhallen der Altstadt zugeschaut. Dort hat er viel Elend gesehen, Menschen, die alles verloren haben und dann seine Hilfe brauchten. Er war ihre letzte Chance. Ohne ihn hätten sie sich umgebracht. Oder wären umgebracht worden.«

Glücksspiel, Luxus und alles andere, was Terenzis Leben verändert hatte: Hier musste ich nachhaken. Vielleicht lag hier die Erklärung für alles. »Aber woher nahmen Sie das Geld fürs Kasino? Hatten Sie ein eigenes Konto?«

Sie sah mich an, als ob sie es mit einem Schwachsinnigen zu tun hätte. »Nein, ich hatte kein eigenes Konto, wozu auch. Wenn Sie es genau wissen wollen: Ich hatte auf alle Konten Minos uneingeschränkten Zugriff. Nicht weil ich es gewollt hätte, es war seine Idee.«

Das klang logisch. Julia Rodriguez war nicht der Typ Frau, der etwas verlangte oder um etwas bat. Allmählich konnte ich mir ein Bild machen. Ich sah jetzt klarer, trotz der dichten Rauchschwaden im Raum. Aber was nutzte mir das? Ich hatte trotzdem verloren. Angesichts ihrer stillen Trauer war ich nicht imstande, weiter nachzuhaken, konnte sie nicht weiter quälen. Das wäre weder klug noch moralisch vertretbar gewesen. Als ich sie so sah, erinnerte sie mich an ein Kind, das alles klaglos hinnimmt.

Zum dritten Mal fiel mein Blick auf das Foto im Silberrahmen, das eine andere Wahrheit offenbarte. Dieses glückliche Lächeln, voller Vertrauen in eine bessere Welt. Es schien das ganze Zimmer zu erhellen. Und doch hatte ich irgendwie den Eindruck, dass sich die beiden an dieser glücklichen Stunde festklammerten. Dieses Lächeln passte so gar nicht zur prekären Lage, in der sie sich befanden. So glückselig lächelten nur Kinder. Auch wenn die Kinder in diesem Fall die Gesichtszüge einer jungen Einwanderin aus Panama und eines alten Wucherers hatten, dessen neuer Anzug um seinen ausgemergelten Körper schlotterte. Ich fragte mich, wie beide gewesen waren, bevor sie sich kennengelernt hatten. Und danach. Und warum sie überhaupt zusammengekommen waren. Vielleicht war es die verschwimmende Linie zwischen Himmel und Meer, die sich, eben noch von der Sonne beschienen, in Nichts auflöste. Ich musste wieder an ferne Länder denken. An den Isthmus von Panama, wo sich zwei Ozeane begegnen. Auf der einen Seite war das Geld. Viel schmutziges Geld, aufgetürmt wie ein Misthaufen. Ein griesgrämiger alter Mann, der nichts mit sich und dem Leben anzufangen weiß. Auf der anderen Seite die tristen Lebensumstände einer Frau, mit nichts als einem panamaischen Pass in der Tasche und einer befristeten Aufenthaltserlaubnis als Perspektive. Aber vielleicht war es gar nicht das Geld. Nicht die Gratwanderung einer Immigrantin. Auch nicht der große Altersunterschied. Das Alter war ohnehin nur der Vorwand für die imaginäre Schamgrenze, die sie zwischen sich gezogen hatten. Um eine Situation zu vermeiden, die ohnehin keiner wollte. Was sie verband, war ihr gegenseitiges Versprechen, füreinander da zu sein. Jeder wollte den anderen glücklich machen. Für immer. Amtlich beglaubigt. Nach und nach hielt die Ernüchterung Einzug. Irgendwann glaubt man den Hauch des Schicksals zu spüren und merkt: Man hat nichts mehr zu verlieren. Die beiden hatten das gespürt, ohne je darüber zu sprechen.

Ich wusste jetzt, dass mich Julia Rodriguez nie um Hilfe bitten würde. Und doch hatte sie ihren Blick keine Sekunde von mir abgewandt. Die nachtschwarzen Mandelaugen. Wie sie auf dem Sessel saß, entspannt zurückgelehnt, machte sie den Eindruck, als habe sie es nicht mehr eilig. Der Wunsch, unser Gespräch schnellstmöglich zu beenden, schien vergessen. An seine Stelle waren ein Anflug von Besorgnis und erwartungsvolle Neugier getreten. Während ich noch darüber sinnierte, schielte ich auf das leere Glas vor mir. Unsere Blicke trafen sich. Ich musste jetzt unbedingt etwas sagen. Etwas Beruhigendes oder irgendeine Gemeinheit. Oder die ganze Wahrheit, die Terenzi immer von ihr fernhalten wollte. Hauptsache, ich sagte etwas. Stattdessen blieb ich stumm, fixierte sie weiter, immer noch unentschlossen. Ihre Augen begannen zu leuchten, ein strahlender Glanz legte sich über die Spuren ihrer Tränen. Zum ersten Mal sah ich sie lachen. Nicht nur lächeln, richtig lachen. Fast wie auf dem Foto. Als hätte ich den Jackpot geknackt. So also sah das Glück aus, das dem alten Mann geschenkt worden war. Dem Mann, der durch sie die Freude am Leben entdeckt hatte. Aus ihren Worten klang zärtliche Ironie.

»Ich dachte, Sie wären klüger als andere, Señor Bacci. Wenn Manuel und ich meinen Mann hätten umbringen wollen, glauben Sie wirklich, wir hätten einen so komplizierten Weg gewählt? Ein tollwütiger Hund? Es wäre doch viel einfacher gewesen, ihn zu erschießen. Waffen gibt es schließlich genug auf der Welt.«

»Nein, Signora Rodriguez. Kein Hund. Ihr Mann wurde von einem Wolf zerfleischt. Wussten Sie das nicht? Hat die Polizei nicht mit Ihnen gesprochen?«

Jetzt schien sie überrascht. »Nein, das haben sie mir nicht gesagt. Ich dachte, das hätten die Zeitungen nur erfunden ...«

»An Ihrer Stelle würde ich der Polizei sofort von Manuel Verda erzählen.«

Schon seit einer Weile spukte mir ein bösartiger Gedanke im Kopf herum, aber ich hatte ihn noch nicht richtig fokussieren können. Hatte sie sich von unserem Misstrauen anstecken lassen? Hatte sie nicht auch Zweifel an der Ehrlichkeit Verdas? Er könnte den Mord allein geplant haben, ohne dass sie davon wusste. Um sie für sich allein zu haben. Von allen Zwängen befreit und reich.

»Wer könnte noch von der Lebensversicherung Ihres Mannes gewusst haben?«

»Kein Ahnung. Er sprach nicht gerne über seine Geschäfte.«

»Manuel Verda?«

Sie zog die Augenbrauen hoch, ihre Gesichtszüge verhärteten sich. Sie verschränkte die Arme vor der Brust, als wolle sie sich erneut vor mir schützen. »Lassen wir das Versteckspielen, Señor Bacci. Wenn Sie wissen wollen, was ich von Manuel halte, sagen Sie es offen. Er ist seit drei Jahren mein Geliebter. Ob Sie mir glauben oder nicht, ich bin keine Frau, die mit jedem ins Bett geht. Ich hätte das nie getan, wenn ich geahnt hätte, dass er …« Ihre Augen füllten sich erneut mit Tränen. Vielleicht kam ihr der schreckliche Tod ihres Mannes wieder in den Sinn. Die Kehle durchgebissen, in der Stille der Nacht. Dort oben, im Parco del Peralto. Vielleicht war es auch etwas anderes. Was wäre, wenn tatsächlich nicht Geld Manuel Verdas Triebfeder gewesen wäre, sondern der Wunsch, sie ganz allein für sich zu haben? Die Geschichte wurde mir allmählich lästig, und ich wählte eine härtere Gangart.

»Tun Sie nicht so unschuldig, Signora Rodriguez. Ihr Mann hatte Angst um sein Leben. Sonst hätte er sich die Beiträge für eine derart hohe Lebensversicherung gespart. Ich kann mir nur schwer vorstellen, dass jemand, der Todesangst hat, mitten in der Nacht mutterseelenallein durch einen Park irrt, wo man ihn völlig unbemerkt töten könnte.«

»Und?«

»Das heißt doch, er muss demjenigen, mit dem er sich getroffen hat, blind vertraut haben.«

»Nein, nein, nein, Manuel hätte niemals …« Sie schien es einfach nicht wahrhaben zu wollen.

»Er war in dieser Nacht gar nicht mit Ihnen zusammen, oder?« Mit dieser Frage tat ich ihr weh.

»Ich wollte ihn schützen, deshalb habe ich nicht die ganze Wahrheit gesagt.« Sie wirkte verstört. Fühlte sich allein gelassen. Sie musste sich entscheiden: ich oder er. Wem konnte sie trauen? Wieder stand sie zwischen zwei Welten. Mit Manuel war sie ins Bett gegangen. Von mir wusste sie nichts. Ich stellte bei ihr Nachforschungen an, im Auftrag einer Versicherung, die sie gerne hinter Gittern sehen würde, um eine Million Euro zu sparen. Trotzdem gab sie nach. Vielleicht war das Bedürfnis, sich jetzt jemandem anzuvertrauen, stärker als eine jahrelange Freundschaft. Wichtiger als sexuelle Intimität. »Aber ich habe nicht gelogen. Niemals.« Sie entspannte sich, als würde sie sich ergeben. »Manuel war hier, wir haben miteinander geschlafen. Aber gegen elf ist er gegangen. Einer seiner Hunde war krank und brauchte Medikamente.« In flehendem Ton fügte sie hinzu: »Aber ich glaube nicht, dass Manuel ...«

Ich glaube, ich glaube nicht. Auch ich wusste nicht, was ich glauben sollte. Die Schieferdächer der Altstadtpalazzi wurden dunkler.

Sie hielt inne und starrte auf den Granitfußboden. Unvermittelt strich sie sich wieder die Haare nach hinten. Offensichtlich ihr Rezept gegen die lähmende Hilflosigkeit. »Ich werde mit Manuel sprechen und der Polizei die Wahrheit sagen. Sie haben recht, es ist besser so.« Jetzt war sie wieder ganz ruhig. Sie hatte sich in ihr Schneckenhaus zurückgezogen. Nach ihrem Geständnis wirkte sie befreit. Sie schlug die Beine übereinander, mit einer Zwanglosigkeit, die mir vorher nicht aufgefallen war. Vielleicht hatte ich auch nicht darauf geachtet. Ungewollt öffnete sich mir für einen Augenblick ein reizvoller Blick auf ihren weißen Slip, der durch die Strumpfhose blitzte. Sie schien es nicht bemerkt zu haben. Ob es ihr überhaupt unangenehm gewesen wäre. Sie wusste sich in Szene zu setzen. In ihren dunklen Augen lag ein Anflug von Dankbarkeit. Mir wurde schlagartig klar, dass ihr von Beginn an bewusst gewesen war, welche Faszination sie auf mich ausübte. Jetzt waren die Fronten geklärt, und ich musste meine Gefühle nicht mehr verbergen.

Sie griff nach meinem Glas. Dieses Mal fragte sie gar nicht erst. Sie nahm sich ebenfalls ein Glas und ließ klirrend einige Eiswürfel in die Gläser fallen. Dann goss sie Whisky darüber und prostete mir zu. Ich tat es ihr nach, ohne zu überlegen, dass diese Geste wie das Besiegeln einer Verschwörung wirkte, die es zwischen uns nie würde geben können. In Kürze hatte ich eine Verabredung mit Augusto Caviglia, dem Direktor der CarPol. Der Mann, in dessen Auftrag ich diese Untersuchung durchführte und der mich dafür bezahlte, Beweise für die Schuld von Mino Terenzis Witwe zu liefern.

Als ich ging, hatte ich den Eindruck, dass sie gerne noch länger mit mir gesprochen hätte. Um mich von Manuels Unschuld zu überzeugen? Eher, um sich selbst davon zu überzeugen. Unten, am Fuß der Treppe, ich stand schon in der Tür, fragte sie mich: »Glauben Sie wirklich, dass jemand, der Hunde züchtet, einen Menschen auf diese Art und Weise töten würde?« Sie bettelte um ein Nein. Ein Lächeln trat auf meine Lippen. Ein zärtliches Lächeln, das ich mir so lange verkniffen hatte. Ich ging. Die Antwort blieb ich schuldig.

5
Der Auftrag

Ich stürzte mich ins Getümmel der Via San Luca. Um diese Zeit war hier die Hölle los. Die Straße wimmelte von Menschen, die nach Büroschluss shoppten oder mit einem gut gekühlten Aperitivo den Abend einläuteten. Dazwischen wuselten Araber, Schwarze und Hispanos auf der Suche nach einer warmen Mahlzeit. Das Völkergemisch wälzte sich durch die Gasse, ein undefinierbares Stimmengewirr inmitten von Moder und Gestank. Die Fassaden wurden ab und zu von einem Streifen Himmel unterbrochen, gleichermaßen grau und dumpf. Ein Himmel aus Pappmaché, kurz davor, von der Nacht verschluckt zu werden. Ich überquerte die von Marktständen gesäumte Piazza Bianchi, die Fundgrube für antiquarische Bücher, Zeitschriften und Schallplatten. Dann zwängte ich mich durch das Gedränge der Via al Ponte Reale und erreichte schließlich das weite Rund der Piazza Caricamento. Auf der Meerseite konnte ich den Eingang zum Expo-Gelände erkennen, wo Busfahrer auf ihre Fahrgäste warteten, die das Aquarium bestaunten. Nach den beiden Whiskys schwitzte ich noch mehr. Ich fühlte mich elend. Es war schon fast sechs, doch die drückende Schwüle wollte und wollte nicht weichen, ungewöhnlich für einen Apriltag. Die

Luftfeuchtigkeit war schier unerträglich. Ein weiteres Indiz für den Klimawandel auch am Mittelmeer?

Rush Hour. Auto um Auto schob sich aus dem Tunnel. Durch die Betonpfeiler und Viadukte der Stadtautobahn hindurch wirkte der Hafen eingepfercht und ähnelte einem prachtvollen Gemälde in einem hässlichen Rahmen. Der Motorenlärm riss nicht ab, auch über den Köpfen wurde nicht gerade langsam gefahren. Ein stakkatoartiges Geräusch, wie wenn ein Zug über eine Weiche rollt.

An der Piazza Caricamento erwischte ich gerade noch den Bus der Linie eins, die vor der Tür der CarPol endete. Ihre Büros lagen in einem der Hochhäuser, die in den Neunzigerjahren rund um die Lanterna aus dem Boden gestampft worden waren. Im 17. Jahrhundert endete dort der Befestigungsring der Stadt, die »Mura Nuove«. Der Wall hatte seinen Scheitelpunkt auf dem Gipfel des Monte Peralto, wo er im rechten Winkel nach Bisagno und San Benigno abknickte. Der Bus war überfüllt. Stop-and-go. Es dauerte eine gute halbe Stunde, bis wir die Haltestelle in der Via di Francia erreichten. Gegenüber das dunkle Hochhaus aus Glas und Beton, in dem mich der CarPol-Chef erwartete. Dottor Boero nannte ihn »mein Präsident«. Ein Klient, den ich bis dato noch nicht persönlich kennengelernt hatte, obwohl ich unmittelbar vor dem Abschluss eines dubiosen Vertrags mit ihm stand. Ich sollte die nötigen Beweise liefern, um die Witwe ins Gefängnis zu bringen. In meinem tiefsten Inneren dämmerte es mir, dass mir das nicht gelingen würde. Trotzdem galt es, das bestmögliche Honorar und optimale Rahmenbedingungen herauszuschlagen.

Dienstschluss. Die Angestellten drängten zum Ausgang, während ich die Eingangshalle betrat. Als Lachs, der gegen den Strom schwimmt. Ich fragte den Portier nach dem Weg und stieg in einen wartenden Aufzug, der mit mir in den siebten Stock schwebte, wo er mich mit einem leisen »Ping« entließ. Im Flur trat ich an eines der dunkel verglasten Fenster, neugierig, wie der ausklingende Tag von hier oben wirkte. Genua glitt in die Dämmerung. Die Stadt verwandelte sich in ein matt erleuchtetes Wohnzimmer, in dem das Fernsehbild flackerte. Gebannt starrte ich auf die Lanterna. Aus dieser Perspektive präsentierte sich der Leuchtturm völlig anders. Das Leuchtfeuer brannte, aber der Himmel war noch nicht dunkel genug. Bald würde jedoch das gelbliche Strahlenbündel die Nacht durchschneiden und über Häuser und Hügel streichen. Auch über die schimmernden Fenster in der Via San Luca, wo Julia Rodriguez vielleicht gerade ihrem Liebhaber von unserer Unterhaltung berichtete. Und auch über den Abhang des Monte Peralto, wo ihr Ehemann vergangene Nacht von einem Wolf angefallen und zerfleischt worden war.

Ich passierte die gläserne Eingangstür der CarPol und fand mich in einem luxuriösen Großraumbüro wieder. Hinter einem langen Empfangstresen aus schwarzem Holz und Edelstahl saßen drei junge Leute und ein etwas älterer Mann vor ihren Computern. Eine rundliche junge Frau nickte mir höflich lächelnd zu. Nachdem ich ihr mitgeteilt hatte, dass ich einen Termin bei Signor Caviglia hatte, verschwand sie hinter einer massiven Holztür an der Rückwand des Raumes, deren verchromte Klinke frisch poliert war. Die Tür führte ins Vorzimmer des Präsidenten. Nach kurzer Zeit kam die junge Frau wieder heraus und bat mich, ihr zu folgen. Sie lächelte noch immer.

Wie erwartet kamen wir in einen Flur, von dem mehrere Türen abgingen, alle geschlossen. Neben einer das Schild:

Dott. Gianluca Boero
Justiziar

Am Ende des Flurs das Allerheiligste:

Augusto Caviglia
Präsident

Im Chefbüro war es gleißend hell. Auf dem Parkettboden des Saals lag ein Orientteppich von gewaltigen Ausmaßen, dessen lebhafte Farben im Halogenlicht grell leuchteten. Alles in diesem Raum war überdimensioniert, vielleicht um die geringe Körpergröße des Mannes zu kompensieren, der hier residierte. Maximal eins sechzig, mit rötlichem Schnauzbart, ganz offensichtlich gefärbt. Beim näheren Hinsehen stellte ich fest, dass die Haut des Mannes im Gesicht und an den Händen mit hellen Flecken übersät war. Dabei handelte es sich nicht um Sommersprossen, wie ich anfangs vermutet hatte, sondern um Schuppenflechte. Wer weiß, vielleicht die Nebenwirkung seines emsigen Bemühens, ein Netz aus Seriosität und Höflichkeit zu flechten. Er sah mir kurz ins Gesicht, dann streckte er mir die Hand entgegen. »Buongiorno, Signor Pagano.« Steif wie eine Marionette. »Nach Ihrem Namen zu urteilen, kann ich mit Ihnen Genuesisch sprechen.«

Zwischen meinen Fingern spürte ich etwas Schwammiges, Schweißnasses: seine Hand. Widerlich. Er hatte Recht. Ich trug einen Namen, wie er für diese Stadt typischer nicht sein konnte. Bacci war im Genueser Dialekt die Abkürzung für Giovanni Battista, den Schutzpatron der Stadt. Der Name Pagano füllte im hiesigen Telefonbuch mehrere Seiten, genau wie Parodi, Traverso oder Sciaccaluga. Ich nickte. Unser

Gespräch verlief dann allerdings in genuesisch-italienischem Kauderwelsch. Der Genueser Dialekt war eine aussterbende Sprache. Selbst die wenigen, die ihn noch beherrschten, konnten nicht beliebig Genuesisch sprechen, ohne Gefahr zu laufen, sich lächerlich zu machen. In einer Bar auf der Piazza Sarzano bei einer Focaccia über das Wetter, das schlechte Abschneiden des heimischen Fußball- und Cricket-Clubs zu lästern, war eine Sache. Einen Vertrag auf Genuesisch abzuschließen, eine andere. Der Trick mit dem Dialekt sollte mich offensichtlich nervös machen. Er bat mich, Platz zu nehmen, und fragte, ob ich bereit sei, den Auftrag anzunehmen.

Ich bejahte und fügte hinzu: »Fangen wir mit einer guten Nachricht an. Gut für Sie und gut für mich. Ich glaube nicht, dass es sich um einen gefährlichen Auftrag handelt.«

Er setzte sich hinter den monströsen Mahagonischreibtisch, dessen Ausmaße einem Flugzeugträger in nichts nachstanden. Caviglias Hände beschrieben imaginäre Linien, die mich an startende und landende Jagdbomber erinnerten. Flugzeuge in einem Krieg, in dem es nur um eines ging: Geld. Inmitten seiner Prestigeobjekte fühlte er sich sicher. Er beäugte mich penetrant. »Sehr schön, sehr schön. Erzählen Sie mir, was Sie bereits herausfinden konnten.«

Ich berichtete knapp, dass Terenzi sein Geld als Kredithai verdient hatte. Auf Kosten armer Schweine, die sich dank seiner Hilfe über Wasser halten konnten. Menschen, die in eine existenzielle Notlage geraten oder der Spielsucht verfallen waren. Er strahlte vor Zufriedenheit, die mit einer gewissen Bewunderung gepaart war. Ob es meine schnellen Erfolge waren? Oder die Aussicht, die Angelegenheit ohne großen Aufwand und relativ undramatisch über die Bühne zu bringen? Oder weil sich mein Honorar in Grenzen halten würde?

»Haben Sie schon mit der Witwe gesprochen?« Seine Hände fuchtelten in der Luft herum, als wollte er lästige Insekten verjagen.

»Ja, ich war vor einer halben Stunde bei ihr.«

»Und Ihr Eindruck?«

»Sie ist eine wunderschöne Frau.«

Er schien enttäuscht, aber nur einen Augenblick. Dann zwinkerte er mir komplizenhaft zu. »Das hat man mir bereits berichtet. Ich hatte heute Besuch von der Polizei. Ein Inspektor Fois von der Mordkommission. Kennen Sie ihn?«

Ich nickte.

»Er hatte einen Durchsuchungsbefehl und wollte die Akte Terenzi sehen. Er hat sie fotokopiert und mir eine Menge Fragen gestellt.«

Ich nickte wieder.

»Sonst hat er nicht viel gesagt. Außer, dass die Witwe eine gut aussehende Frau ist. Haben Sie von der Polizei etwas erfahren können?«

Es lag auf der Hand, dass er von meiner Freundschaft mit Pertusiello wusste, wie halb Genua übrigens auch. Ich blufte.

»Die Polizei verdächtigt die Witwe.«

In seinen hellen Äuglein konnte ich Genugtuung aufleuchten sehen. Selbstgefällig strich er sich über den spärlichen Schnurrbart und stieß einen erleichterten Seufzer aus: »Wenigstens etwas. Außerdem, wen wunderts? Im Grunde sind diese jungen Immigrantinnen allesamt Rebellinnen. Sie sehen gut aus, schnappen sich den erstbesten alten Trottel und bearbeiten ihn so lange, bis sie geheiratet werden. Aber wir wissen nur zu gut, welchen Hintergedanken sie dabei haben, nicht wahr, Dottore? Sie wollen die italienische Staatsbürgerschaft.«

Er würzte diese Plattitüde noch mit einem alten Sprichwort: »Perché verso barba canuta la fantinetta sta dura. Sie wissen ja, ein alter Jockey tut sich mit dem Reiten schwer.« Dieser Gedanke schien ihn köstlich zu amüsieren. Er klatschte in die Hände wie ein kleines Kind.

»Ich glaube nicht, dass Mino Terenzi ein alter Trottel war.«

Der Satz traf ihn unvorbereitet. Wie eine Mauer, die plötzlich hinter einer Kurve auftaucht, unausweichlich. Seine Gesichtszüge verhärteten sich, in den Mundwinkeln zeigten sich missbilligende Falten. Er war perplex.

»Nein?«

»Nein.«

»Aber ... auf diese Weise umgebracht zu werden ...«

»Ihre Schuld ist noch nicht bewiesen.«

»Natürlich, Sie haben ja recht, Dottore. Solange es noch keine stichhaltigen Beweise gibt, muss man mit äußerster Sensibilität vorgehen. Die polizeilichen Ermittlungen und natürlich auch Ihre Recherchen unterliegen festen Regeln ...«

Was für ein widerlicher Schleimer! Ich hatte nicht übel Lust, meine gute Erziehung zu vergessen, zu rülpsen oder einen fahren zu lassen, um diese heuchlerische Fassade zum Einsturz zu bringen. Ich sah ihn an und ließ ihn weitersprechen.

»Die Polizei hat noch keine Beweise, nicht einmal Indizien.«

»Hoffentlich. Wenn doch, dann verliere ich fünfzigtausend Euro.«

Er stutzte und antwortete mit falscher Freundlichkeit: »Aber nein, lassen Sie es mich anders formulieren. Wenn Sie mit der Polizei zusammenarbeiten und dann mit vereinten Kräften dafür sorgen, dass sie ihre gerechte Strafe bekommt, vielleicht nicht gerade fünfzigtausend ... aber dreißigtausend springen in jedem Fall für Sie dabei heraus.«

»Können Sie über das Geld der CarPol völlig frei verfügen?«

Jetzt lag Arroganz in seinem Blick. »Dottor Pagano, ich bin die CarPol. Ich halte die Aktienmehrheit, dieses Unternehmen ist mein Werk. Seit dreißig Jahren bin ich im Versicherungsgeschäft. Irgendwann hatte ich genug davon, meine Ideen und mein Geld diesen Amateuren anzuvertrauen. Sie kennen das doch ... Besser Kapitän einer Nussschale als Matrose auf einem Luxusdampfer, wie man bei uns sagt. Aus diesem Grund habe ich die CarPol gegründet. Jetzt bin ich derjenige, der entscheidet, welche Ideen umgesetzt werden und wie ich mein Kapital investiere. Ich suche mir meine Mitarbeiter nach meinen Vorstellungen aus und bestelle denjenigen zu meinem Stellvertreter, dem ich am meisten vertraue. Boero haben Sie ja schon kennengelernt, ein vielversprechender Bursche. Gianluca ist der Sohn eines alten Freundes von mir ... Warten Sie, er müsste noch im Haus sein. Wenn es Sie nicht stört, bitte ich ihn dazu ...«

Dieser Mann schien alles unter Kontrolle zu haben, wahrscheinlich sogar das Putzgeschwader, das seine Türklinken auf Hochglanz brachte. Schon nach kurzer Zeit in seiner Nähe sehnte ich mich nach frischer Luft.

Er kehrte mit Boero im Schlepptau ins Büro zurück. Perfekt gestylt vom Scheitel bis zur Sohle, begrüßte mich der Justiziar mit einem flüchtigen Winken. Sein Lächeln war steif wie sein Anzug. In seinen Augen entdeckte ich gleichwohl heimliche Freude, mich zu sehen. Eine Gefühlsregung unter der Schutzhülle einer Schaufensterpuppe? Signor »Ich-bin-CarPol« öffnete eine Minibar, die hinter einer

Holztür versteckt war. Zuvorkommend wie ein guter Butler bot er mir einen Drink an. Noch einen Whisky? Schon der Gedanke ließ meinen Magen rebellieren. Ich ließ mich zu einem Cortese di Gavi überreden. Für spezielle Gelegenheiten hatte Caviglia garantiert eine auf den Punkt gekühlte Flasche parat. Ein guter Weißwein war die ideale Einstimmung auf das Abendessen, das mich zu Hause erwartete. Boero versuchte schüchtern, abzulehnen, alles andere hätte mich auch überrascht. Aber schließlich gab er Caviglias Drängen nach. Sich selbst schenkte der Präsident zuletzt ein.

Das Handy in meiner Jackentasche klingelte. Es war Clara. Kurzes Geplänkel, dann kam sie zur Sache. Sie hatte ihre Pläne geändert und den Theaterbesuch abgesagt. Warum nicht ein Treffen schon heute Abend? Ein vernünftiger Vorschlag. Auf so etwas hatte ich seit zehn Jahren gehofft. Manchmal hatte ich nämlich den Eindruck, eine Verrückte geheiratet zu haben.

»Um acht?«

»Nein, das ist zu früh. Ich nehme den Zug um 19.40 ab Chiavari. Um halb neun?«

Ich wusste, dass sie großen Wert auf Pünktlichkeit legte. Sich um acht zu verabreden und dann erst um fünf nach acht zu kommen, war für sie undenkbar.

»Bestens. Um halb neun im Roger.«

Dann fügte sie hinzu: »Hör mal, wenn es dir heute Abend nicht passt, können wir es auch verschieben.«

Ich hatte meine Tochter seit zehn Jahren nicht mehr gesehen. Das war es, was mir nicht passte.

»Kein Problem, ciao, bis heute Abend.«

»Ciao, wir sehen uns im Roger.«

Ich beendete das Gespräch und wandte mich wieder dem CarPol-Präsidenten zu. Er hatte das Gespräch aufmerksam verfolgt.

»Wir sind uns also einig?«

»War das Ihre Frau?«

»Meine Exfrau.«

Boero schaltete sich ein, wie üblich mit einer unpassenden Bemerkung. »Es ist schön, wenn man sich nach der Trennung immer noch gut versteht.« Als er gerade fragen wollte, ob wir Kinder hätten, kam ich ihm zuvor. Ich wiederholte: »Wir sind uns also einig?«

»Nicht so eilig«, unterbrach Caviglia, der jetzt ernst geworden war, »Sie haben noch nicht auf meine ursprüngliche Frage geantwortet, Dottor Pagano. Welchen Eindruck haben Sie von Terenzis Witwe?«

Er wollte Klarheit, auf welcher Seite ich stand.

»Sie wollen wissen, ob ich sie für schuldig halte?«

»Was für eine Frage. Selbstverständlich will ich wissen, wie Sie unsere Position beurteilen.«

»Das kann ich noch nicht sagen. Die Frau ist schwer einzuschätzen. Eins ist sicher: Sie ist nicht so naiv wie andere Immigrantinnen aus Mittel- und Südamerika, die sich dem Erstbesten an den Hals werfen, der bereit ist, für sie zu sorgen. Sie hat Stil, und sie hat Klasse.«

»Sehr schön. Dann war sie auch in der Lage, einen Plan zu entwickeln, wie sie ihren Ehemann aus dem Weg räumen und reich werden kann.«

»Keine Ahnung. Möglich ist alles.« Mein Pokerface war eine gute Waffe bei diesem Gefecht. Aber mein Kontrahent war clever. Er pflegte sein angeborenes Misstrauen wie ein Gärtner seine Setzlinge.

»Dottore, ich werde den Eindruck nicht los, dass Sie von ihrer Schuld nicht hundertprozentig überzeugt sind«, spielte er den Ball zurück.

»Schluss mit dem Geplänkel, Signor Caviglia. Fakt ist: Wir kommen nur ins Geschäft, wenn es bei diesem Auftrag darum geht, Terenzis Mörder zu finden. Wer auch immer es sein mag. Wenn Sie dagegen jemanden brauchen, der Ihnen Beweise für die Schuld der Witwe liefert, müssen Sie sich einen anderen suchen.«

Boero wirkte überrascht. Ich glaubte aber auch, klammheimliche Bewunderung für die Art und Weise zu erkennen, wie ich mit seinem Chef umsprang. Für einen Augenblick legte er seine marionettenhafte Starre ab und fuchtelte hektisch herum.

Caviglia lenkte ein. »Bitte, so dürfen Sie das nicht sehen. Sie tun uns unrecht. Natürlich wollen wir den Mörder finden. Und wir haben Sie beauftragt, weil Sie auf diesem Gebiet der Beste sind. Genau deshalb nehmen wir Ihre Zweifel außerordentlich ernst.«

»Welche Zweifel?«

»Die Zweifel an der Schuld der Signora.« Er nannte sie Signora, genau wie Pertusiello. Allerdings klang es aus seinem Mund völlig anders. Mistkerl.

»Ich habe noch keine Zweifel, weder an der Schuld dieser Dame noch an irgendjemand anderem. Wie sollte ich auch? Ich stehe ja noch ganz am Anfang der Ermittlungen.«

»Aber ja doch. Wir wissen, dass der Fall bei Ihnen in besten Händen ist.«

»Übrigens, von wem haben Sie eigentlich die Informationen über die Witwe? Über die Abende im Kasino, ihr Luxusleben und alles andere?«

»Was spielt das für eine Rolle?«, fragte er gereizt. Plötzlich musste er selbst Rede und Antwort stehen.

»Es ist wichtig, ganz einfach. Ihre Informanten könnten wertvolle Hinweise über das Verhalten von Terenzi und seiner Frau liefern. Und über seine Geschäfte. Denn es liegt auf der Hand, dass der Mord mit diesen Geschäften in Zusammenhang steht …«

»In Ordnung, Dottore«, sagte er beschwichtigt. Da war sie wieder, diese schmierige Freundlichkeit, die mir so auf die Nerven ging.

»Lassen Sie mir zwei Tage Zeit. Immerhin geht es um unsere Kunden, mit denen wir vertrauensvoll zusammenarbeiten. Sie erwarten natürlich Diskretion. Ich werde sie bitten, sich mit Ihnen in Verbindung zu setzen.«

Ich zog die Schultern hoch. Es war schließlich sein Geld. Dabei fiel mir plötzlich mein Honorar wieder ein. »Gut, kommen wir nun zu meiner Bezahlung.« Ich verlangte das Doppelte von Boeros früherer Offerte, eine Summe, die, ohne mit der Wimper zu zucken, akzeptiert wurde. Das schnelle Einverständnis machte mich etwas stutzig, zumal ich den Fall ja eingangs als ziemlich ungefährlich eingeschätzt hatte.

Boero lächelte. »Haben Sie schon die silbernen Kugeln in den Lauf geschoben, Dottor Pagano?«

»Sie werden es nicht glauben, aber diesmal stimmen die Meldungen der Presse mit den Tatsachen überein. Ihr Kunde wurde tatsächlich von einem Wolf getötet. Von einem Werwolf.«

»Dann stammte das seltsame Geheul, das in den letzten Nächten dort oben zu hören war, tatsächlich von einem Wolf? Was für eine verrückte Geschichte«, bemerkte Caviglia. Er nahm einen Schluck Cortese und strich sich über den Schnurrbart. »Und dieser mysteriöse Wolf heult selbst dann, wenn der Mond von der Dunstglocke des Schirokko verdeckt wird.«

Boero entfuhr ein hysterisches Lachen, das ihn selbst erschreckte. »Ein Werwolf in Genua, das ist doch verrückt«, wiederholte er den Gedanken seines Chefs.

Caviglia fixierte mich, als wollte er meine Gedanken und Strategien durchleuchten. »Raus damit, Dottore. Jemand wie Sie ahnt doch schon längst, was Sache ist ...«

Alle Scheinwerfer waren auf mich gerichtet. Genau so musste sich die schöne Julia Rodriguez bei der Mordkommission gefühlt haben. Da ich aber gerade dabei war, einen äußerst lukrativen Vertrag zu unterschreiben, durfte ich nicht zimperlich sein. Ich nahm die Witwe aus dem Gesprächsfokus und begann, laut nachzudenken.

»Nun ja. Ein Geldverleiher schließt eine Lebensversicherung ab. Da er nicht mehr der Jüngste ist, gehe ich davon aus, dass die Beiträge bei dieser Versicherungssumme relativ hoch sind. Was sagt uns das?«

Boero schien vor sich hinzuträumen, Caviglia lauerte wie ein Luchs.

»Das heißt, er fürchtete wirklich um sein Leben. Muss man vor Abschluss einer Lebensversicherung nicht einen Check-up machen lassen?«

»Selbstverständlich«, antwortete Caviglia, »Terenzi war gesund wie ein Fisch im Wasser.«

»Gut. Das kann doch nur bedeuten, dass er Angst hatte, ermordet zu werden.«

»Diesen Schluss haben wir auch gezogen.«

»Und trotzdem keine Nachforschungen angestellt?«

»Wenn wir allen Kunden, die bei uns eine Lebensversicherung abschließen wollen, einen Privatdetektiv auf den Hals hetzen würden, werter Dottor Pagano, dann wären wir binnen zwei Wochen pleite.«

»Bei diesen Honoraren mit Sicherheit.«

Caviglia lachte etwas gequält, während Boero die Kinnlade herunterklappte. Er nippte lustlos an seinem Wein.

»Im Ernst. Die erste Frage, die wir uns stellen müssen, ist doch die: Verabredet sich jemand, der um sein Leben fürchtet, um Mitternacht im Parco del Peralto?«

»Bestimmt nicht«, entfuhr es Boero.

»Und trotzdem ist Terenzi dorthin gefahren. Sein Auto steht noch immer an der Lichtung, wo der Fitnesspfad beginnt.«

»Dort, wo sich die Liebespärchen treffen«, rief Boero, der den Ort mit Sicherheit gut kannte.

»Genau. Was schließen wir daraus?«

Die beiden sahen mich konsterniert an. Sie kapierten nicht, worauf ich hinauswollte.

»Das bedeutet zweierlei. Erstens ging Terenzi davon aus, er hätte von der Person, mit der er verabredet war, nichts zu befürchten. Und zweitens hatte er diesen abgelegenen Ort ganz bewusst als Treffpunkt gewählt, weil er vermeiden wollte, zusammen mit dieser Person gesehen zu werden.«

»Klingt logisch«, sagte Caviglia.

»Absolut«, bestätigte Boero beflissen.

Jetzt hatte ich sie dort, wo ich sie haben wollte. Sie hingen an meinen Lippen. »Logisch? Nicht in letzter Konsequenz, denn: Er wurde ermordet. Entweder wurde sein Vertrauen missbraucht, oder er hat jemand ganz anderen getroffen als erwartet.«

Auf ihren Gesichtern machte sich Ratlosigkeit breit.

»Vielleicht hatte der oder die Vertraute einen Deal mit dem Mörder. Und so kommt der Werwolf ins Spiel. Alles klar?«

Jetzt schienen sie begriffen zu haben. Caviglias Bewegungen wurden wieder hektisch.

»Der Vertraute wäre demnach nur der Auftraggeber gewesen...«

»Oder selbst der Mörder.«

»Und niemand sollte sie zusammen sehen.«

»Genau. Anders ergibt das Ganze keinen Sinn. Warum sonst trifft man sich an einem so verlassenen Ort, noch dazu um diese Zeit?«

»Die Rollen sind klar, nur die Protagonisten fehlen noch«, resümierte der Präsident. Er war dabei, mich zu verabschieden. Mit einer raschen Handbewegung nahm er zwei Ausfertigungen eines Vertrages aus der Schreibtischschublade und ergänzte handschriftlich meine persönlichen Daten und das Honorar. Dann unterzeichnete er beide Exemplare und reichte sie mir zur Unterschrift weiter. »Nur eine Formalität, wir müssen unsere Ausgaben ja belegen können. Kennen Sie das alte Sprichwort: »›Was du schwarz auf weiß besitzt...‹«

»›Kannst du getrost nach Hause tragen‹«, ergänzte ich.

Er lächelte zufrieden. Wir kamen aus der gleichen Stadt, für ihn ein Zeichen von Seelenverwandtschaft. Ein wenig Wärme anstelle der kühlen Distanz, die er bis jetzt an den Tag gelegt hatte. Viertausend Euro Spesen, fünf Prozent der Versicherungssumme, respektive sechshundert netto pro Tag. Dazu eine Option für die CarPol, den Vertrag jederzeit kündigen zu können. Er reichte mir mit spitzen Fingern meinen Ausdruck und stellte einen Scheck über viertausend Euro aus. Das Ganze schien ihn unvermittelt anzuwidern. Aber: Job ist Job.

Während ich im Bus nach Hause fuhr, fiel mir ein, dass ich weder die Wertpapiere noch die dreihundert Millionen in bar erwähnt hatte. Wurde ich etwa alt und vergesslich? Unsinn, das war mein Ass im Ärmel. Mit diesen Fakten konnte ich vielleicht beweisen, dass die Panamaerin unschuldig war. Auch mir selbst. Noch immer herrschte dichter Verkehr, der Bus kam nur schleppend voran. An der Piazza Dinegro stieg ich aus und blickte kurz zu den Hügeln hinauf. Ein Lichtermeer, gedämpft vom Dunstschleier der Maccaia. Zu meiner Rechten der Hafen mit der Mole, an der die Fährflotte zu den Mittelmeerinseln festgemacht hatte. Träume voller Sonne und Wind.

Zu Hause angekommen, wollte ich nur eines: raus aus den Klamotten und unter die heiße Dusche. In der Hoffnung, nicht nur Schmutz und Schweiß, sondern auch die quälenden Gedanken wegzuspülen.

Zainab hatte mir gedünstetes Gemüse vorbereitet. Der Tisch im Wohnzimmer war schon gedeckt. Die rot karierte Tischdecke, Teller, Besteck und Glas. Auch ein Obstkorb mit Äpfeln und Orangen fehlte nicht. Wie ein Stillleben aus dem 18. Jahrhundert.

Alles war sauber und aufgeräumt, wie jeden Tag. Mein Schutzengel. Ich sah auf die Uhr, kurz vor acht. Also noch eine gute halbe Stunde bis zu meiner Verabredung mit Clara. Seit der Trennung vor zehn Jahren das erste Mal, dass wir uns außerhalb eines Gerichtsgebäudes trafen. Ich hatte ein bisschen Bammel davor, denn es ging um Aglaja. Das letzte Mal hatte ich meine Exfrau vor drei Jahren gesehen. Bei einer Anhörung, die sie verlangt hatte. Wegen einer Nichtigkeit: Sie wollte mehr Geld. Damals schien sie mir stark gealtert und erschöpft. Ich erfuhr, dass ihre Mutter nach langer schwerer

Krankheit gestorben war. Giovanni hatte es mir erzählt. Clara hätte gute Gründe gehabt, vom Leben Schadenersatz zu verlangen. Denn ihr Leben war ein ewiger Kampf mit Gott und der Welt. Ich fragte mich, warum sie dieses Mal einem Treffen zugestimmt hatte. Noch dazu in einer kleinen Bar, zwei Schritte von meiner Wohnung entfernt. Ohne Sicherheitsabstand, ohne Anwalt und ohne Richter. Und vor allem ohne Giovanni.

»Was Gefühle angeht, bist du ein Analphabet, Bacci.«

Noch eine halbe Stunde. Mir blieb nur Warten und Hoffen. Lustlos stocherte ich in dem mit Essig und Öl angemachten Gemüse herum. Dabei kehrten meine Gedanken zu Zainab zurück. Angenehme Gedanken. Sie hatte ein untrügliches Gespür, wann die Anwesenheit einer Frau erwünscht war und wann nicht. Sie verschwand rechtzeitig, bevor es gefährlich wurde. Aber erst dann, wenn alle Bedürfnisse eines trägen, allein lebenden Mannes gestillt waren. Manchmal leider auch einen Augenblick zu früh: bevor der Wunsch, allein zu sein, vom Wunsch, sie zum Bleiben zu bewegen, überspült wurde. An einem Abend wie heute zum Beispiel. Ein Anflug von Bitterkeit verdarb mir den Appetit auf Auberginen, Zucchini und Blumenkohl. Zu Hause essen machte mich sentimental. Lieber verdarb ich mir in einer üblen Kneipe in den Carruggi den Magen. Nur um Stimmen um mich herum zu hören, die nicht aus dem Fernseher kamen. Außerdem hatte ich keine geöffnete Flasche Wein mehr im Haus. Und auch keine Lust, eine Flasche zu entkorken. Ich beschloss, den Wein zu vergessen, und widmete meine Gedanken stattdessen Terenzi, seiner Witwe und den Fakten, die ich bis jetzt gesammelt hatte. Bei Mineralwasser und gedünstetem Gemüse. Als Trost würzte ich das Ganze mit ein bisschen guter Musik. Radio und Plattenspieler waren im Wohnzimmer, der CD-Player im Büro am Ende des Ganges. Ich musste mich entscheiden: Wollte ich etwas Bestimmtes hören, oder sollte ich mich auf die Auswahl eines Klassiksenders verlassen? Ich entschied mich für die erste Alternative und ging zum Plattenspieler, um eine Platte aufzulegen. Mozarts »Don Giovanni«. Eine alte Decca-Aufnahme aus den Neunzigern. Die Ouvertüre. Als die Streicher die düstere Arie des verzweifelten Commendatore ankündigten, war ich mit meinen Gedanken schon beim Fall.

Die dreihundert Millionen waren der Schlüssel, um das Geheimnis zu lüften, da war ich sicher. Pertusiello hatte mir am Telefon bestätigt, dass sie nicht den geringsten Fingerzeig gefunden hatten, vom Verbleib des Geldes fehlte jede Spur. Wollte Terenzi das Geld verleihen? Oder war es für Manuel Verda bestimmt gewesen? Hatte Terenzi ihm das Geld gegeben, ohne dass seine Frau etwas davon wusste? Damit der junge Mann aus ihrem Leben abhaute? Das schien mir nicht schlüssig. Und das Telefonat, das Terenzi so beunruhigt hatte? Bestand zwischen dem mysteriösen Anrufer und dem Geld womöglich gar keine Verbindung? War alles nur ein Trick der Witwe, um ihren Liebhaber zu schützen? Nur eines war völlig klar: Einer wie Terenzi hätte niemals so viel Geld ohne Empfangsbestätigung und ohne Sicherheiten verliehen. Die nächtliche Verabredung auf dem Peralto war ein weiteres Rätsel. Auch hier hatte er keinerlei Vorsichtsmaßnahmen getroffen.

»Glaube nicht, ich ließe dich gehen, du müsstest mich schon töten!«, klagt Donna Anna im ersten Akt von Don Giovanni.

»Wahnsinnige! Du schreist vergebens. Nie wirst du erfahren, wer ich bin!«, antwortete ihr das Schlitzohr mit gleicher Inbrunst.

Und kurz darauf würde Don Giovanni im Duell den Commendatore tödlich verletzen, der herbeigeeilt war, um seine Tochter zu schützen. Vielleicht war Terenzi durch die Hand desjenigen ums Leben gekommen, der mit seiner Liebe die junge Julia Rodriguez Amanzar bedrohte?

Bunte Schlabberröcke, weit fallende Pullover und Clogs: So hatte sie ausgesehen, als wir uns kennenlernten, und so sah sie aus, als wir uns trennten. Vor geraumer Zeit war sie mir vor Gericht in einem klassischen Kostüm begegnet. Unverzichtbar in ihrem neuen Job als Verantwortliche für die Public Relations eines Schulbuchverlags. Sie hatte mit ihrem Abschluss in Literaturwissenschaften Karriere gemacht. Punkt halb neun betrat ich Rogers Bar. Wie ich sie so an einem kleinen Tisch im Hinterzimmer sitzen sah, strahlte sie tatsächlich etwas Managerhaftes aus. Unter dem Jackett ihres leichten Hosenanzugs trug sie eine weiße Bluse, deren Knöpfe gerade weit genug geöffnet waren, um den Ansatz ihrer Brüste zur Geltung zu bringen. Der Anzug war einfarbig, irgendetwas zwischen grau und blau, ein wirkungsvoller Kontrast zur lebhaften Farbe des Zimmers. Das aggressive Goldgelb und die grobkörnige Struktur der Rauputzwände erinnerten an eine Orangenschale. Vorne an der Theke saßen die Stammgäste. Tony, der junge Barkeeper, begrüßte mich und gab zu verstehen, dass er uns gleich bedienen würde. Mutterseelenallein und ziemlich nervös saß sie in der äußersten Ecke. Die Arme auf den Tisch gestützt, beide Hände umklammerten ein Longdrink-Glas. Auf dem Boden des Glases waren der fingerbreite Rest einer bernsteinfarbenen Flüssigkeit und ein wenig brauner Zucker zu erkennen. Aha, sie hatte schon einen Daiquiri intus. Ich nahm ihr gegenüber Platz.

»Ciao, Clara.«

Erst jetzt merkte ich, dass ich Pfeife und Tabak vergessen hatte. Ohne meine Pfeife könnte das Gespräch etwas schwierig werden. Sie grüßte zurück, ohne das Glas loszulassen.

»Hier gibt es erstklassigen Rum. Wer könnte da widerstehen? Was nimmst du?«

»Auch einen Daiquiri.«

»Einen Doppelten, wie früher?«

»Wie früher, einen Doppelten.«

Auf ihrem maskenhaften Gesicht erschien ein gezwungenes Lächeln. Sie machte auf Kumpel. Tony brachte zwei Teller mit Appetithäppchen: warme Minipizzen und Brot mit Salami, Speck und Würstel. Sie bestellte zwei doppelte Daiquiri. Ein harter Abend stand uns bevor.

»Hast du schon gegessen?«, fragte ich.

Sie zeigte auf die beiden Teller, ein Hinweis, dass ihr diese Auswahl genügen würde. Ihr Hauptinteresse galt heute Abend offensichtlich dem Rum. Während sie sprach, waren ihre Augen überall, nur nicht bei mir. Doch wenn sie mich kurz trafen, schienen sie sich an mir festsaugen zu wollen. Ich machte mir keine Illusionen: Was Clara in meinen Augen suchte, war das Fenster, durch das sie in meine Seele blicken kann. Sie wollte ergründen, was ich von Aglaja wollte.

»Jetzt fang schon an«, sagte sie unvermittelt, die Finger immer noch fest um das Glas gelegt.

Ich atmete tief durch und begann: »Im August wird Aglaja achtzehn.«

»Ja.«

»Dann ist sie eine Frau.«

»Ja.«

»Sie ist dann volljährig und könnte ihren Vater treffen, wann immer sie will, sozusagen Erwachsene unter sich.«

»Ja.«

So würden wir nicht weit kommen. Tony brachte die beiden Daiquiri. Eine gute Gelegenheit für Clara, vom Thema abzulenken.

»Der gleiche Rum wie beim ersten?«

»Natürlich.«

»Kubanischer?«

»Havana Club siete años.«

»Fabelhaft. Sie haben bestimmt auch alten Bacardi?«

»Aber sicher doch«, antwortete Tony mit dem Stolz des Barmanns, der sein Handwerk versteht, »five and eight years.«

»Den nächsten dann bitte mit Bacardi eight years.«

Die Verblüffung stand Tony ins Gesicht geschrieben. Er starrte mich fragend an. »Wieder doppelt?«

»Natürlich«, schnappte sie.

Tony versuchte, Haltung zu bewahren, und zuckte mit den Schultern, dann zwinkerte er. »Ihr versucht doch nicht etwa herauszufinden, wer mehr Daiquiris verträgt?«

»Keine Panik«, antwortete sie melancholisch lächelnd, »wir sind nur alte Freunde, die trinken, um zu vergessen.«

6
Die Frauen meines Lebens

Als Tony weg war, fragte ich: »Um was zu vergessen?«

Sie zog die Schultern hoch und schloss die Augen. Dann nahm sie einen tiefen Schluck. »Vielleicht wie sehr wir uns wehgetan haben.«

Die Häppchen hatten wir nicht angerührt. Mir fiel auf, dass sie das Glas umklammert hielt wie einen Talisman, gegen das, was sie nach wie vor für das größte Unglück ihres Lebens hielt: mich. Ihr schulterlanges Haar war noch immer schwarz. Sie war kaum geschminkt. Um die Augen und die Mundwinkel hatten sich winzige Fältchen eingegraben. Spuren, die das Leben unerbittlich hinterlassen hatte. Für dieses Treffen hatte sie sich zurechtgemacht. Bestimmt nicht, um mich zu beeindrucken. Nach so langer Zeit hegte sie keine Illusionen mehr. Aber sie hatte noch immer alle Trümpfe in der Hand.

»Und wenn wir damit Schluss machen, Clara?«

»Womit?«

»Uns wehzutun.«

»Das wäre schön. Aber es ist zu spät.«

»Aglaja ist jetzt bald erwachsen. Dann kann sie selbst über ihr Leben bestimmen.«

Stille. Den bittersüßen Geschmack des Daiquiri auf der Zunge. Wir nahmen beide einen kräftigen Schluck und ließen den letzten Satz unkommentiert. Auch er hatte einen bittersüßen Beigeschmack. Wir leerten unsere Gläser. Vielleicht hatte sie recht.

»Das wäre schön. Aber es ist zu spät.«

»Bacci, mach dir nichts vor. Aglaja war schon immer frei in ihren Entscheidungen. Sie hat den Kontakt zu dir nicht gesucht, weil sie schlicht nicht wollte. Daran ändert die Tatsache, dass sie jetzt volljährig wird, nichts.«

»Diesen Schwachsinn hat mir Giovanni auch schon aufgetischt. Aglaja hat immer gewusst, was sie zu tun und zu lassen hatte: nämlich das, was sie in deinen Augen gelesen hat.«

Tony kam mit dem Bacardi-Daiquiri. Er fragte, ob wir etwas anderes zum Knabbern wollten, denn wir hatten bisher kaum etwas angerührt. Ich steckte mir ein Speckhäppchen in den Mund und bestellte ebenfalls noch einen doppelten Daiquiri.

»Aber mit kubanischem Rum.«

»Havana Club?«

»Havana Club.«

Clara sah mich schräg von unten an und strich sich mit beiden Händen die Haare hinter die Ohren. Eine Geste, die ich über die Jahre vergessen hatte. An ihren Ohrläppchen schimmerten kleine weiße Perlen, passend zur Halskette und mit dem graublauen Hosenanzug einfach perfekt. Eine emanzipierte Ehefrau mit viel Freiraum, die einen Daiquiri nach dem anderen in sich hineinschüttet. »Du hast dich nicht verändert. Du verrätst Fidel nicht, selbst für den besten Bacardi.«

»Dafür würde ich sogar meinen besten Freund verraten.

Aber Daiquiri und Kuba gehören nun mal zusammen. Jamaica hat dabei nichts verloren.«

»Wie auch immer, was Aglaja angeht, täuschst du dich. Tut mir leid.«

»Aber dann ...«

»Du kannst mich mal, Bacci. Du hast sie zehn Jahre nicht gesehen. Was weißt du schon über die Gefühle deiner Tochter! Was sie wirklich will! Na, was hat sie gesagt, als ich ihr erzählte, dass wir uns heute Abend treffen?«

»Garantiert das, was du hören wolltest.«

»Mach, was du willst«, sagte sie. »Aber lass mich aus dem Spiel!«

»Ganz nach Wunsch.«

»Das bestreite ich nicht. Aber ich habe ihr das nicht in den Mund gelegt.«

»Wozu auch? Das hast du längst getan. Aglaja ist damit aufgewachsen, dass ihr ferner Vater ein verachtenswerter Mensch ist.«

»Nun übertreib mal nicht. Wenn überhaupt, dann höchstens ...«

»Du kannst mich mal.«

»Aglaja ist speziell. Sie liebt Bücher über alles. Und sie ist strebsam, engagiert und hilfsbreit. Sie hat seit Kurzem einen netten Freund, der sie vergöttert. Und wenn sie einen Rat braucht, geht sie zu Giovanni.«

»Und der Name ihres Vaters erinnert sie an einen Scheißkerl. Gute Arbeit, Clara. Glückwunsch.«

Tony brachte meinen Daiquiri. Clara zog nach und hielt ihm ihr leeres Glas unter die Nase. »Haben Sie auch venezolanischen Rum?«

»Ja, Pampero Selección 38 und Aniversario.«

»Welchen empfehlen Sie?«

»Für einen Daiquiri ist der Aniversario besser. Er ist nicht ganz so bitter und weicher.«

Clara wandte sich zu mir, ihr spöttisches Grinsen war grimassenhaft. »Siehst du, Daiquiri geht auch ohne Kuba. Du bist so was von verkrustet. Ich wette, du hörst immer noch Mozart und Guccini und liest deinen guten alten Dostojewski.«

»Unseren Dostojewski. Hast du vergessen, welchen Namen unsere Tochter trägt?«

Sie wandte sich Tony zu, der sie mit einer Mischung aus wohlwollender Fürsorge und nüchterner Professionalität musterte. Der perfekte Barkeeper. Man hatte ihm beigebracht, dem Gast auch das letzte Glas so zu servieren, als sei es das erste. Auch wenn dieser danach zu Boden gehen würde.

»Gut, dann nehme ich den weichen Venezolaner. Einen Doppelten. Und mit viel Zucker.« Sie knabberte an einer Scheibe Salami. Ich nahm einen tiefen Schluck. Der Daiquiri war kalt, aber nicht kalt genug, um meinen Zorn abzukühlen.

»Übrigens«, warf sie mit gespielter Lässigkeit ein, »kannst du dir vorstellen, dass auch deine Tochter Mozartfanatikerin ist?«

Es gab mir einen Stich. »Wirklich? Aglaja hört Mozart?«

»Den ganzen Tag. Es geht uns schon auf die Nerven.«

»Und was? Konzerte? Sinfonien?«

»Vor allem die Konzerte ...«

»Ich wette, sie liebt die Klavierkonzerte.«

»Ja, vor allem die. Warum?«

»Weil diese Musik zum Schönsten gehört, was je geschrieben wurde ...«

»Du und deine in Stein gemeißelten Prinzipien. Du wirst dich nie ändern können. Du wirst alt, Bacci. Du bist verknöchert.«

Sie hätte mir sogar sagen können, ich sei ein Stück Scheiße. Es hätte an meinem Glück nicht kratzen können. Meine Tochter liebte Mozarts Klavierkonzerte! Trotz einer Mutter, die für Musik nichts übrig hatte, und eines Stiefvaters, der gregorianischen Gesang nicht von Gospelsongs unterscheiden konnte. Hier war der Beweis: Aglaja liebte ihren Vater.

»Den Namen Aglaja haben wir zusammen ausgesucht. ›Der Idiot‹ war auch dir einmal wichtig …«

»Vielleicht mag ich ihn auch heute noch. Aber ich habe das Buch seit mindestens zwanzig Jahren nicht mehr aufgeschlagen. Denn die Idiotin war zweifellos ich.«

»Du?«

»Allerdings. Ich habe fünf Jahre auf dich gewartet, als du im Gefängnis warst. Verlorene Jahre, weggeworfene Jahre.«

»Vergiss nicht, dass wir ein Kind hatten.«

»Weißt du, was ich bin? Eine Penelope, aber naiv und dumm. Und gescheitert. Ich sparte mich auf für einen Helden, der bei einer Demonstration eine Pistole vom Boden aufhebt und sich wie der letzte Trottel dabei erwischen lässt. Wieder auf freiem Fuß, hatte er immer noch nicht genug von Waffen, Schlägereien, Mord und Totschlag. Dazu der ständige Ärger mit der Justiz. Nicht genug: Dieser Mistkerl hat mich auch noch geschwängert. Und dann? Tauchte eine Jüngere auf, und ich wurde eiskalt abserviert.«

»Das war acht Jahre später.«

»Richtig.«

»Wir haben uns nur noch gestritten.«

»Kunststück, wenn du mich nach Strich und Faden betrügst.« Ihre Worte waren gnadenlos, doch der Alkohol hatte mich in einen Schleier aus Trägheit gehüllt.

»Clara, du erträgst nicht, dass es Dinge gibt, die einmal waren, aber nicht mehr sind.«

»Wovon sprichst du?«

»Von allem. Vom ›Idioten‹. Von der Liebe. Von unserem Glück.«

»Wenn ich zurückblicke, kann ich ›unser‹ Glück nicht finden.«

»Lüg nicht. Aglaja ist ein Wunschkind. Ich habe dich geliebt.«

»Wenn das wahre Liebe war, was wolltest du dann mit diesem Flittchen?«

Tony brachte zwei weitere Daiquiri, natürlich doppelte. Hatte ich sie tatsächlich bestellt? Clara hob ihr Glas, um mir zuzuprosten. Eine unpassende Geste in diesem Moment. Sie war angetrunken und lachte anzüglich: »Auf dein Wohl, Bacci Pagano. Und auf das deiner Schlampen!«

»Meine Schlampen sind Vergangenheit, Clara.«

»Das wundert mich nicht. Um dich auszuhalten, muss man eine Heilige sein.«

»Mara hat nie mit mir zusammengelebt.«

»Soll ich dich etwa noch bedauern? Erwartest du Trost von mir?«

»Ich erwarte von niemandem etwas.«

»Das ist Geschwätz, Bacci. Von deiner Tochter erwartest du sehr wohl etwas. Sonst säßen wir nicht hier.«

»Ja. Ich will sie endlich wiedersehen. Dazu habe ich alles Recht der Welt. Ich bin ihr Vater.«

»Kein Problem. Wenn sie damit einverstanden ist …«

»Ich rufe sie in den nächsten Tagen an.«

»Und was willst du ihr erzählen? Dass du einsam bist, weil dich deine Schlampen verlassen haben?«

»Ich werde ihr von den letzten zehn Jahren berichten. Vor allem aber möchte ich zuhören.«

»Und prahlen, wie gut du mit einer Beretta umgehen kannst? Wie viele Verbrecher du schon erschossen hast? Versuchs! Du wirst sehen: Euch trennen Lichtjahre.«

»Daran bist du schuld.«

»Ja, dafür habe ich gekämpft. Sie sollte ein ganz normales Leben führen. Mit Freunden, in der Schule, mit der Liebe und Zärtlichkeit eines Vaters, der jeden Abend nach Hause kommt und auf den Verlass ist. Ein Alltag ohne Angst, dass plötzlich jemand vor der Haustür steht, mit gezogener Pistole. Hast du dich je gefragt, was du deiner Tochter zumutest?«

»Darüber habe ich oft nachgedacht. Aber auch das gehört zum Leben, Clara.«

»Vielleicht für dich, nicht für meine Tochter. Du wärst ein miserabler Vater gewesen.«

»Wer gibt dir das Recht, zu urteilen, was gewesen wäre?«

»Sie ist, verdammt noch mal, meine Tochter. Geht das nicht in dein Hirn? Das gibt mir jedes Recht, sie zu schützen.«

»Und wie hast du sie beschützt? Indem du ihr Angst vor ihrem Vater beigebracht hast.«

Sie hatte auch den letzten Daiquiri in sich hineingeschüttet. Als sie feststellte, dass ihr Glas wirklich leer war, zitierte sie Tony herbei. »Barkeeper!« Ihre Stimme überschlug sich fast. Erst jetzt fiel mir auf, dass wir uns am Schluss nur noch angeschrien hatten.

Plötzlich stand Tony am Tisch. Er wirkte beunruhigt. Wahrscheinlich hatte er schon mit so was gerechnet, aber es war ihm unangenehm, weil ich nicht nur Stammkunde, sondern auch sein Freund war.

Clara hielt ihm das Glas hin. »Noch einen.«

Tony drehte sich gequält zu mir, es war ihm sichtlich unangenehm. Er hoffte, ich würde der Sache ein Ende machen. Stattdessen sagte ich: »Für mich auch, einen doppelten.«

Er zuckte mit den Schultern und machte sich aus dem Staub. Job ist Job. Um jeden Preis, bis zum Ende. Das war schließlich auch meine Devise. Nur, dass ich jetzt verdammt noch mal etwas Hartes zu Ende bringen musste: Ich musste mein Recht durchsetzen, Vater zu sein.

Clara fuhr sich mit der Hand übers Gesicht und kniff die Augen zusammen. Sie war unsäglich müde. Dann atmete sie tief durch und versuchte, wieder ihr Alltagsgesicht aufzusetzen. Sie strich sich erneut die Haare hinter die Ohren und starrte mich an, ohne mich wirklich wahrzunehmen. Nach langem Schweigen griff sie den Faden wieder auf. »Ihre Gefühle, sagtest du?«

»Ich weiß nicht mehr genau, etwas in dieser Richtung.«

»Du hast mir vorgeworfen, ich hätte ihr anerzogen, dich zu verurteilen.«

»Genau.«

»Vielleicht hast du recht. Bei mir war es genauso, wenn es um dich ging. Ich wollte dich nicht mögen.«

»Da warst du nicht allein.«

»Hast du dich deshalb so wenig um deine Tochter gekümmert?« Jetzt lächelte sie. Ihr Lächeln schien sich im Nichts zu verlieren. Aber ein Anflug von Zärtlichkeit lag darin. »Du bist ein wenig grau geworden, aber sonst hast du dich gut gehalten.«

»Du auch.«

»Du bist immer noch gut in Form.«

»Das kann man von dir auch sagen. Gehst du ins Fitnessstudio?«

»Yoga. Zweimal die Woche. Jetzt sind wir schon bei den Komplimenten. Wollen wir den Abend etwa so beenden?«

»Wie läuft es mit Giovanni?«

Sie zuckte mit den Schultern. In ihren vom Alkohol vernebelten Augen erkannte ich, dass ich ein heikles Thema angeschnitten hatte. »So lala. Irgendwann kehrt der Alltag ein, das ist doch immer so. Ist es bei dir anders? Deine Betthäschen haben dich doch auch sitzen lassen.«

Dieses Mal brachte eine Kellnerin die Daiquiris. Tony wollte sich ab jetzt aus der Sache heraushalten. Das ist mein letzter, schwor ich mir. Clara konnte nur noch mit Mühe die Augen offen halten. Sie nippte an ihrem Drink, während ich meinen in einem Zug hinunterstürzte.

»Ich will nur noch schlafen. Meinst du, die lassen mich hier schlafen?« Ihre Worte kamen schleppend. Ihr war jetzt alles egal.

»Was sind wir doch für alte Esel. Wie kommst du nach Hause?«

»Um zehn holt mich Giovanni ab. Wie spät ist es jetzt?«

»Er wird nicht gerade begeistert sein, dich so anzutreffen.«

»Geht mir genauso.«

»Es ist zehn vor zehn.«

»Dann geh ich jetzt aufs Klo und mache mich frisch. Geh jetzt bitte, ich will allein sein.«

»Soll ich nicht lieber warten?«

»Ich brauche keine Amme, ich habe nur ein bisschen zu viel getrunken. Geh zu deinem Freund hinter der Theke, bezahl und lass mich in Ruhe.«

Irgendwann kehrt immer der Alltag ein.

»In den nächsten Tagen rufe ich Aglaja an. Sagst du ihr bitte Bescheid?«

»Warum? Das ist eine Sache zwischen dir und ihr.« Ihre Stimme klang gleichgültig. Und erschöpft.

Ich zahlte die Drinks und verließ die Bar. Auch Tony hatte den Überblick verloren und mir einen Pauschalpreis verrechnet. Die wenigen Meter bis zu meiner Wohnung waren ein Marathon, denn ich konnte mich nur mit Mühe auf den Beinen halten. Die Stradone di Sant'Agostino schwankte. Gefährlich. Zum Glück war es kühl, und tief durchzuatmen half mir, meinen Schwerpunkt wiederzufinden. Mit jedem Atemzug füllten sich meine Lungen mit frischer Luft. Auf den Stufen zu seiner Crêperie traf ich den Capitano, der mit einer Frau plauderte. Wie üblich in Caprihosen, Clogs und einer eng um die Taille gebundenen weißen Schürze. Die Frau kannte ich gut. Der Capitano erwiderte meinen Gruß und verschwand. Die Frau kam näher. Die vertrauten grau-grünen Katzenaugen. Mara. Sie roch noch immer nach Lavendel und Zitrone.

»Ciao, Bacci.« Ihre Stimme und ihr Parfüm hüllten mich ein. Sie blickte mir tief in die Augen. Dabei verlagerte sie ihr Gewicht mal auf das eine, mal auf das andere Bein, die Hände in den Taschen ihrer Jeans vergraben. Karmesinrote Baumwollweste über weißem T-Shirt mit U-Boot-Ausschnitt. Ich wusste nicht, was sagen.

»Was hat denn dich hierher verschlagen?« Ich bemühte mich, nicht zu lallen. Als sie näher kam, um mir ein Küsschen auf die Wange zu drücken, wusste sie aber Bescheid.

»Du stinkst nach Alkohol.«

»Ich bin stockbesoffen. Bestimmt ein Dutzend Daiquiri. Bei Tony.«

Sie lachte. »Ein Dutzend?«

»Sechs oder sieben Doppelte. Ist das kein Dutzend?«

Sie schwieg, wiegte sich weiter in den Hüften und starrte mich mit ihren dunklen Augen an. Sie war verlegen und schien mir etwas sagen zu wollen. Bloß was?

»Ich habe mich gefragt, ob du dich wohl daran erinnerst, dass ich am Freitag Geburtstag habe.«

Ich versuchte, ihren Blick zu erwidern und gleichzeitig die Balance zu halten.

»Seit drei Jahren haben wir uns nicht mehr gesehen. Du hast mir gefehlt, weißt du das?«

Mir fiel keine passende Antwort ein. Zumindest keine intelligente. Ich versuchte es mit Höflichkeit. »Dein Geburtstag, klar. Wie alt wirst du?«

»Fünfunddreißig, fünfzehn Jahre jünger als du.«

»Du hast mir auch gefehlt.«

Wieder Stille. Die Zeit schien stehen zu bleiben.

»Bittest du mich nicht mit rauf?«

»Mit rauf? Oh, natürlich.« Ich griff in die Tasche und tastete nach dem Schlüsselbund.

»Wenn du keine Lust hast, dann verschieben wir es auf ein anderes Mal.«

»Ich sagte doch, ich bin betrunken.«

»Das ist mir egal. Ich habe Lust auf dich.«

Ich war nicht in der Lage, mir vorzustellen, welchen Umständen ich dieses Angebot zu verdanken hatte. Nach drei Jahren Funkstille. Bestimmt war ich nicht in der Lage, ihr das zu bieten, was sie erwartete. Aber den Mut, sie wegzuschicken, hatte ich nicht. Auch keine Lust dazu. Dottoressa Sabelli wollte wieder in mein Bett schlüpfen. Mara hatte etwas Animalisches. Die dröhnenden Diskotheken, die proppenvollen Strände am Corso Italia: Das war ihre Welt. Dort hatten Blickkontakte und Körpersprache nur ein Ziel. Sie kannte ihre Wirkung auf Männer genau und verhielt sich entsprechend: herausfordernd, um nicht zu sagen unverschämt. Die Männer begehrten sie, waren gleichzeitig aber auch irritiert.

»Du hast doch nicht etwa Angst? Keine Sorge, ich erwarte nichts von dir. Und du bitte auch nicht von mir ...«

Ich lächelte wie ein Betrunkener lächelt, der den letzten Rest Haltung bewahren will. Dabei öffnete ich die Haustür und bat sie herein.

»Lach mich nicht aus.«

»Ich lache dich nicht aus. Ich habe übrigens den Abend mit Clara verbracht, meiner Ex. Zum ersten Mal seit zehn Jahren haben wir uns wieder ausgiebig unterhalten. Sie hat mir das Gleiche gesagt wie du. Dass sie nichts von mir erwartet ...«

»Und du von ihr?«

»Ich will nur eins: meine Tochter wiedersehen.«

»Das hast du schon tausendmal gesagt ...«

»Sie wird volljährig.«

»Und ihre Mutter? Ist Clara je volljährig geworden?«

Wir standen uns im Aufzug gegenüber und starrten uns unverwandt an. Sie streichelte mich. Ganz sanft.

»Morgen werde ich das vielleicht bedauern. Was solls.«

»Niemand verlangt etwas von dir.«

Wir betraten meine Wohnung. Im Dunkeln registrierte ich das rote Blinken des Anrufbeantworters. Ich knipste das Licht an und hörte das Band ab. Ich erkannte sofort die aufgeregte Stimme der Panamaerin.

»Señor Bacci, Julia Rodriguez hier. Ich habe mit Manuel geredet. Jetzt bin ich sicher, dass er unschuldig ist. Er will Sie sehen. Morgen früh um elf im Café Le Corbusier in der Nähe der Chiesa San Donato. Sie erkennen ihn an seinem Hund. Ein Rottweiler. Wenn Ihnen der Termin nicht passt, rufen Sie bitte sofort zurück. Gracias, Señor Bacci.«

Klick. Mara hatte mitgehört.

»Wer war das?«

Ich winkte ab. »Das ist eine lange Geschichte.«

Unvermittelt sagte sie: »Sie gefällt dir. Man muss dich nur ansehen. Und diese Stimme ...« Sie sagte das ohne jede Eifersucht, ein bisschen traurig vielleicht. Wie immer, wenn ich für eine andere Frau Interesse zeigte. So war Mara. Selbst jetzt konnte sie das nicht verbergen.

Ich blickte auf die Uhr. Kurz vor halb elf. Während sie ins Bad ging, zog ich mich aus und legte mich ins Bett. Durch den Spalt der angelehnten Tür zum Flur drang ein wenig Licht ins Schlafzimmer. Ich hörte, wie sie aus dem Bad schlich. Dann ging das Flurlicht aus. In der Finsternis hüllte mich eine Lavendel-Zitrus-Wolke ein. Dann spürte ich ihren Körper auf mir, weich und zugleich belebend, wie die kühle Nachtluft, die ich eben noch auf der Stradone eingeatmet hatte. Ich streichelte sie, und schlagartig war ich nüchtern. Und erregt. Als sie sich auf mich setzte und zu schaukeln begann, glaubte ich Julia Rodriguez' Stimme zu hören. Wie ein sanftes Lied, das durch das Zimmer schwebte.

»Gracias, Señor Bacci«.

Der Klang unendlicher Einsamkeit.

7
Noch mehr Überraschungen

Der Schlaf der Gerechten endet stets zu früh. Das Telefon klingelte aufdringlich und zwang mich, den Arm in Richtung Kommode auszustrecken. Noch ganz benommen von einem wirren Traum, der mich in ein baufälliges altes Hotel am Wasser geführt hatte. Meine Mutter drängte mich, meine Rechenaufgaben fertig zu machen. Es war kurz vor sieben. Am anderen Ende der Leitung war Pertusiello. Er lud mich zu einer Tatortbegehung im Parco del Peralto ein, um neun. Mein Kopf drohte zu platzen. Ich musste einen völlig verwirrten Eindruck machen, denn er entschuldigte sich tatsächlich für den frühen Anruf. »Du bist doch eigentlich ein Frühaufsteher, dachte ich zumindest…«

Ich war mit meinen Gedanken noch immer in der Abgeschiedenheit des abgeblätterten Grandhotels. Mein gebrummeltes »In Ordnung« kam aus den tiefsten Tiefen. Dann legte ich auf. Mara lag wie eine Mumie in das Bettlaken gehüllt. Sie lächelte im Schlaf wie ein glückliches Kind. Aus dem Sarg der Vergangenheit zurückgekehrt ans Licht. Dottoressa Sabelli. Die andere Frau in meinem Leben, ohne Probleme, weder mit Einschlafen noch mit Sex. Sie würde selbst im kalten Badewasser schlafen können – und Sex haben. Dafür war ich sowieso zu alt.

Ich fühlte mich völlig zerschlagen. In meinem Kopf arbeitete ein Presslufthammer. Die Rache der Daiquiris. Mit Wein passierte mir das nie, höchstens bei einem Cancarone. Ich ging ins Bad. Vielleicht brachte eine heiße Dusche mich wieder auf Vordermann. Heute nicht, und auch Rasieren half nichts. Selbst Don Giovanni mit Frühstück auf dem Balkon: keine Chance. Der Schirokko blies noch immer, die regenfeuchten Dächer leuchteten. Die laue, salzgeschwängerte Luft legte sich wie ein dichter Schleier auf die Hügel und die Festungsanlagen über der Stadt.

»Tag und Nacht nur Schinderei für einen, ders nicht zu schätzen weiß. Ich halte Wind und Regen aus, esse schlecht und schlafe schlecht. Ich will selbst ein Herr und nicht mehr Diener sein!« Leporello wehklagend. Leporello voller Neid. Leporello, der Kuppler, der Schmiere stand, während Don Giovanni versuchte, Donna Annas Unschuld zu rauben.

Die Kleider von gestern stanken nach abgestandenem Rauch. Ich legte Jacke und Hose zum Lüften über den Korbstuhl auf dem Balkon. Die übrigen Sachen warf ich auf den Haufen dreckiger Wäsche. Dann zog ich mir ein sauberes Hemd, einen leichten blauen Pullover und Jeans an, streifte die Lederjacke über und verließ die Wohnung. Zainab musste ohne mich auskommen. Das Telefon hatte ich leise gestellt und auf dem Wohnzimmertisch eine Nachricht hinterlassen.

9.00: Im Parco del Peralto mit Pertusiello.

11.00: Im Le Corbusier. Ruf an, wenn du Lust hast. B.

Man konnte ja nie wissen. Vielleicht rief jemand an und wollte etwas von mir. Möglicherweise brauchte eine Frau aus Panama meine Hilfe.

Ich ging zum Kiosk an der Piazza di Sarzano, kaufte »Decimonono« und »La Repubblica«, sagte dem alten Steva guten

Tag und bat ihn, Essam zu grüßen, falls er ihn sehen sollte. Auf dem Weg von der Piazza di Sarzano zur Piazza di Carignano blätterte ich die Zeitungen durch, um etwas Neues zu meinem Fall zu erfahren. Im »Decimonono« wurden der Tathergang und die Vorgeschichte nach bewährtem Schema beleuchtet. Wie immer bei Verbrechen wurde die Privatsphäre mit Füßen getreten. Meine anfängliche Enttäuschung verwandelte sich in Wut. Der Artikel verwies mehrmals auf Terenzis Lebensversicherung, auf die junge Witwe und die näheren Umstände der Tat. Dabei wurden die Beteiligten mit vollem Namen genannt. Die Geschichte wurde als typische Immigrantenstory mit erpresserischem Hintergrund dargestellt, gewürzt mit schlüpfrigen Details aus dem Liebesleben eines senilen Lüstlings. Und im Zentrum stand natürlich Julia Rodriguez Amanzar. Die Hauptverdächtige. Pertusiello hatte sie nicht schützen können. Ich fragte mich, ob jemand von der Staatsanwaltschaft oder aus den Reihen der Polizei geplaudert hatte. Der Hausverwalter in der Via San Luca kam mir wieder in den Sinn. Diese heuchlerische kleine Ratte. Er würde mäßig begeistert sein. Nur die CarPol wurde namentlich nicht erwähnt. Ich dagegen schon.

»Der bekannte Privatdetektiv Bacci Pagano wurde von der Versicherungsgesellschaft, bei der die Lebensversicherung über eine Million Euro abgeschlossen wurde, mit Ermittlungen beauftragt.«

Ich suchte nach dem Namen des Journalisten, der den Artikel geschrieben hatte, fand aber nur die Initialen »G. R.«, Giuliano Rivoli. Auch ein alter Bekannter. Ich würde ihn später anrufen, um seine Informanten zu erfahren.

Fährt man die Straße entlang, die parallel zur Stadtmauer von der Piazza Manin steil hinauf zum Righi führt, kommt man an einem alten Haltepunkt der Bahnlinie nach Casella vorbei. Während der Fahrt hat man einen schönen Blick ins Valle del Bisagno. Die Strecke war mir vertraut. Hier fuhr ich ein- bis zweimal die Woche mit der Vespa hinauf zum Fitnesspfad, um mir die Sohlen abzulaufen, überschüssige Kalorien abzubauen und das Schreckgespenst des Alters zu bannen. Meine Vespa 200 tuckerte bergan, vorbei an den künstlichen Zinnen und grotesken Bollwerken des Castello Mackenzie. Es war vom extravaganten Architekten Coppedè für den schottischen Versicherungsmagnaten Evan Mackenzie erbaut worden, in einem haarsträubenden Mix aus Mittelalter und Liberty-Stil. Vor einigen Jahren hatte es ein amerikanischer Milliardär gekauft, der dort seine Kunstsammlung unterbrachte. Man gewöhnt sich an alles. Und auch ich hatte inzwischen mit dem Disney-Schloss Frieden geschlossen. Fuhr ich daran vorbei, versuchte ich, es zu ignorieren oder mit der gleichen heiteren Gelassenheit zu ertragen, mit der ich Pertusiellos Zynismusattacken über mich ergehen ließ. Diese Bausünde brachte nur noch Touristen aus der Fassung, für die Genueser ist sie das hässliche Erbstück einer alten Tante, das man mit der Zeit lieb gewinnt.

Mein Blick wanderte den Hügelkamm entlang, vom Valle del Bisagno bis zum Valle del Polcevera, vorbei an den Festungsanlagen Forte Sperone, Forte Puin und Forte Diamante. Die Bäume setzten zarte Spitzen an, es roch nach Frühling. Ein aufdringlich süßer Geruch nach Glyzinien und Jasmin lag in der Luft. Sie blühten früher als sonst. Ich fuhr an der Bergstation der Seilbahn vorbei, die in Wirklichkeit eine Zahnradbahn ist, aber in Genua werden die Zahnradbahnen generell Seilbahn genannt. Weiter ging es die baumbestandene Straße hinauf, bis zur Holzbrücke, die zum Forte Castellaccio führt. An den Festungsmauern vorbei, dann durch ein Tor, und die Sicht auf das Bisagno-Tal zu meiner Rechten war wieder frei.

Ich hatte mein Ziel erreicht und stellte die Vespa in der Parkbucht beim Start des Fitnesspfads ab. Dort trafen sich abends Liebespärchen ohne Obdach. Auch die Autos einiger Frühsportler waren geparkt: Schichtarbeiter, Arbeitslose, Rentner und Vorruheständler. Viele Gesichter waren mir vertraut. Daneben standen zwei Polizeiautos und ein Wagen, den ich auf den ersten Blick als das Mercedes-Cabrio von Terenzi identifizierte. Silbermetallic, brandneu, elegante Kurven wie seine Fahrerin. Wer weiß, ob sie den Wagen je wieder steuern würde. Es sah aus, als hätte man das Cabrio dort abgestellt und dann einfach vergessen. Wie ein Ausstellungsstück in einem Kriminalmuseum.

Ich sah auf die Uhr, Viertel vor neun. Ob Pertusiello schon vor Ort war? Ich kletterte über die Barriere am Eingang und ging langsam den Fitnessparcours entlang, die Vegetation wurde immer üppiger. An den zarten Zweigen der Kastanien sprossen die ersten grünen Blättchen, ein wohltuender Kontrast zu den dunklen Steineichen im Hintergrund. Im Ast einer hohen Kiefer hing das Nest eines Prozessionsspinners, das von Weitem aussah wie ein bösartiger Tumor. Noch einige Wochen, und der städtische Kammerjäger würde das Nest entfernen und verbrennen. Ein einsamer Jogger kam mir entgegen, er nickte mir zu. Je weiter ich ging, desto intensiver strömte mir aus dem Dickicht ein Geruch nach Erde und Pilzen entgegen. Ich war etwa dreihundert Meter weit gekommen, als ich an einer Lichtung Polizisten stehen sah.

Ich erkannte die schmale Gestalt von Ispettore Levrero, der in seinem hellen Trenchcoat an Inspektor Colombo erinnerte. Die Polizisten hatten sich um ein hölzernes Trimmgerät geschart. Sie unterhielten sich mit Joggern in kurzen Hosen und Trikots, und sie hatten auf mich gewartet. Levrero kam mir lächelnd entgegen. Wir begrüßten uns. Er führte mich sofort zum Fundort der Leiche, wie üblich mit rotweißem Plastikband abgesperrt. Ein kurzer Hang Richtung Straße, unweit der Waldlichtung. Levrero bewegte sich wie immer ein wenig hektisch, doch seine metallische Stimme formulierte nüchtern und präzise wie ein Polizeiprotokoll. Der Leichnam sei auf dem Rücken liegend gefunden worden, die Füße bergwärts, der Kopf eigenartig verdreht. Etwas weiter unten, direkt an der Grenzmauer des Fitnesspfads, hatte man eine brennende Taschenlampe gefunden. Sie gehörte offensichtlich Terenzi. Die Spurensicherung hatte seine Fingerabdrücke darauf gefunden. Mühsam überkletterten wir die an dieser Stelle ziemlich hohe Begrenzungsmauer und tauchten unter dem Absperrband durch. Levrero zeigte mir die exakte Stelle, an der Mino Terenzis Lebensreise ihr Ende gefunden hatte. Zerfleischt wie ein vom Wolf gerissenes Schaf. Am Fuße einer Eiche, auf deren Wurzelansätzen dunkle Blutspuren zu erkennen waren. Der Regen würde sie wegwaschen und dem Wald seine Unschuld zurückgeben. Die Fundstätte lag in unmittelbarer Nähe des Platzes, auf dem die Seerepublik Genua über Jahrhunderte hinweg ihre Verbrecher hängte. Für mich würde dieser Ort, den ich so oft schwer atmend im Laufschritt passiert hatte, nie wieder der gleiche sein.

Ich vergaß Levrero und versuchte, die Tat zu rekonstruieren. Dabei kam mir meine Ortskenntnis zugute. Terenzi kommt also gegen Mitternacht und stellt sein Auto in der Parkbucht ab, die von Straßenlaternen erhellt wird. Er steigt aus und geht den stockfinsteren Fitnesspfad entlang. Aber er hat ja die Taschenlampe dabei. Als Treffpunkt ist der Pfad, der in den Wald führt, vereinbart. Hier ist man vor neugierigen Blicken geschützt. Vielleicht parken noch andere Autos an dieser Waldlichtung, aber die Liebespärchen haben Schöneres zu tun, als auf ihn zu achten. Irgendwann bemerkt er etwas in der Dunkelheit, wahrscheinlich den Lichtschein einer Taschenlampe. Jemand kommt ihm entgegen. Der Wolf, den diese Person an der Leine hält, fällt ihm möglicherweise nicht auf. Bis der Mörder den Wolf von der Leine lässt und den Befehl gibt. Die Bestie greift an. Terenzi sieht den näher kommenden Schatten und begreift, dass er das Opfer sein soll. Aber er ist alt, zu langsam und zu unbeweglich. Er versucht, die Straße zu erreichen, wo er sich Hilfe erhofft, und rennt los. Er kommt nur wenige Meter weit. Der Wolf schneidet ihm den Fluchtweg ab. Er springt den Alten an und reißt ihn zu Boden, wie man es ihm antrainiert hat. Terenzi greift instinktiv mit beiden Händen an seinen Hals, um sich zu schützen. Die Taschenlampe fällt zu Boden und rollt bis zur Mauer. Die Wolfszähne verbeißen sich im Hals des Opfers und bohren sich in die Halsschlagader. Möglicherweise ruft Terenzi in seiner Panik noch um Hilfe, aber niemand hört etwas. Die Stelle ist zu abgelegen. Dann ein Knurren und der letzte erstickte Seufzer des Opfers. Vielleicht befiehlt der Mörder den abgerichteten Wolf nicht gleich wieder zu sich, sondern er wirft einen Blick auf den leblosen, zusammengekrümmten Körper des Opfers. Dann leint der Mörder die Bestie wieder an und zieht sie vom Tatort weg, denn das frische Blut stachelt den Wolf noch mehr auf. Nach getaner Arbeit stehlen sich Täter und Tatwerkzeug davon, völlig unbehelligt und ohne gesehen zu werden.

An diesem Punkt stellten sich mir zwei Fragen: Von wo war der Mörder gekommen, und wohin war er verschwunden? Ich sah mich um, und das Blut in meinen Schläfen pochte. Jetzt war ich der Spürhund auf der Jagd nach Beute. Wenn der Täter mit dem Auto gekommen war, hatte er es mit Sicherheit nicht in der Nähe der Liebespärchen abgestellt. Dort mit einem Wolf an der Leine aus dem Auto zu steigen, wäre selbst um diese Uhrzeit aufgefallen. Gleiches gilt für den mauergesäumten Straßenrand bis zur Einmündung der Schotterstraße, die zur Osteria delle Baracche und nach Trensasco führt: Sie ist ebenfalls beliebtes Ziel für ein Tête-à-Tête, oft mit zugehängten Fenstern und mit Zeitungspapier verklebten Windschutzscheiben.

Der Fitnesspfad ist ungefähr einen Kilometer lang. Aber von der anderen Seite war der Mörder wohl kaum gekommen. In der Dunkelheit eine derart lange Strecke? Nein! Es musste anders gewesen sein.

Mein Herz schlug bis zum Hals, als ich unter den ungläubigen Blicken der Polizisten losmarschierte. Levrero rief mir noch etwas nach, was, konnte ich nicht mehr verstehen. Ich lief etwa hundert Meter den Weg zurück, den ich gekommen war. Am Wegrand fielen mir Hydranten auf. Rot gestrichen. Ich passierte den ersten. Auf der Suche nach einem Fingerzeig. Etwas geisterte mir im Kopf herum. Fieberhaft versuchte ich, mich an ein bestimmtes Detail zu erinnern. Mein Blick tastete sich durch den aufkommenden Nebel. Dem Holzgeländer entlang, das den Weg talwärts begrenzte, und dann … da war es! Jetzt erinnerte ich mich endlich, wonach ich gesucht hatte. Nach dem zweiten Hydranten, nur wenige Meter vom Start des Fitnessparcours entfernt, war das Geländer unterbrochen. Dahinter begann ein schlammiger Pfad, der schräg den Hügel hinunter in den Wald führte. Während ich den Pfad entlanglief, spürte ich bei jedem Schritt, wie der Boden unter meinen Füßen federte. Ein brauner Teppich aus Erde, Kiefernnadeln und Eichenblättern vom letzten Herbst. Nach vierhundert Metern mündete der Pfad in einen steilen Kiesweg, der kurz vor der Asphaltstraße in einer Steintreppe endete. Hier verhinderte eine doppelte Eisenschranke die Weiterfahrt in den Wald. Ich stieg zur wenig befahrenen Serpentinenstraße ab, wo in einer Haltebucht im Erdreich neben dem Asphalt frische Spuren zu erkennen waren. Hier hätte der Mörder sein Auto abstellen können, keine Menschenseele hätte ihn je bemerkt. Ich untersuchte den Boden wie ein Spürhund, der eine Wildschweinfährte aufnimmt.

Ich hatte mich nicht getäuscht. Deutliche Reifenspuren. Breitreifen eines Geländewagens. Jetzt gab es keinen Zweifel mehr: Hier musste der Mörder sein Auto geparkt haben. Er hatte das Licht ausgemacht und die Taschenlampe angeknipst. Dann hatte er den Wolf angeleint und war über den Kiesweg und den schlammigen Pfad zum Fitnessparcours gegangen, ohne dass jemand Notiz von ihm genommen hatte. Etwa zweihundert Meter nach dem hölzernen Trimmgerät wartete der ahnungslose Terenzi. Der Mörder war von hinten gekommen, um ihm den Fluchtweg abzuschneiden.

Als ich wieder nach oben stieg, untersuchte ich sorgfältig den schlammigen Untergrund, auf dem viele Fußspuren zu erkennen waren. Mit Sicherheit auch die des Mörders. Und die des Wolfes. Mein Herz klopfte bis zum Hals. Mein Atem ging schwer, wohl eher wegen der Aufregung als wegen der Anstrengung. Schließlich erreichte ich den Fitnessparcours und erkannte im Nebel die Umrisse eines Hünen. Pertusiello im olivgrünen Regenmantel, inmitten seiner Leute. Levrero in seinem Colombo-Trenchcoat wirkte neben ihm wie ein Zwerg. Der Ispettore zeigte wild gestikulierend in die Richtung, in die ich davongeeilt war. Er konnte es immer noch nicht glauben. Ich ging zu Pertusiello, um ihn zu begrüßen. »Ciao, Totò, da bin ich. Ich weiß jetzt, von wo er gekommen ist.«

Er war verblüfft. »Du meine Güte, Bacci! Wer ist von wo gekommen? Von wem sprichst du?«

»Vom Mörder. Vom Mann mit dem Wolf.« Ich rekapitulierte meine Version des Tathergangs. Levrero und die anderen Beamten hörten aufmerksam zu. Schließlich schien auch Pertusiello überzeugt, denn er forderte Levrero auf, die Haltebucht unten an der Straße abzusperren und die Reifenabdrücke zu untersuchen. Die Spurensicherung sollte überdies den schmalen Pfad unter die Lupe nehmen.

»Fußspuren, Fasern, das ganze Programm. Klar?«

Die Wolken hingen jetzt fast bis zum Boden. Nebelschwaden versperrten die Sicht wie ein Schleier, der alles einhüllte und mit Stille zudeckte. Es konnte jeden Moment anfangen zu regnen. Meine Hose und meine Jacke auf dem Balkon fielen mir wieder ein, hoffentlich würde Zainab sie rechtzeitig wegräumen.

Zusammen mit Pertusiello ging ich zur Straße zurück, Seite an Seite, die Hände in den Hosentaschen vergraben. Keiner sprach ein Wort. Der Commissario steckte sich eine Zigarette an und schnaubte: »Warum muss ich mich hier raufquälen, wenn du sowieso alles allein machst?«

»Der Ortstermin war deine Idee, Totò. Was hast du erwartet? Dass ich rumstehe?«

»Schon gut.«

Wir erreichten den Liebestreff, wo außer meiner alten Vespa jetzt nur noch die Polizeiautos und Terenzis Mercedes-

Cabrio standen. Während ich die Nobelkarosse betrachtete, kam mir ein Lied von Paolo Conte in den Sinn, und ich summte: »Ein Auto, das nach Lack, schönen Frauen und dem Rausch der Geschwindigkeit riecht ...«

»Hast du schon mit der Witwe gesprochen?« Die Frage des Commissario kam wie aus der Pistole geschossen.

»Ja, gestern Nachmittag.«

»Dein Eindruck?« Aus dieser dahingeworfenen Frage konnte ich eine sorgenvolle Unruhe geradezu spüren. Er zerdrückte die Zigarettenkippe mit dem Schuh auf dem Kies des Parkplatzes. Meine Antwort blieb vage. »Möglicherweise hat sie mit dem Mord gar nichts zu tun.«

Ich sah Freude in seinen Augen aufblitzen.

»Ich glaube es ja auch nicht. Obwohl alles gegen sie spricht.«

Pertusiello erklärte, dass Julia Rodriguez ihn gestern gegen Abend angerufen und von Manuel Verda und seinen Aktivitäten erzählt habe. Ich fragte ihn, ob er schon mit dem Chilenen Kontakt aufgenommen habe. Ich wusste nicht genau, warum, aber ich wollte es wissen. Unbedingt.

Er verneinte. Dann fügte er hinzu: »Sie betonte, ihr Liebhaber wollte unbedingt selbst mit der Polizei sprechen. Warum hat er sie dann vorgeschickt? Jedenfalls habe ich Cecchi mit einigen Beamten der Spurensicherung zum Zwinger in der Via ai Piani di Fregoso geschickt.« Dann sah er mich verschmitzt an. »Oder warst du es etwa, der ihr geraten hat, uns von dem Hundezüchter zu erzählen?«

»Wieso ich? Das warst doch wohl eher du. Wolltest du nicht ihre Privatsphäre schützen?«

Angriff ist die beste Verteidigung. Aber aus seiner Antwort sprach aufrichtiges Bedauern. »Ich weiß, Bacci, ich habe die

Zeitungen auch gelesen. Aber es ist nicht meine Schuld. Bei der Pressekonferenz ist kein Name gefallen, genau wie ich es angeordnet hatte. Da muss es einen Maulwurf geben.«

»Aber woher konnte dieser wissen, dass ich in den Fall involviert bin?«

Nachdenklich strich er sich über den kahlen Schädel. »Stimmt, schwer vorstellbar, dass jemand vom Präsidium oder von der Staatsanwaltschaft davon gewusst haben könnte. Vielleicht hat dich ein Journalist aus ihrem Haus kommen sehen, einer, der dich kannte ...«

»Möglich. Ich werde jedenfalls Rivoli fragen, der den Artikel geschrieben hat. Vielleicht krieg ich was aus ihm raus. Totò, ich verschwinde jetzt. Ich habe eine Verabredung.«

Mühsam versuchte Pertusiello, seinen massigen Körper hinter das Lenkrad des Polizeiautos zu zwängen. »Mit wem?«

Ich trat die Vespa an. »Mit Manuel Verda.«

Ja, das war einer dieser kleinen Siege im mühevollen Kampf des Lebens. Obwohl total verkatert, war ich ihm an diesem Morgen schon das zweite Mal einen Schritt voraus.

Auf die Minute pünktlich stand ich vor dem Café Le Corbusier an der Ecke der Via di San Donato, einen Steinwurf von meiner Wohnung entfernt. Mit seinem Rottweiler würde er wohl draußen bleiben müssen. Nach dem Lokaltermin auf dem Peralto erschien mir diese Verabredung noch verwirrender. Wollte mich der Chilene provozieren? Sich als potenzieller Mörder präsentieren? Mit einer Bestie an der Leine? Eine zu plumpe Anspielung auf das Tatwerkzeug. Dabei wirkte die Panamaerin am Telefon so überzeugend, als sie die Unschuld ihres Liebhabers beteuerte ...

Diese Frau besaß eine Ausstrahlung, die alles Ungereimte

verblassen ließ: die zwielichtigen Aktivitäten ihres Mannes. Seine Spielleidenschaft. Ihre Untreue. Der auf einem Haufen Müll aufgebaute Luxus. Zumindest empfanden Pertusiello und ich das so. Wie machte sie das? Da war nichts Aufgesetztes.

Rund um das Café hatten sich Grüppchen von Marokkanern, Senegalesen und Südamerikanern versammelt, die ihrem Tagwerk nachgingen: Glücksspiel und kleinen Geschäften. Trotz ihrer ausweglosen Situation waren sie heiter. Lebenslustig. Nach und nach füllte sich das Café. Handwerker, Angestellte und Studenten kamen für ein spätes Frühstück oder einen frühen Aperitif. Das Le Corbusier war noch relativ neu, aber auf alt getrimmt. Runde Tischchen aus Marmor mit Metallbeinen aus der Zeit der Bohème. Die unkonventionelle Atmosphäre und viel Bier sollten junge Leute und Nachtschwärmer anziehen. Nach der Einweihung der Architekturfakultät und dem Abschluss der Sanierungsmaßnahmen zum Kolumbus-Jubiläum war in diesem Altstadtviertel der Alltag wieder eingekehrt, ein harmonisches Miteinander von Büros, Läden und Handwerksbetrieben. Das Drogenmilieu hatte sich von hier in die Straßen meerwärts verlagert, Via dei Giustiniani und Via San Bernardo. Genau von dort, aus der Via dei Giustiniani, kam mir ein dunkelhäutiger junger Mann entgegen. Ob er das war? Einen Hund hatte er allerdings nicht dabei. Der Mann ging schnurstracks weiter in die Stradone Sant'Agostino. Er würdigte mich keines Blickes. Er wusste genau, wo er hinwollte. Auf alle Fälle nicht ins Le Corbusier.

Es war jetzt halb zwölf, langsam wurde ich ungeduldig. Ich wollte nur eins: nach Hause in mein Bett. Ich wollte schlafen, ob mit oder ohne Mara. Nochmals vom alten Hotel am

Meer träumen. Ich entschied mich, noch ein paar Minuten zu warten. Das Brummen im Kopf und das flaue Gefühl im Magen wurden langsam unerträglich. Ich musste etwas dagegen tun. Deshalb betrat ich die Bar und setzte mich an einen leeren Tisch direkt am Schaufenster, mit freier Sicht auf die Straße. Ich verzichtete auf den obligatorischen Kaffee und suchte Trost bei einer heißen Schokolade. Dann würde ich auch keine Mühe haben beim Einschlafen. Während ich auf meine Bestellung wartete, klingelte das Handy. Erneut Pertusiello.

»Du schon wieder? Heute scheinst du es ohne mich nicht auszuhalten.«

»Hör genau zu. Ist der Chilene bei dir?«

»Nein, er ist noch nicht aufgetaucht.«

»Halt dich fest! Cecchi ist eben von der Hundezuchtstation zurückgekommen. Die Spurensicherung hat dort in einem der Zwinger Wolfshaare gefunden. De Meo hat keinen Zweifel. Die Haare stammen von dem Tier, das Terenzi getötet hat.« Er sagte das voller Genugtuung. Der Polizist, der zweimal schiefgelegen hatte und jetzt die richtigen Karten in der Hand hielt, um zuzuschlagen.

»Und der Chilene?«

»War nicht da. Keine Spur. Repetto stellt gerade einen Haftbefehl wegen Mordverdachts aus.« Etwas zögernd fügte er hinzu: »Wir überlegen, ob wir nicht auch die Signora vorläufig festnehmen sollen.«

Die Kellnerin stellte die Tasse mit der heißen Schokolade auf den Tisch und legte die Rechnung daneben.

Pertusiello wollte wissen, wo ich gerade war. »Wenn Verda doch noch auftaucht, dann halte ihn fest. Ich schicke dir sofort jemanden vorbei.« Seine Stimme verriet das Bedauern, der Realität ins Auge sehen zu müssen, andererseits den Stolz des Polizisten, es mir mal wieder gezeigt zu haben. Eine unschuldige Mörderin? Welch naiver Gedanke eines kleinen Schnüfflers. Insgeheim hätte er genau daran auch gerne geglaubt.

Ich wurde wütend, denn die Richtung, in die der Fall sich entwickelte, gefiel mir ganz und gar nicht. Es lief nicht so, wie ich mir von Herzen gewünscht hatte. Aber als sentimentales Weichei wollte ich auf keinen Fall dastehen. »Was fällt dir ein? Willst du etwa sagen, dass man nur deswegen Detektiv wird, weil man als Kind zu viele Krimis gesehen hat?«

Die Antwort sollte versöhnlich klingen, doch die Freude über seinen kleinen Triumph war nicht zu überhören. »Reg dich wieder ab, du hast nun mal ein Faible für schöne Frauen. Wir haben eben alle unsere Schwächen.« Bevor er auflegte, bat er mich nochmals, den Chilenen unter keinen Umständen entwischen zu lassen.

Jetzt hielt mich nichts mehr. Am liebsten hätte ich die Schokolade in einem Zug heruntergeschüttet, aber sie war noch zu heiß. Selbst beim Versuch, vorsichtig daran zu nippen, verbrannte ich mir die Zunge. Einen Moment lang fiel mein Blick auf einen jungen Mann am Nebentisch. Vielleicht zwanzig, groß und schlank, ganz in Schwarz, Nasenpiercing und Ohrring. Vor ihm stand sein Frühstück, Brioche und Cappuccino. Doch seine ungeteilte Aufmerksamkeit galt einem unscheinbaren Etwas direkt vor ihm auf dem Tisch: seinem Handy. Eingeschaltet, aber stumm. Wie eine schussbereite Pistole für russisches Roulette. Er ließ das Display keine Sekunde aus den Augen. Wie lange er es wohl noch in dieser verkrampften Position würde aushalten können? Und tatsächlich: Er trank seinen Cappuccino aus, und mit der Virtuosität eines Pianisten, der sein Paradestück spielt, huschten seine Finger über die Tastatur. Das Guthaben auf seiner Prepaidkarte musste wohl schon fast aufgebraucht sein, denn er schrieb nur eine einzige SMS. Dann legte er das Handy auf den Tisch zurück. Es sah aus wie ein sprungbereites Tier. Er wartete weiter, im Klammergriff des unbekannten Adressaten. Während ich beobachtete, ob er eine Antwort bekam, überlegte ich, ob ich die Panamaerin anrufen sollte. Sie hatte mich belogen. Ich hätte sie gerne zur Rechenschaft gezogen. Was ihr Ehemann immer vermieden hatte. Aus Angst, sie zu verlieren? Ich hatte nicht einmal Zeit, mich über meine schwachsinnigen Gedanken zu ärgern, weil plötzlich eine unsichere Frauenstimme an mein Ohr drang.

»Entschuldigen Sie, sind Sie Dottor Pagano?«

Ich sah auf und blickte in das Gesicht einer jungen Frau. Um die dreißig, groß, gertenschlank, die aschblonden Haare zu einem kurzen Pferdeschwanz zusammengebunden. Rechteckige Brille mit goldfarbener Fassung. Sie war einfach, fast schlampig gekleidet. Dunkelblauer Regenmantel und ein cremefarbener Wollpullover, der mir beim bloßen Anblick Schweißausbrüche verursachte. In der Hand hielt sie eine abgegriffene schwarze Ledertasche. Sie war keineswegs hässlich, im Gegenteil: fein geschnittenes Gesicht, grünlich schimmernde Augen, wohlgeformter Mund. Bei näherem Hinsehen schien ihre Schönheit aber blass. Was ihr fehlte, waren Sinnlichkeit und erotische Ausstrahlung. Sie war nicht der Typ Frau, der das Blut der Männer in Wallung brachte, sondern erinnerte eher an eine welkende Blume. Meine freundliche Antwort schien sie zu überraschen. Sie hatte wohl eine Abfuhr erwartet.

»Ja, der bin ich.«

Sie sprach weiter, sah mich dabei aber nicht an. Die Augen waren auf den Fußboden gerichtet. Sie wirkte unsicher. »Entschuldigen Sie, dass ich Sie anspreche. Heute Morgen habe ich bei Ihnen angerufen, aber niemanden erreicht. Dann bin ich direkt in Ihr Büro gegangen. Dort hat mir eine gut aussehende Frau geöffnet und gesagt, dass ich Sie wahrscheinlich hier antreffen würde.«

Zainab? Mara? Eine der beiden hatte mir das hier eingebrockt. Allmählich ging die Frau mir auf die Nerven. Sie stand einfach nur da, unbeweglich wie eine Statue. Blickte starr zu Boden, als schäme sie sich, überhaupt auf der Welt zu sein. Ich bat sie, Platz zu nehmen, und fragte, ob sie etwas trinken wolle. Sie war perplex. Sie wollte nicht unhöflich sein und akzeptierte schließlich eine Cola. Als ich sie nach ihrem Anliegen fragte, verzog sie das Gesicht.

»Ich sage es Ihnen, aber nur unter einer Bedingung.«

»Und die wäre?«

»Dass Sie es niemandem erzählen«, sagte sie mit Betonung auf »niemandem«.

Langsam verlor ich die Geduld. »Wie kann ich Ihnen das versprechen, wenn ich gar nicht weiß, worum es geht?«

Sie stutzte, da hatte ich wohl recht. »Sie ermitteln im Mordfall Mino Terenzi, oder?«

Ich nickte, jetzt wurde ich doch neugierig. Ich fragte sie, woher sie das wusste.

»Ich habe es heute Morgen in der Zeitung gelesen. Sie sind im Auftrag der Versicherung tätig, stimmt das?«

»Ja, das stimmt.«

»Gut. Genau darum geht es. Aber Sie müssen mir hoch und heilig versprechen, dass Sie alles, was Sie von mir hören werden, für sich behalten.«

Was hatte ich zu verlieren? Außerdem begann mich die Sache zu interessieren. Müdigkeit und Übelkeit schienen wie weggeblasen. Ich begann, die Pfeife zu stopfen. Manuel Verda würde heute nicht mehr auftauchen, daran gab es keinen Zweifel mehr. »Versprochen. Aber wollen Sie mir nicht erst einmal verraten, mit wem ich es zu tun habe?«

»Genau das ist das Problem, Dottor Pagano.« Zum ersten Mal sah sie mich direkt an, senkte den Blick aber sofort wieder. »Ich heiße Anna, Anna Terenzi. Ich bin Mino Terenzis Tochter.«

8
Geheimnisse

Ich hätte mir so ziemlich alles vorstellen können. Selbst dass Manuel Verda mit einem Tiger oder einem Waran an der Leine zu unserer Verabredung käme. Meinetwegen mit einem Einhorn oder einer Schimäre. Doch ich hätte nie für möglich gehalten, dass dieser alte Halsabschneider eine Tochter haben könnte. Ich war so benommen, als wäre ich gegen einen Laternenpfahl gelaufen. Ich saß einfach nur da, die Tasse in der Hand.

»Aber … aber hatte Ihr Vater nicht den Ruf, ein ewiger Junggeselle gewesen zu sein?« Zumindest bis er der Panamaerin in die schwarzen Mandelaugen geblickt hatte. Aber das sagte ich lieber nicht.

»Mein Vater war ein ewiger Junggeselle«, antwortete sie. Für kurze Zeit trat ein wütendes Funkeln in ihre Augen, die immer noch ins Nichts gerichtet waren. »Meine Eltern waren nicht verheiratet.« Und fügte hinzu: »Zum Glück.«

Ich reagierte nicht. Sie würde mir ihre Geschichte schon von selbst erzählen. Sie war es, die unbedingt mit mir sprechen wollte. Die Kellnerin servierte die Cola, die Rechnung hatte sie gleich dabei. Währenddessen zündete ich die Pfeife an.

»Meine Mutter und er haben nie zusammengelebt. Es war nur eine flüchtige Bekanntschaft. Er war ein leidenschaftlicher Tänzer, beim Tanzen haben sie sich auch kennengelernt. Sie haben sich dann regelmäßig getroffen. Im Wochenendhaus meines Vaters in der Nähe von Ovada. Nach einigen Monaten wurde meine Mutter schwanger. Meine Großeltern taten alles, um die Beziehung zu zerstören, was schließlich auch gelang. Aber wenigstens eines hat meine Mutter erreicht: Ich durfte den Namen meines Vaters tragen.«

Inzwischen wusste ich, woher die junge Frau kam. Dem Akzent nach musste sie aus dem Alto Monferrato stammen, einer Region, die vor allem für ihren Dolcetto und ihre Agnolotti bekannt ist. Schon bevor Julia Rodriguez in sein Leben getreten war, hatte Terenzi offenbar nichts anbrennen lassen. Seine Tanzleidenschaft war die Eintrittskarte ins Leben und ins Glück. Beim Tanzen hatte er die beiden Frauen seines Lebens kennengelernt. »Sie kommen aus dem Piemont?«

»Ja, aus der Region zwischen Ovada und Acqui Terme. Kennen Sie die Gegend?«

»Gut sogar, ich bin häufig dort. Wohnen Sie bei Ihrer Mutter?«

Ihre starr auf das Glas fixierten Augen wurden feucht. Sie tat mir leid.

»Nein, meine Mutter ist seit zehn Jahren tot. Sie litt an einer schlimmen Krankheit.«

Eine schlimme Krankheit. Als ob es schöne oder angenehme Krankheiten gäbe. Dieser naive Euphemismus. Diese Scheu, die Dinge beim Namen zu nennen. Wenn ich nicht Angst gehabt hätte, sie damit zu verletzen, hätte ich gelächelt. Auf meine Frage, wieso es ein Glück war, ohne Vater aufzuwachsen, erwiderte sie, er habe bei ihnen im Piemont einen schlechten Ruf gehabt.

»Weil er Geld verlieh?«

»Auch. Aber das war längst nicht alles. Da gab es viel Schlimmeres.«

Ich spürte, dass es ihr schwerfiel weiterzusprechen, konnte mir aber beim besten Willen nicht vorstellen, warum. Schlimmer, als arme Teufel auszunehmen? Hatte er etwa ganz legal ein Konto eröffnet?

»Schon seit seiner Jugend waren üble Geschichten über ihn im Umlauf.« Sie kämpfte mit sich und fuhr dann fort: »Er mochte … kleine Mädchen.« Als sie das sagte, senkte sie den Kopf so tief, dass ich ihr auf keinen Fall in die Augen blicken konnte. Wie ein ungehorsamer Hund, der sich ängstlich unter den Tisch verkroch. Sie hatte mir dieses furchtbare Geheimnis freiwillig anvertraut. Unser Gespräch fand auf ihren Wunsch statt. Doch mit ihrem Verhalten machte sie mir ein schlechtes Gewissen, als hätte ich ihr ein Geständnis abgepresst.

»Kleine Mädchen …? Wie klein?«

»Ist eine Zehnjährige für Sie klein genug?«

»Meine Tochter wird achtzehn. Aber wenn ich an sie denke, ist sie für mich immer noch ein kleines Mädchen. Sind Sie bei Ihrer Mutter aufgewachsen?«

»Bei meinen Großeltern. Sie leben noch, zum Glück. Zwar alt und krank, aber sie leben noch.«

»Und Sie wohnen immer noch bei ihnen?«

»Nein. Vor zwei Jahren bin ich ins Wochenendhaus meines Vaters gezogen, zusammen mit meinem Verlobten. Ich arbeite in einer Boutique in Acqui. Für heute habe ich extra Urlaub genommen.« In ihrer Stimme lag Zufriedenheit. Also hatte selbst ein pädophiler Wucherer wie ihr Vater etwas Positives. Sie konnte in seinem Haus wohnen.

»Hatten Sie in all den Jahren persönlichen Kontakt zu Ihrem Vater?«

Röte überzog ihr Gesicht, vielleicht aus Scham, vielleicht aus Wut. Noch immer hielt sie den Kopf gesenkt. Eine Fliege huschte über den Tisch. »Als Kind habe ich ihn regelmäßig gesehen, meine Mutter wollte das so. Aber meine Großeltern waren dagegen. Wir haben die Wochenenden bei ihm in der Nähe von Ovada verbracht. Manchmal blieben wir sogar über Nacht dort. Das war sehr schön für mich. Doch dann ist es passiert: Er hat ein Mädchen aus einem Nachbardorf belästigt, die Geschichte kam raus. Danach hat meine Mutter den Kontakt abgebrochen.« Anna fügte abschließend hinzu: »Er durfte mich nie wiedersehen.«

»Wurde er angezeigt?«

»Ich glaube nicht. Nein. Man hat ihm gedroht. Er verschwand und tauchte in der Gegend nicht mehr auf. Als Kind wusste ich nichts davon. Erst als ich älter wurde, hat mir meine Mutter alles erzählt.«

»Trotz allem«, fügte sie fast entschuldigend hinzu, »hat er mir jeden Monat eine Postanweisung über dreihunderttausend Lire geschickt. Bis letzten Monat. Schauen Sie.« Sie zog ein mit einem Gummiband zusammengehaltenes Bündel Quittungen aus der Handtasche. Auch in dieser Geste lag Stolz. Vielleicht wollte sie mir damit beweisen, dass sie die Wahrheit sagte.

»Und Sie haben Ihren Vater nie wiedergesehen?«

»Doch, aber nur zweimal. Das erste Mal bei der Beerdigung meiner Mutter. Er war da, hielt sich aber die ganze Zeit abseits. Die Großeltern wollten ihn nicht am Grab sehen. Wir haben kaum miteinander gesprochen … ich schämte mich. Und dann noch einmal vor zwei Jahren, als ich ihn um die Schlüssel zu seinem Wochenendhaus gebeten habe. Er selbst nutzte es nicht mehr. Es war sein Weihnachtsgeschenk. Das erste seit meiner Kindheit.«

Ich hörte der Geschichte von Terenzis Doppelleben aufmerksam zu. Ein Leben, von dem in Genua anscheinend niemand etwas ahnte. Als ob Alto Monferrato auf dem Mond liegen würde. Mir fiel auf, dass Annas gnadenlose Härte, mit der sie anfangs von ihrem Vater gesprochen hatte, einer gewissen Sanftheit Platz gemacht hatte. Das Nikotin des englischen Tabaks hatte mein Blut in Wallung gebracht. Dann noch diese unglaubliche Geschichte. Meine Müdigkeit war wie weggeblasen. Ich fragte mich, ob Julia Rodriguez ahnte, dass Terenzi eine Tochter hatte. »Wussten Sie, dass Ihr Vater geheiratet hat?«

Die zärtlichen Gefühle verschwanden. Wie ausgeknipst. Verachtung verfinsterte ihre grünen Augen, in denen jetzt nur noch der Wunsch nach Rache zu lesen war. »Deshalb bin ich hier. Diese Hure darf nicht eine einzige Lira bekommen.«

Mit der Erwähnung der Panamaerin hatte ich Öl ins Feuer gegossen. Trotzdem ließ ich nicht locker. Etwas trieb mich dazu, weiter nachzuhaken. »Seit wann wussten Sie, dass Ihr Vater geheiratet hat?«

»Seit drei Jahren. Er hat meine Mutter gegen eine dieser illegalen Schlampen eingetauscht ...«

»Hat er es Ihnen erzählt?«

Jetzt war es mit ihrer Selbstbeherrschung vorbei, sie schlug mit der Faust auf den Tisch. »Nein, davor hat er sich gedrückt! Er hatte nicht den Mut, mir diese schmutzige Affäre zu beichten.«

Pertusiello sah das ganz anders. Für ihn war diese Heirat das einzig Schöne und Saubere im Leben der Scheißhausratte gewesen.

»Von wem haben Sie es denn erfahren?«

»Ist das wichtig?« Ihre Augen hinter den Brillengläsern waren misstrauisch. Und traurig, wie die ganze Geschichte, die sie mir erzählt hatte. Was konnte sie nur von mir wollen? Kurz darauf hatte sie sich wieder im Griff. Ihr Gefühlsausbruch hatte sie selbst erschreckt. Auch ihre Stimme war wieder eine andere. Jetzt war ihr endlich klar, dass ich diese Fragen stellen musste, um mir ein Bild zu machen. Nur so konnte ich ihr helfen. Sie starrte erneut auf ihr Glas. »Entschuldigen Sie bitte. Mein Verlobter hat es mir erzählt. Er lebte damals in Genua und kannte Leute, die in der gleichen Bar wie mein Vater verkehrten.«

Es gab also doch mehr als die monatlichen Postanweisungen. Mittels ihres Verlobten bestand eine indirekte Verbindung zwischen Anna und ihrem Vater. Ich musste behutsam vorgehen. Wahrscheinlich fürchtete sie insgeheim immer noch, dass ich versuchen würde, sie loszuwerden.

»Was erwarten Sie von mir?«

»Sie sollen Beweise finden.«

»Beweise wofür?«

»Dass sie das Ganze arrangiert hat. Um an das Geld der Versicherung zu kommen. Ich bin nicht reich, aber ich werde Sie gut bezahlen.«

Sie war nicht reich, jedenfalls noch nicht. Aber das konnte sich ja ändern.

»Glauben Sie mir, ich kann Ihre Gefühle gut verstehen. Aber ich kann Ihnen leider nicht helfen. Ich kann nicht für Sie arbeiten.«

»Und warum nicht?«

»Als Privatdetektiv kann man im gleichen Fall nicht für verschiedene Auftraggeber tätig sein. Ministerpräsident wäre kein Job für mich.«

Entweder hatte sie nicht zugehört oder den Witz nicht verstanden. Jedenfalls lächelte sie nicht. Sie setzte ihre Gedankenkette fort: »Ich will das Geld meines Vaters nicht, das ist nicht der Grund …«

»Vielleicht haben Sie nur noch nicht das richtige Gespür dafür. Versuchen Sie doch mal, sich eine Million in 500-Euro-Scheinen vorzustellen. Eine hübsche Summe …«

»Das Geld interessiert mich nicht.«

»Wie schön für Sie. Ich werde jedenfalls alles tun, um den Mörder Ihres Vaters zu finden. Dafür werde ich schließlich bezahlt.«

»Es ist doch klar, wer meinen Vater umgebracht hat!« In diesem Satz lag ihre ganze Verbitterung, ihre ganze Hilflosigkeit. Noch stand ich nicht auf ihrer Seite. Plötzlich schoss mir ein Gedanke durch den Kopf. Moralisch nicht ganz einwandfrei. Ich dachte an den Chef der CarPol, der mich engagiert hatte in der Hoffnung, eine Million Euro zu sparen. Jetzt war die CarPol ihr schmutziges Geld auf jeden Fall los. Und mein Honorar dazu, der Vertrag war ja bereits unterschrieben. Natürlich musste ich darauf gefasst sein, postwendend von meinem Auftrag entbunden zu werden, sobald die Versicherung von der zweiten Erbin erfahren würde. Das teilte ich auch Anna mit, die gedankenverloren an ihrer Cola nippte. Noch immer darauf bedacht, mir nicht in die Augen zu sehen. Ich erwischte sie allerdings dabei, wie sie verstohlen den Kopf hob, als ich gerade wegschaute. »Sie haben es mir versprochen. Kein Wort gegenüber der Versicherung.«

Jetzt hatte ich ein Problem. Es gehe um meine Glaubwürdigkeit als Ermittler, versuchte ich ihr zu erklären. Ich könne meinem Auftraggeber nicht verheimlichen, dass er auf jeden Fall zahlen müsse, egal was passiert. Ab jetzt waren meine Ermittlungen ohne Bedeutung für die CarPol. Wenn das rauskam, konnte ich die Bude zumachen.

»Unser Gespräch bleibt unter uns.«

»Sie werden es kaum glauben, aber auch wir Schnüffler haben so etwas wie eine Ehre. Man nennt es Pflichtbewusstsein.«

»Versprochen ist versprochen. Ich verlasse mich auf Sie. Sie dürfen niemandem von mir erzählen. Weder der Versicherung noch der Polizei.«

»Die Polizei ist kein Problem. Da bin ich nicht in der Pflicht. Die werden ohnehin sehr rasch erfahren, dass Terenzi eine Tochter hat. Dazu genügt eine Recherche bei den Einwohnermeldeämtern. Mit der Versicherung dagegen habe ich einen Vertrag. Sie bezahlen mich. Denen kann ich Ihre Existenz nicht verheimlichen, das wäre Vertragsbruch.«

»Und wie oft halten die Versicherungen Verträge nicht ein? Die Welt wird nicht untergehen, wenn es einmal umgekehrt ist und jemand cleverer ist als sie.«

Eine gute Gelegenheit, ihr zu erzählen, dass die Witwe ihres Vaters die Lage genauso einschätzt. Aber das würde sie auch nicht umstimmen.

»Die riechen den Braten. Dann bin ich geliefert.« Doch was ich auch sagte, sie wollte einfach nicht hören. Versprochen ist versprochen. Warum wollte sie unbedingt unerkannt bleiben? Es wäre doch nur recht und billig, ihre Ansprüche bei der Versicherung geltend zu machen. »Nochmals: Ich kann nicht für Sie arbeiten. Aber warum gehen Sie nicht einfach zur CarPol und holen sich, was Ihnen zusteht?«

»Weil dann diese Schlampe von meiner Existenz erfährt. Mein Vater hat ihr nie etwas von mir erzählt. So soll es bleiben. Erst wenn sie im Gefängnis sitzt, wird sie davon erfahren.«

Ihr Vater hatte niemandem von seiner Tochter erzählt. Aus Scham? Verknüpfte er die Vaterschaft mit seiner dunklen Vergangenheit, die tabu bleiben musste? Sollte sein neues Glück dadurch nicht belastet werden? Denn die Liebe war im wahren Leben nicht so bedingungslos, wie ich es mir gewünscht hätte. Für alles gibt es eine Grenze, auch für die Liebe, auch für den Mist, den man verzapft. Selbst eine gottverdammte Scheißhausratte muss wohl oder übel akzeptieren, dass irgendwann der Punkt erreicht ist, an dem Abscheu und Ekel unerträglich wurden: für diejenigen, von denen man etwas will. Bei Terenzi legte die junge Panamaerin die Grenzen fest. Ihr Parfüm überdeckte den Gestank seiner üblen Machenschaften. Immerhin hatte sie Terenzi aus freien Stücken geheiratet. Und es war ihr gelungen, ihn gesellschaftsfähig zu machen und ihm ein soziales Gewissen anzudichten. Sie hatte selbst mich davon überzeugen wollen, dass ihr Mann verzweifelten Menschen in ausweglosen Situationen geholfen hatte. Menschen, die sonst nirgends mehr Kredit bekamen. Wer weiß, wie sie auf die Skandalgeschichte aus dem Alto Monferrato reagiert hätte. Ihr Mann missbraucht ein Kind. Ein kleines Mädchen, wie sie es vor gar nicht allzu langer Zeit selbst gewesen war. Ich beschloss, mich wieder dem Fall zu widmen.

»Was bringt es Ihnen, dass Ihre Existenz im Dunkeln bleibt? Es ist doch Ihr gutes Recht, Ihre Ansprüche geltend zu machen.« Der Satz blieb mir im Halse stecken. Ihre Ansprüche geltend machen? Auf ihre Existenz hinweisen? Auf beides hatte sie doch schon immer verzichtet. Sie hatte es vorgezogen, die Schande des Vaters zu vertuschen und zu schweigen. Und sich mit armseligen dreihunderttausend Lire im Monat abspeisen zu lassen. Mir war klar, dass sie mir auch diese Frage nicht beantworten würde, selbst wenn wir bis zur Sperrstunde blieben. Ich gab auf. Ganz behutsam, als wäre sie aus hauchdünnem Porzellan und nicht ein Mensch aus Fleisch und Blut, suchte ich nach einem versöhnlichen Abschluss unseres Gesprächs. »Sie haben mich überzeugt. Bis auf Weiteres werde ich die Informationen nicht weitergeben. Aber denken Sie bitte darüber nach, was ich Ihnen gesagt habe. Und wenn Sie sich doch dazu entschließen sollten, mit der Versicherung Kontakt aufzunehmen, rufen Sie diese Nummer an und fragen Sie nach Signor Caviglia.« Ich öffnete das Adressbuch meines Handys. Anna notierte die Ziffern in einem kleinen Kalender, den sie aus der Handtasche gezogen hatte. Folgsam, wenn auch wenig überzeugt. Schließlich tauschten wir noch unsere Handynummern aus. Ihre grünen Augen streiften mich ein letztes Mal, dann bedankte sie sich und ging. Ich musste noch zahlen.

Draußen fielen mir drei Männer auf. Trotz legerer Zivilkleidung waren sie auf den ersten Blick als Polizisten zu erkennen. Pertusiello hatte sie beauftragt, den Eingang des Cafés und insbesondere mich nicht aus den Augen zu lassen. Von Anna ahnte er noch nichts. Ich informierte die Beamten, dass der Chilene nicht gekommen war. Sie konnten ihre Mission beenden und ihrem Chef Bericht erstatten. Ein gutes Gefühl. Jetzt waren wir wieder quitt. Auch dieses Mal hatte ich die besseren Karten, selbst wenn ich sie nicht ausspielen konnte. Noch nicht. Wir verabschiedeten uns, die Polizisten gingen in Richtung Polizeistation Piazza Matteotti, während ich die entgegengesetzte Richtung einschlug. Durch die dicht bevölkerte Stradone bahnte ich mir den Weg nach Hause.

In meiner Wohnung ging es drunter und drüber. Mara tigerte in meinem roten Bademantel hin und her, Zainab wirbelte mit dem Putzlappen, während Essam wie üblich im Schneidersitz auf dem Wohnzimmerboden saß und Zeitung las. Die traditionelle Sitzposition seiner nubischen Landsleute in ihren Dörfern zwischen Nil und Wüste. Bisweilen äugte er verstohlen zu Mara hinüber in der Hoffnung, der Bademantel könnte sich aus Versehen einen Spalt öffnen. Zu viele Menschen auf einmal in meiner kleinen Wohnung. Leicht genervt reichte ich Essam die aktuellen Tageszeitungen und ging dann auf den Balkon. Ich brauchte Ruhe, um nachdenken zu können. Auf dem Weg griff ich nach einer Pfeife, stopfte sie und zündete sie an. Erst dann setzte ich mich draußen in den Korbstuhl, um die neuen Eindrücke zu analysieren.

Aus dem Dunst war dichter Nebel geworden, die Hügel der Umgebung waren verschwunden. Selbst der wuchtige schwarz-weiß gestreifte Glockenturm der Kathedrale San Lorenzo mit seinen vier Ecktürmchen war nur schemenhaft zu erkennen. Mara schaltete den Plattenspieler an, und erneut erklang Mozarts Don Giovanni. Wieder eine Leporello-Arie. Dieses Mal beklagt er, wie er von seinem Herrn in Schwierigkeiten gebracht wurde. »Tausend verrückte Gedanken gehen mir durch den Kopf. Wenn ich mich aus diesem Sturm rette, dann ist das wahrlich ein Wunder.«

Ich bildete mir ein, jetzt den Anfang eines Fadens in der Hand zu halten, der das ganze Durcheinander entwirren könnte. Eines Fadens, an dem man allerdings nur ganz vorsichtig ziehen durfte. Und loslassen durfte man ihn auch nicht. Es gab da gewisse zeitliche Zusammenhänge, höchstwahrscheinlich kein Zufall. Alle wichtigen Ereignisse lagen zwei Jahre zurück. Der Anruf des Unbekannten. Der Abschluss der Lebensversicherung. Der Auszug von Anna aus dem Haus der Großeltern. Und kurz danach, die verschwundenen dreihundert Millionen Lire. All das geschah um Weihnachten herum. Schlag auf Schlag. Innerhalb weniger Tage musste etwas Außergewöhnliches vorgefallen sein. Das den Lauf der Dinge verändert hatte. Aber was? Ich dachte an Anna Terenzi. An ihr krampfhaftes Bemühen, mich auf ihre Seite zu ziehen. Eine junge Frau, verzweifelt und verunsichert. Und überdies äußerst naiv. Die Frau ihres Vaters hinter Gittern zu sehen, bedeutete ihr mehr als ihre Erbschaft. Was ihr Verlobter wohl dazu sagen würde? Bei unserem Gespräch hatte er nur eine Nebenrolle gespielt. Ich war mir fast sicher, dass dieser Mann jeden Schritt des Alten verfolgt hatte. Im Schutz seiner Anonymität war das ein Kinderspiel. Bequem wie das Wochenendhaus, in dem er seine Zelte aufgeschlagen hatte. Und die Wolfshaare? Wie passte das Beweisstück aus dem Zwinger des Chilenen in das Puzzle? Julias Liebhaber, der mit größter Wahrscheinlichkeit abgetaucht war.

Mit einer Tasse Kaffee gesellte sich Mara zu mir. Sie fröstelte und zog den Bademantel enger.

»Gegen elf war eine Frau hier. Ich habe sie ins Le Corbusier geschickt. Hat sie dich gefunden?«

Ich nickte.

»Hast du was herausbekommen?« In ihren Katzenaugen stand typisch weibliche Neugier. Ganz anders als die professionelle Neugier des Commissario oder die Neugier des CarPol-Präsidenten. Unter dem Siegel der Verschwiegenheit erklärte ich ihr, dass es sich bei der Frau um die Tochter des Ermordeten handle. Bis jetzt wisse noch niemand von ihrer Existenz, nicht einmal die Polizei. Und dass ich ihr versprochen hatte, mit niemandem über sie zu sprechen. Ich erzählte ihr auch von Pertusiellos Anruf und von dem dringenden Verdacht, dass der Chilene die Flucht ergriffen haben könnte.

Während ich das sagte, huschten meine Augen verstohlen über den Ausschnitt des Bademantels in der Hoffnung, einen Blick auf den Ansatz ihrer Brüste zu erhaschen. Aus weiter Ferne war ihr Körper urplötzlich wieder in mein Leben zurückgekehrt. Der Zwiespalt zwischen Vergessen und Erinnern war noch da. Sie streichelte mich, sagte aber kein Wort. In ihren Augen stand Zärtlichkeit, aber auch Unsicherheit, noch mochte sie keinen zweiten Versuch wagen. Wieder dieser vielsagende Blick. Als ob sie auf ein Zeichen warten würde. Ein Zeichen von mir? Warum gerade von mir?

Was Gefühle angeht, bist du ein Analphabet, Bacci.

Die Übelkeit war verflogen, die heiße Schokolade hatte gut getan. Aber die Müdigkeit blieb. Sie vernebelte mein Hirn und raubte mir die Fähigkeit, klar zu denken. Ich nahm mir vor, etwas zu schlafen und dann diverse Bars in der Altstadt abzuklappern, in denen man unter den toleranten Augen der Gesetzeshüter dem Glücksspiel nachgehen konnte. Jedenfalls, solange alles im Rahmen blieb und nichts Schlimmeres passierte. Vielleicht konnte ich dort noch etwas Neues über Terenzi erfahren.

Das Telefon klingelte. Mara stand auf und ging ins Wohnzimmer, um abzunehmen. Dann rief sie nach mir. »Für dich«, sagte sie und lächelte ein wenig süffisant, als sie mir den Hörer reichte.

Es war Julia Rodriguez. Sie hielt sich nicht mit Floskeln auf: »War Manuel da?«

Am liebsten hätte ich sie abserviert, aber ich riss mich zusammen. Mein Tonfall allerdings war aggressiv. »Nein, war er nicht. Was hatten Sie erwartet?«

»Ich hatte mir gewünscht, er würde kommen, Señor Bacci.« Sie klang verzweifelt. Die Sache war ihr sichtlich unangenehm.

»Manuel ist abgetaucht, liebe Signora Rodriguez. Aber weit wird er nicht kommen.«

»Ich hoffe, er macht keine Dummheiten. Ein Polizist war bei mir und hat gesagt, ich solle in der Wohnung bleiben. Er hat mir auch erzählt, dass sie im Zwinger Wolfshaare gefunden haben.«

»Richtig. Haare des Tieres, das Ihren Mann getötet hat.«

»Manuel hat damit nichts zu tun«, wiederholte sie, in der Hoffnung, ich würde ihr glauben.

»Ach nein? Und wie kommen die Haare dann in seinen Zwinger? Hat der Wind sie dorthin geweht?«

Mara saß am Schreibtisch und hörte aufmerksam zu. Sie war neugierig, gepaart mit einer Portion Ironie, wie ihr Lächeln bewies. Dabei schien sie weniger an dem Fall an sich als an meinem Verhalten interessiert zu sein. Ihr geschultes Psychologinnenohr hörte ohnehin mehr auf das »Wie« als auf das »Was«. Aber wer weiß, vielleicht war sie eher Frau denn Psychologin, wenn es um mich ging. Eine leidenschaftliche Frau.

»Die Haare kann auch jemand dort deponiert haben«, fuhr Julia Rodriguez fort, »Manuel ist viel unterwegs. Jeder kann den Zwinger geöffnet haben.«

Ich verlor jetzt endgültig die Geduld. »Ach wirklich? Ist das eine weitere Geschichte, um Ihrem Geliebten den Arsch zu retten? Wollen Sie mir etwa erzählen, dass er Ihren Ehemann mehr schätzte als seine Hunde? Stinkt Minos Geld? Und das Geld seiner Ehefrau auch?«

»Hijo de puta! Eres como todos los otros! Du bist wie alle anderen! Schiebt eure Vorurteile vor, weil ihr zu feige seid, eure Bedürfnisse auszuleben! Nicht einmal zwischen Betrügen und Ermorden macht ihr einen Unterschied! Ihr habt doch nur Angst vor euren Gefühlen!«

»Ich habe vor nichts Angst, Signora Rodriguez, nur vor dem Altwerden. Wenn ich hilflos bin und die Hosen vollscheiße und sich niemand um mich kümmert. Meine Bedürfnisse halten mich am Leben, nicht die Angst. Ich pflege jedes einzelne wie eine empfindliche Pflanze, das können Sie mir glauben.«

»Eres como los otros.«

»Ich habe nie etwas anderes behauptet. Vergessen Sie mich besser gleich. Es lohnt sich nicht. Bei Manuel ist das sicher anders. Aber: Wenn er unschuldig ist, warum ist er dann abgetaucht?«

Sie schwieg, nur kurz, aber es kam mir wie eine Ewigkeit vor. Als sie schließlich antwortete, klang ihre Stimme wieder gefasst. »Weil er Angst hat. Jemand, der aus Chile kommt, kann weder der Justiz noch der Polizei trauen, Señor Bacci.«

Damit traf sie meinen schwachen Punkt. Mein linkes Gewissen. Eher geneigt, das Unrecht an den Unterprivilegierten zu verurteilen, als für das Recht der Etablierten einzutreten. Ein Vorurteil, zugegeben. Aber was war bitte kein Vorurteil?

»Arbeiten Sie mit der Polizei zusammen. Und wenn Sie wirklich von seiner Unschuld überzeugt sind, versuchen Sie alles, damit er sich so schnell wie möglich stellt. Und dass man seinen Geländewagen findet.« Ich konnte mir beim besten Willen nicht vorstellen, aus welcher Windung meines Gehirns diese Idee stammte. Das dringende Bedürfnis, sie auf die Probe zu stellen. Hopp oder topp. Vielleicht wünschte ich mir, dass sie wirklich von der Unschuld ihres Liebhabers überzeugt war. Und mich nicht nur täuschen wollte. Ohne es zu merken, fiel Julia Rodriguez auf meine Finte herein.

»Geländewagen?«

»Ja, Manuel Verda fährt doch einen Geländewagen?«

»Nein. Warum fragen Sie?«
»Nur so. Welches Auto fährt er denn dann?«
»Eine alten Fiat Fiorino, er transportiert die Hunde damit.«
Mehr wollte ich nicht wissen. Ich erkundigte mich noch nach Lokalen, in denen ihr Ehemann verkehrte. Wo er seine spielsüchtigen Opfer kennengelernt hatte. Sie überlegte kurz und erwähnte dann eine Bar in der Via della Maddalena. Sie konnte sich zwar nicht mehr an den Namen erinnern, meinte aber, sie sei leicht zu finden. Auf dem Schild am Eingang der Bar seien die Wappen der beiden Genueser Fußballklubs, FC und Sampdoria, zu sehen. Außerdem gebe es dort einen Billardtisch. Dann beendete ich rasch das Gespräch. Ich riet ihr nochmals, mit Manuel Kontakt aufzunehmen und ihn zu überzeugen, sich zu stellen.

Während des Telefonats hatte mich Mara nicht aus den Augen gelassen. Sie wippte auf dem Lehnstuhl hin und her und wartete. Als ich aufgelegt hatte, schwieg sie noch eine Weile und sagte dann: »Willst du meine Meinung hören, Bacci? Du magst diese Frau, du magst sie sehr. Falls wir jemals wieder zusammenkommen sollten, dann wäre ich wahnsinnig eifersüchtig auf sie.«

Falls wir jemals wieder zusammenkommen sollten.

Vielleicht wollte sie mich provozieren. Aber was sie gesagt hatte, war nicht von der Hand zu weisen. Ich wollte zu gerne wissen, was sie denn genau mit »mögen« meinte, aber ich beschloss, nicht weiter darüber nachzudenken. Falls sie wirklich recht haben sollte, würde ich es sowieso nicht zugeben. Es war schon für mich selbst schwer genug, aus mir schlau zu werden. Ich war Dottoressa Sabellis messerscharfer Beobachtungsgabe ausgeliefert, genau wie ihre traurigen kleinen Patienten, denen sie etwas Hoffnung und Lebensfreude einzuhauchen versuchte. Aber dieses Mal war es anders. Ihr Befund stand schon fest. Etwas, das sie schon sehen konnte, aber ich noch nicht. Ich versuchte, ehrlich zu antworten. »Mag sein. Aber sie hat ihren Chilenen, und du hast mich.«

»Niemand ›hat‹ jemand anderen, Bacci.« Die Bitterkeit in ihrer Stimme machte mich betroffen. Ich spürte schlagartig, dass sie in diesem Augenblick nicht aus dem psychoanalytischen Nähkästchen plauderte.

Im Flur kam mir Essam entgegen, Zainab im Schlepptau.

»Du stehst in der Zeitung, Bacci. Du hast mir gar nicht erzählt, dass du in der Werwolfgeschichte ermittelst!« In seiner Stimme lag eine Mischung aus Vorwurf und Bedauern. Ich hatte ihn nicht eingeweiht, und das verletzte ihn.

Zainab fuhr tadelnd dazwischen: »Essam, stör Signor Bacci nicht bei der Arbeit.«

Erst in diesem Moment wurde mir bewusst, dass ich für sie immer schon »Signor Bacci« war und nichts anderes. Genau wie für Julia Rodriguez.

Wenn Mara und ich dabei waren, sprachen Zainab und ihr Sohn Italienisch aus Rücksicht, weil wir kein Arabisch verstanden.

»Hör mal, Essam, willst du mir helfen?«, fragte ich versöhnlich.

»Ich? Wie denn?«

Postwendend schaltete sich seine Mutter ein und erinnerte ihn an seine Hausaufgaben.

»Ich will heute Abend bei einer Bar vorbeischauen, um an Informationen heranzukommen. Vielleicht treffen wir dort ja einen Bekannten von dir, einen Afrikaner oder einen Südamerikaner, der uns weiterhelfen kann. Hast du Lust, mitzukommen?«

Jetzt war er wieder zufrieden mit sich und der Welt. Ich schlug ihm vor, sich erst um die Hausaufgaben zu kümmern, während ich mich noch ein bisschen aufs Ohr legte. Zainab lächelte. Sie war stolz auf ihren Sohn, der seinem Vater so ähnlich war. Ein Junge, aufgewachsen zwischen der Porta Soprana und der Porta dei Vacca, wo die neuen Bosse in Sachen Drogenhandel und Prostitution Scharen jugendlicher Schwarzer beschäftigten, die ihren Körper und ihre Seele an jeden verkauften, der zahlte. Essam war hellwach und schlau wie ein Fuchs. Er hatte eine Antenne für die Gefahren des Altstadtlebens und fand immer einen Weg, ihnen auszuweichen. Immer mit einem souveränen Lächeln auf den Lippen, dem Lächeln eines Jungen, der auf der Straße groß geworden ist. Wie ein Fisch schwamm er munter im Brackwasser der Großstadt, scheinbar unberührt von Dreck und Elend. Sein integrer Charakter und seine liebenswerte Neugier machten ihn zur beliebten Kontaktperson für Jung und Alt. Er kannte Gott und die Welt, Immigranten aus aller Herren Länder, für die er so etwas wie ein Maskottchen war.

»Ist das nicht gefährlich, Signor Bacci?«, fragte Zainab besorgt.

»Wahrscheinlich nicht.«

»Wahrscheinlich ist zu wenig, um beruhigt zu sein. Immerhin wurde ein Mensch getötet.«

»Nicht jeder Mörder begeht einen zweiten Mord.«

»Auch das beruhigt mich nicht.«

Jetzt schaltete sich Essam ein. »Immer hast du Angst um mich. Du vertraust mir einfach nicht.«

»Vertrauen hin, Vertrauen her, das spielt jetzt keine Rolle. Da läuft ein grausamer Mörder frei herum.«

»Aber Bacci ist doch dabei. Er weiß, was zu tun ist.«

Zainab wartete mit der Antwort und musterte mich von Kopf bis Fuß. Mit ihrem Röntgenblick schien sie meine ganze lausige Existenz zu durchleuchten: ein Detektiv ohne Assistent, ein Mann ohne Unterhosen. Ihre Augen signalisierten schließlich Zustimmung, wobei eine gewisse Skepsis und auch ein kleiner Vorwurf nicht zu übersehen waren. Zainab würde mich verantwortlich machen, sollte etwas schiefgehen.

In weiblicher Solidarität schloss sich Mara Zainabs Skepsis an. »Bacci weiß, was zu tun ist? Also das ...«

»Schon gut. Ich glaube, unter diesen Umständen bleibst du besser zu Hause, Essam. Ich will nicht derjenige sein, der dich in Gefahr bringt.«

»Du willst den Frauen doch nicht etwa recht geben?«

»Noch ein Wort, und du bleibst zu Hause, mein Freund. Damit du lernst, deine Mutter zu respektieren.«

»Und was ist mit mir? Bin ich nicht auch eine Frau?«

Zainab nutzte die Gelegenheit, sich für Maras Unterstützung zu revanchieren. »Signora Mara hat recht. Auf der Stelle entschuldigst du dich, Essam.«

»Entschuldigung, Mama. Entschuldigung, Mara.«

»Schon gut, Essam, dein Machodetektiv weiß nicht, was sich einer Frau gegenüber gehört, mit der er die Nacht verbracht hat.«

»Mara, jetzt übertreibst du. Sei nicht so empfindlich. Immer willst du im Mittelpunkt stehen. Selbst wenn es um jemand ganz anderen geht. Und mit Essam ...«

»Scher dich zum Teufel, Bacci. Du bist so sensibel wie ein Panzergrenadier.«

Zainab war zur Spüle hinübergegangen und hatte begonnen, die Sardinen zu säubern. Sie schwieg. Für sie war die

Diskussion mit unserem letzten Blickkontakt beendet. Ich war gewarnt …

Während sie unter dem Wasserhahn hantierte, um die Fische auszunehmen, wandte sie mir ihr dralles Hinterteil zu. Ein unübersehbares Signal, dass sie unsere Auseinandersetzung nicht im Geringsten interessierte. Sie hatte schon viele miterlebt, stumm und emotionslos. Drei Jahre lang war Funkstille gewesen. Für Zainab eine ruhige Zeit, gut für ihren Seelenfrieden, gut für ihr Ego. Ob ihr all die hässlichen Szenen zwischen Mara und mir haften geblieben waren? Unsere Gefühlsausbrüche hatten sie mit Sicherheit nicht kalt gelassen. Schließlich hatte auch Zainab das Bett mit mir geteilt. Indem ich diesen Gedanken nachhing, gelang es mir, mein Gewissen zu beruhigen. Träge wie ein Krokodil, das gerade gefressen hatte.

Ich verabredete mich mit Essam für fünf Uhr nachmittags, um in die Via Maddalena zu gehen. Ich würde ihn zu Hause abholen. Er wohnte in einem Gässchen hinter der Kirche S. Maria delle Vigne, das auf dem Weg lag. Mara musterte Essam mit einem Gesichtsausdruck, der mir noch nie aufgefallen war. Der Blick einer Frau, die sich ein Kind wünscht. Aber ein schon fertiges Kind, gut gewachsen und schön. Genau wie sie selbst. Hellwach, spontan und selbstbewusst. Sie hatte immer mit Kindern zu tun, denen es nicht gut ging und die von ihr geheilt wurden. Essam lächelte, Maras Blick schmeichelte ihm. Allerdings schien ihn zu stören, dass ich dabei war. Aber sein begehrlicher Blick auf den Bademantel ließ erahnen, dass er ihre mütterlichen Gefühle nur zu gerne gegen andere eingetauscht hätte.

9
Maniman

Schlafen, träumen. Vielleicht sterben. Ich schlafe schlecht und höchstens eine Stunde. Und schrecke dann aus einem Albtraum hoch. Angst durchdringt mich wie ein Skalpell. So habe ich mich als Kind gefühlt, wenn ich hohes Fieber hatte. Übelkeit steigt vom Magen den Hals hoch, bildet dort einen Knoten, bis man keine Luft mehr bekommt.

Mein Körper ist gerädert. Haben mich Alarmsignale aus dem Schlaf gerissen?

Ich schleppe mich ins Bad und zwinge mich, in den Spiegel zu sehen. Ich muss mich vergewissern, dass es Bacci Pagano noch gibt. Ich betrachte den muskulösen Körper. Durchaus vorzeigbar, trotz seiner Jahre. Auf die alte Karosserie ist Verlass.

Ein paar graue Haare. Ein paar Falten im blassen, angespannten Gesicht. Nikotinvergilbte Zähne. Insgesamt kann ich mich nicht beschweren.

Auf dem sehnigen Brustkorb zeichnen sich deutlich die Rippen ab. Eine Rippe ist gebrochen. Ich spüre die Bruchstelle, wenn schlechtes Wetter im Anzug ist. Je älter ich werde, desto stärker werden die Beschwerden. Deutlich erkennbar eine Schusswunde, ganz nahe beim Herz. Eine weitere markante Narbe an der Schulter, Andenken an eine Messerklinge, mit achtzehn Stichen genäht. Die vielen Verletzungen haben meinen Körper gezeichnet, er sieht aus wie eine Landkarte. Hinter jeder Narbe steckt eine Geschichte aus dem Verlauf eines bewegten Berufslebens. Privatdetektiv. Eher zufällig. Einmal hatte man mich mit einer Pistole in der Hand verhaftet, von der ich bis heute nicht weiß, wie sie dahin gekommen war. Manche nennen so was Schicksal. Wenn ich schlecht drauf bin, halte ich mich für einen Idioten. Wenigstens ist auf meinen Körper Verlass. Trotz aller Kampfspuren. Meine Wirkung auf Frauen funktioniert noch immer. Auf attraktive Frauen wie Mara, Zainab oder Jasmine. Oder wie Julia Rodriguez.

Jetzt kam mir der Traum hoch. Noch einmal das heruntergekommene Hotel. Das Meer, blau, spiegelglatt wie ein See. Und dieses Mal erkannte ich auch die Frau. Julia Rodriguez. Sie flüsterte: »Für Sie würde ich sterben, Señor Bacci.«

Sterben.

Ich schreibe Rechenaufgaben in ein Schulheft. Dann küssen wir uns. Meine Hand gleitet unter ihr Kleid, nackte Haut. Gleichzeitig nähert sich ein unheilvolles Knurren. Er ist nicht zu sehen. Aber ich weiß, es ist der Wolf, und er wird sie zerfleischen. Direkt vor meinen Augen.

Warum war ich hochgeschreckt? Was wollte mir mein Unbewusstes mitteilen? Ich hätte Dottoressa Sabelli fragen können. Das Analysieren von Träumen gehört zum Tagesgeschäft einer Psychologin. Aber sie war schon weg. Sie war wortlos gegangen. Sie hätte mir ohnehin keine professionelle, sondern ihre ganz persönliche Interpretation geliefert, gefärbt von verletztem Stolz. Auch wenn sie mich dieses Mal tatsächlich ertappt hatte. Denn es stimmte: Julia hatte es mir angetan.

So sehr, dass sie im Traum den Platz meiner Mutter eingenommen hatte. Sie zu beschützen, war mir eine Herzensangelegenheit geworden. Wie sonst wäre meine naive Hoffnung zu erklären, sie sei am Tod ihres Mannes unschuldig? Jetzt begriff ich auch meine Verbissenheit, den Mörder zu finden: Nicht weil ich dafür sorgen wollte, dass der Schuldige bestraft wird, sondern um Julia zu retten. Wieder kam mir das Hotel am Meer in den Sinn. Ein Hotel ist kein Zuhause. Aber war ich denn in meinem Leben wirklich zu Hause?

Ich beschloss, Rivoli zu kontaktieren. Während ich die Nummer der Redaktion wählte, versuchte ich, mir vorzustellen, welche Gemeinheiten das Leben noch bereithielt, um meine Selbstachtung zu testen. Rivoli war nicht an seinem Arbeitsplatz. Eine Frau fragte unterkühlt nach meinem Namen. Ein Zerberus, der lästige Anrufer abwimmeln sollte? Ich wurde etwas lauter, denn meine Höflichkeit half hier offensichtlich nichts. Das lockte sie aus der Deckung. Sie beschimpfte mich als ungehobelten Flegel. Ich solle mich zum Teufel scheren! Sie werde nicht dafür bezahlt, Typen wie Rivoli zu decken, die mehr in der Bar rumhingen, als zu arbeiten. Und falls doch, so habe sie hiermit ihren Job getan. Was zu viel sei, sei zu viel. Dann hatte ich Rivoli dran. »Ciao, Rivoli, hier Bacci Pagano.«

Die Überschwänglichkeit, mit der er mich begrüßte, war pure Heuchelei. Er klang wie ein Kind, das mit dem Finger im Marmeladenglas erwischt worden war. »Oh, Pagano, was für eine angenehme Überraschung. Rufst du wegen der Werwolfgeschichte an?«

»Frag nicht so blöd. Sag mir lieber, von wem du deine Informationen hast.«

Er tat, als fiele er aus allen Wolken.

»Du hast mich in deinem Artikel erwähnt. Wer hat dir erzählt, dass ich mit diesem Fall zu tun habe?«

»Du weißt doch, Pagano, Informanten haben das Recht auf Anonymität.«

»Das gilt auch für Privatdetektive und ihre Auftraggeber. Vor allem aber für die Verdächtigen. Sagt dir Persönlichkeitsschutz was?«

»Wir machen alle unseren Job. Die Leser sind gierig auf Details.«

»Ich rufe nicht an, um dir eine Moralpredigt zu halten. Wir machen alle unseren Job. Du als Journalist und ich als Detektiv. Ich will nur wissen, von wem du meinen Namen hast. Es bleibt selbstverständlich unter uns.«

»Klar«, knurrte er, »du und Pertusiello, ihr seid doch ein Kopf und ein Arsch …«

»Und du bist ein Vollidiot. Wie oft muss ich dir noch beweisen, dass du dich auf mich verlassen kannst? Also, spucks aus. Basta.«

Ich hatte ihn fast so weit. Im Grunde war Rivoli eine ehrliche Haut, ein seriöser Berichterstatter in Sachen Verbrechen. Wir waren uns schon oft über den Weg gelaufen, und Fairness war für mich immer selbstverständlich gewesen. Sein dämliches Verhalten konnte nur eins bedeuten: An der Geschichte war etwas faul. Gewöhnlich rief er kurz vorher an, wenn er mich in einem Artikel erwähnte. Mein Verhältnis zu ihm war nicht so eng wie zu Pertusiello, aber auch Rivoli wusste meine Kochkünste und meinen gut sortierten Weinkeller sehr wohl zu schätzen.

»Pagano, bring mich nicht in Schwierigkeiten! Von mir hast du es nicht, klar? Selbst wenn du vor Gericht aussagen müsstest. Versprochen?«

»Versprochen.«

So ein Geeiere, nur um das Gesicht zu wahren. Was konnte ihm denn schon passieren? Er wusste doch, dass ich schwieg wie ein Grab. Aber ich machte gute Miene zum bösen Spiel.

»Gestern Nachmittag hat mich ein gewisser Matrakis angerufen. Leonida Matrakis. Klingt griechisch, er ist aber Italiener. Durch und durch. Der Typ ist so reich, dass wir beide dreihundert Jahre arbeiten müssten, um so viel Geld anzuhäufen wie er. Nach meinen Informationen besitzt er eine große Import-Export-Firma am Hafen. Er deutete an, er hätte im Werwolffall einige Informationen aus erster Hand. Er scheint im Spielermilieu zu verkehren, er kannte den Ermordeten aus dem Kasino in Monte Carlo. Den Alten und seine junge Frau aus Panama. Er war es auch, der Terenzi die CarPol empfohlen hat.«

»Aber woher wusste er, dass ich für die Versicherung arbeite?«

»Er ist Aktionär der CarPol. Als er vom Tod des Alten erfuhr, hat er Angst um sein Geld bekommen. Er befürchtete, dass die CarPol mit der Auszahlung einer so hohen Summe überfordert sein könnte. Deshalb hat er dort Informationen eingeholt. Das hätte ich an seiner Stelle auch gemacht.«

Aha, noch einer, der sich ans Flussufer setzt und darauf wartet, dass eine Leiche vorbeischwimmt. Und zwar die von Julia Rodriguez.

»Der Präsident der CarPol versicherte ihm, die Witwe sei die Täterin. Alle Indizien sprächen gegen sie, und andere Erben gäbe es nicht. Matrakis hat mich gebeten, bei meinem Bericht den Namen der Versicherung nicht zu nennen, und das habe ich auch respektiert.« Rechtfertigend fügte er hinzu: »Übrigens, meine Informationsquellen beim Polizeipräsidium sind der gleichen Meinung. Und du?«

Unbehagen. Wut. Sorge. Ein Widerstreit von Gefühlen. »Alles Schwachsinn.«

»Du bist also der Meinung, dass die Witwe mit dem Mord nichts zu tun hat?«

Verflucht, Rivoli hatte meine Skepsis von Anfang an ernst genommen. Viel zu ernst. Es gab einen ganzen Haufen guter Gründe, Journalisten zu meiden, wo immer es möglich war. Vor allem bei brisanten Ermittlungen. Mafia, Drogengeschäfte, organisierte Kriminalität. Immer dann, wenn Sprengstoff in den Fällen steckte, der jeden Moment hochgehen konnte. Journalisten schreiben, machen einen Fehler und können ihn tags darauf berichtigen. Wenn ich einen Fehler mache, gehe ich vor die Hunde. Deshalb war ich sauer auf mich. Ich hatte einfach schlechte Karten. Meine Argumente wären bei einem Prozess nicht mehr wert als eine Karo Sieben beim Skat. Zu spät. Ich antwortete betont gleichgültig: »Vielleicht.«

Er blieb am Ball. »Pagano, du bist ein alter Hase. Wenn einer wie du sich in dieser Weise äußert, anders als von seinem Auftraggeber erwartet …«

Stopp. Hier begann gefährliches Terrain. Ich war auf dem besten Wege, mir mehr Probleme einzuhandeln, als ich je würde lösen können. »Hör zu, Rivoli. Eine Hand wäscht die andere. Sobald ich Klarheit habe, worum es in diesem Schlamassel geht, wirst du der Erste sein, der es erfährt. Und das könnte ein Knüller werden. Aber nur unter einer Bedingung: Dieses Gespräch hat nicht stattgefunden.« Mit dieser verlockenden Aussicht hatte ich ihn endgültig aus der Reserve gelockt. Aus Dankbarkeit erzählte er mir noch, dass Terenzi Geld zu Wucherzinsen an arme Schweine verliehen hatte, die in den Bars der Altstadt ihr letztes Hemd verspielt hatten.

Auch diese Information stammte von Matrakis. Dann verabschiedeten wir uns wie alte Freunde.

Leonida Matrakis könnte für die Lösung des Falles wichtig sein. Ich beschloss, ihn zu kontaktieren. Gut möglich, dass er Caviglia über intime Details aus Terenzis Leben informiert hatte. Und jetzt bekam er Angst. Angst, dass die Versicherung unter der Last der millionenschweren Versicherungssumme in die Knie gehen könnte. Die finanziellen Schwierigkeiten der CarPol hatte Caviglia mit keinem Wort erwähnt. Aber der offensichtliche Liquiditätsengpass erhöhte sein Interesse, die Witwe hinter Gittern zu sehen. Mors tua, vita mea. Dein Tod, mein Leben. Mich beschäftigte aber noch eine ganz andere Frage. Warum hatte Matrakis die Presse eingeweiht? Welches Interesse hatte gerade er daran, dass die Hintergründe des Verbrechens bekannt wurden …? Irgendetwas war mir entgangen, und ich spürte, dass die Zeit drängte. Ich griff nach dem Telefonbuch und suchte die Nummer heraus. Matrakis, Leonida. Es gab nur einen einzigen. Die Adresse: Corso Italia, Genuas Nobelmeile am Meer. Ein Palazzo prunkvoller als der andere. Jeden Morgen von der Sonne wachgeküsst, die Promenade gesäumt von Palmen, im Hintergrund der azurblaue Golf. Hübscher kann man in der Stadt nicht wohnen. Rivoli hatte recht. Matrakis musste im Geld schwimmen.

Ich sah auf die Uhr. Drei Uhr. Noch zu früh für die Bar in der Via della Maddalena. Um diese Zeit würde ich dort niemanden antreffen. Ich rief bei der CarPol an und verlangte Caviglia. Erneut die Stimme einer unterkühlten Vorzimmerdame.

»Ihr Name bitte?«

»Bacci Pagano.« Übelkeit und Kopfschmerzen kehrten zurück. Wie ein Basso continuo marterten sie meinen Körper.

»Seien sie gegrüßt, Signor Pagano. Irgendwelche Neuigkeiten?«

Diese Stimme. Schleimig freundlich, äußerst gefährlich.

»Die gibt es in der Tat. Die Polizei hat Wolfshaare gefunden, und zwar im Hundezwinger des Liebhabers der Witwe. Der Mann ist auf der Flucht. Die Fahndung läuft.«

»Ah, gut, sehr gut! Dann ist die Sache ja schon fast gelaufen.«

Spar dir den Triumph. Wart ab, was ich noch auf Lager habe.

»Sie hatte also einen Liebhaber. Sehen Sie, ich hatte recht.«

Ich dachte plötzlich an Anna Terenzi, sagte aber nur: »Möglich. Aber ich brauche Fakten. Fürs Spekulieren werde ich nicht bezahlt. Ich brauche die Namen der Kunden, die Ihnen Informationen über Terenzi geliefert haben. Ich muss mit ihnen sprechen, möglichst noch heute.«

Schweigen. Vielleicht war er verärgert, vielleicht aber auch nur überrascht. »Ist es wirklich nötig, jetzt schlafende Hunde zu wecken? Vor allem, weil die Fakten klar auf der Hand liegen…«

»Ich habe es Ihnen doch gesagt. Ich will mir mein Honorar verdienen. Es ist nicht gerade niedrig.«

»Wie Sie wollen.« Er nannte drei Namen, die ich auf meiner Schreibtischunterlage notierte. Der erste war Matrakis. »Signor Matrakis ist einer unserer Aktionäre. Sie können sich auf mich beziehen, wenn Sie ihn sprechen wollen. Die beiden anderen sind Kunden von uns. Ich müsste sie erst anrufen. Aus Diskretionsgründen, verstehen Sie.«

Besser konnte es nicht laufen. Ich stellte mich weiter dumm, bat um die Telefonnummer von Matrakis und versprach, ihn über den Fortgang der Ermittlungen auf dem

Laufenden zu halten. Bevor ich auflegte, hörte ich ihn noch triumphieren: »Was habe ich Ihnen gesagt? Erinnern Sie sich an das Sprichwort? Wenn es dem Esel zu wohl wird …«

Dieser selbstgefällige Idiot.

»Denken Sie dran, Dottore«, fügte er noch hinzu.

Ich bemühte mich vielmehr, Caviglia zu vergessen, und rief Matrakis an. Nach einiger Zeit meldete sich eine barsche Frauenstimme. In süditalienischem Dialekt befahl sie mir, mich zu gedulden. Kurz danach vernahm ich die sonore Stimme eines Mannes, das musste Matrakis sein. Im Hintergrund war leise Musik zu hören, Barock. Das Trompetenkonzert von Torelli, nahm ich an. Matrakis schien von meinem Anruf nicht sonderlich überrascht. Er lud mich umgehend zu sich ein. Bis fünf Uhr habe er keine anderen Termine. Sein Italienisch war akzentfrei. Trotz griechischem Namen: Italienisch musste seine Muttersprache sein.

Die Zeit wurde knapp. Ich machte mir einen doppelten Espresso, und während ich mich anzog, warf ich einen schnellen Blick nach draußen. Der Himmel hatte sich zugezogen, es sah nach Regen aus. Trotzdem entschied ich mich, die Vespa zu nehmen. Ich wollte pünktlich sein. Eine halbe Stunde später stellte ich meine treue 200 PX am Corso Italia ab. Es regnete, der nasse Asphalt glänzte. Ein dreistöckiger Palazzo, originelle Architektur. Geschickt konzipiert, um das Tageslicht optimal zu nutzen. Wahrscheinlich aus den Sechzigerjahren, doch für damalige Verhältnisse bahnbrechend modern. Vor dem Haus ein gepflegter kleiner Garten, zur Straße hin leicht abfallend. Über den Palmen auf dem Mittelstreifen wölbte sich der graue Himmel. Ans Geländer gelehnt, verharrte ich auf dem Bürgersteig der anderen Straßenseite. Ich blickte aufs Meer. Das Wasser war aufgewühlt, die Wellen brachen sich donnernd am Strand, gefolgt vom Brausen der anrollenden Brandung, die schließlich am Kiesstrand auslief. Die Strandbäder waren um diese Jahreszeit noch geschlossen. Ihre Flaggen hingen schlaff an den Masten, nur ab und zu vom Schirokko aufgebläht. Ich atmete tief ein und spürte die salzfeuchte Luft in den Lungen, während feiner Sprühregen den Helm netzte und mir dann ins Gesicht tropfte. Wärme und Feuchtigkeit hatten die Natur explodieren lassen, die Luft war erfüllt von süßlich-würzigem Duft. Durch die dichten Wolken drang fahles Licht auf die verwaiste Promenade. Hier und da ein Liebespärchen. Ein älterer Herr mit Schirm und Hund, flotten Schrittes. Der Himmel über Genua: verhangen und düster. Wie mein von Müdigkeit und Schmerz gequältes Hirn.

Hastig überquerte ich die Straße. Das Gartentor war verschlossen. Ich drückte den Klingelknopf der videoüberwachten Gegensprechanlage, die Tür sprang auf. Ich ging die kurze Gartentreppe hoch und erblickte einen Mann im grünen Overall. Offensichtlich der Gärtner. Er hatte sich an ein geschütztes Plätzchen zurückgezogen und las Zeitung. Er konnte sechzig, aber auch achtzig sein, genau ließ sich das nicht sagen. Die weißen Haare straff nach hinten gekämmt, schmaler Oberlippenbart. Er musterte mich unwirsch. »Zu wem wollen Sie?«, fragte er mit ausgeprägtem genuesischen Akzent. Er wirkte verärgert.

»Signor Matrakis erwartet mich.«

»Dritter Stock.«

Ich warf einen Blick auf die Zeitung und erkannte Rivolis Werwolfartikel. »Habt Ihr diese grausame Geschichte gelesen?« Ich sprach Genuesisch mit ihm. Und im Genuesischen spricht man sein Gegenüber in der zweiten Person Plural an. Missbilligend schüttelte er den Kopf.

»Es geht doch immer nur ums Geld. Und außerdem: »Wer die Ziege im Haus hat, dem steht der Bock vor der Tür.«

»Mal langsam! Geht es nicht auch in diesem Haus letztlich nur ums Geld?«

Sein Misstrauen war jetzt mit Händen zu greifen. »Hier wohnen nur anständige Leute. Leute, die ihr Geld mit ehrlicher Arbeit verdienen.«

Ich dachte bloß: »Maniman.«

Ein unübersetzbarer Ausdruck, der nur in Genua gebräuchlich ist. »Maniman« bedeutet so viel wie: »Man kann nie wissen.« Charakteristisch für diese Stadt. Die Lebensphilosophie der Genuesen. Immer mit der Ruhe. Erst mal abwarten. Geringstmögliches Risiko. »Maniman.«

Ich warf ihm einen Köder hin: »Sagt mir noch eins. Ist in letzter Zeit ein Freund von mir hier gewesen? Er fährt einen schweren Geländewagen. Wisst Ihr, wen ich meine?«

Er blickte mich verblüfft an. »Aber natürlich, das ist ein Bekannter von Signor Matrakis. Er kommt immer mit dem Geländewagen.« Er schien die Wahrheit zu sagen. War ich auf der falschen Spur? Ich verabschiedete mich und ging die Treppen hinauf. Eingehüllt in Chanel N° 5, die Duftmarke einer reichen Signora, die vor Kurzem das Haus verlassen hatte.

Die Wohnungstür wurde von einer älteren Matrone geöffnet, einer Zofe wie aus dem Bilderbuch. Marineblaues Kleid, schneeweiße Schürze, Servierhäubchen. Nachdem ich mich vorgestellt hatte, schloss sie hastig die Tür, allerdings nicht ohne ein »Entschuldigen Sie bitte, mein Herr«. Es war die Stimme am Telefon. Die Frau begleitete mich zum Arbeitszimmer, wo mich Matrakis schon erwartete. Der Raum war erfüllt von intensivem Zigarrengeruch, offenbar ein Sigaro

Toscano. Noch bevor ich den Hausherrn richtig wahrnahm, wurde mein Blick von einem riesigen Fenster gefesselt, das mit Regentropfen überzogen war. Bei gutem Wetter musste man von hier oben eine fantastische Aussicht aufs Meer haben, einen Panoramablick vom Capo Mele bis nach Portofino. Heute allerdings nur eine graue Fläche, ohne Konturen, ohne Fixpunkte. Grau in grau: die Farben der Maccaia. Durchs Zimmer wehte leise Musik. Ich sah mich um und suchte nach den Boxen, konnte aber keine entdecken. Die Musik schien direkt aus den Wänden zu kommen. Ich hörte genauer hin: das Concerto Grosso von Händel. Doch selbst diese wunderbare Musik heiterte mich nicht auf.

Matrakis war ein Mann um die fünfzig, gedrungen, vierschrötig. Ausgeprägte Hakennase, grauer Vollbart. Im Mundwinkel eine fast aufgerauchte Zigarre. Sein wirrer Haarschopf verlieh ihm etwas Extravagantes: genial und verrückt zugleich. Er erinnerte an einen Mathematikprofessor oder einen Atomphysiker. Aber Rivoli meinte, er sei Kaufmann, Import-Export. Seine Kleidung war ausgesprochen geschmacklos. Über einem karierten Flanellhemd leuchteten grellrote Hosenträger. Er begrüßte mich mit kräftigem Händedruck und bat mich, auf einem der schwarzen Ledersessel vor dem Panoramafenster Platz zu nehmen.

»Whisky oder Brandy?«

Ich entschied mich für Brandy. Er stellte eine Flasche Cardenal Mendoza und zwei Gläser auf den Tisch, setzte sich ebenfalls und goss ein. Während ich Tabak und Pfeife zurechtlegte, begann er zu philosophieren. Wir hätten ja die gleichen kleinen Schwächen, zumindest was den Alkohol und das Rauchen angehe. Dann fügte er hinzu: »Und womöglich auch den gleichen Frauengeschmack, wer weiß?«

Eine Steilvorlage. »Gut aussehende, intelligente Frauen zwischen dreißig und vierzig. Da werde ich schwach.«
»Da kann ich Ihnen nur zustimmen, Dottor Pagano.« Er hob sein Glas und schüttete den Brandy in einem Zug hinunter.
Ich nippte nur, um zu testen, wie mein angeschlagener Magen auf den starken Alkohol reagieren würde. Spätfolgen der Daiquirischlacht mit Clara. Doch der Cardenal Mendoza tat gut. Endlich löste sich der Knoten aus Sorgen und Verzweiflung, der mich so lange gelähmt hatte. Ich streckte die Beine aus, zündete die Pfeife an, und ein wohliges Gefühl überkam mich. Das elegante und wohltuend dezente Ambiente war entspannend. Der sardische Teppich unter meinen Füßen. Handgeknüpft, mit kunstvollen Arabesken auf creme-weißem Grund. Die ohnehin schon zarten Farben waren im Laufe der Jahre verblasst. Ein ganz ähnliches Stück hatte ich auf dem Markt in Mamoiada erstanden. Auch die modernen Möbel waren erlesen. Sessel, Stühle, Schreibtisch, der ausladende Bücherschrank. Schwarz, Edelstahl. Als Kontrast schlichte weiße Wände und blaue Vorhänge, welche die strenge Funktionalität abmilderten. Eine Verneigung vor Himmel, Wolken und Meer. Das Panoramafenster wurde von zwei mächtigen, leuchtend grünen Ficus Benjamini flankiert. Die Vorhänge waren ganz zurückgezogen und gaben so den Blick frei auf die Palmwipfel des Corso, die sich wie Scherenschnitte vom grauen Hintergrund abhoben. In dieser gediegenen Atmosphäre wirkte Matrakis in seinem Bergbauern-Look wie ein Fremdkörper. Die braune Barchenthose passte so gar nicht zu den schwarzen Lederschuhen. Ganz zu schweigen von den roten Hosenträgern … Schwer zu glauben, dass die Wohnung von ihm eingerichtet worden war.

Mit Sicherheit steckte eine schöne Frau zwischen dreißig und vierzig dahinter. Eine Frau wie Julia Rodriguez. Eine Frau, deren Einfluss sich allerdings nur auf das Interieur der Wohnung erstreckte, in die Garderobe des Besitzers hatte sie sich nicht eingemischt.

»Lieber Dottor Pagano, ich stehe zu Ihrer Verfügung.« Eine angenehme Stimme, vielleicht ein wenig rau.

»Caviglia hat Sie über mich und meinen Auftrag informiert?«

»Sie mit dem Fall zu betrauen, war eine der wenigen klugen Entscheidungen Caviglias. Ich habe bereits einiges über Ihre Erfolge gelesen. Ich freue mich aufrichtig, Sie persönlich kennenlernen zu dürfen. Und ich bin glücklich, dass Sie den Auftrag der CarPol angenommen haben. Allerdings fürchte ich, dass es nicht genügen wird, Sie verpflichtet zu haben, wenn es so weitergeht, wird die Risikofreude ihres Präsidenten CarPol ruinieren.« Zurückhaltend war Signor Matrakis nicht gerade.

»Ich hoffe, zumindest so lange, bis ich mein Geld habe.«

»Da können Sie ganz beruhigt sein. Notfalls bezahle ich Sie aus eigener Tasche. Caviglia spekuliert an der Börse, mit fremdem Geld natürlich. Weil er die Aktienmehrheit hat, hält er die CarPol für sein persönliches Eigentum. Die anderen Aktionäre interessieren ihn nicht. Wir sind sehr besorgt, wie er mit unserem Kapital umspringt. Ich denke da an zurückliegende Transaktionen, die, gelinde gesagt, waghalsig waren. Diese Drahtseilakte haben uns veranlasst, Kontrollorgane einzuschalten, um Caviglia genauer auf die Finger zu sehen. Seitdem steht er unter ständiger Beobachtung.«

»Wenn ich das richtig verstehe, würde die Auszahlung der Versicherungssumme an Terenzis Witwe die CarPol in ernsthafte Schwierigkeiten bringen.«

»Genau so ist es, mein lieber Dottore. Aber das Risiko scheint relativ gering, meinen Sie nicht?«

Genau das war der Knackpunkt.

»Im Augenblick spricht alles gegen die Witwe. Außerdem hat sie einen Geliebten, Terenzis Fahrer. Ein Chilene, der zudem eine Hundezucht betreibt. Wachhunde. Auch für ihn sieht es nicht gut aus. Die Polizei hat in seinem Zwinger Fellspuren gefunden. Sie stammen von dem Wolf, der Terenzi getötet hat.«

Seine Erleichterung war unübersehbar. »Wenigstens war Caviglia dieses Mal ehrlich. Er hat mir versichert, dass Signora Terenzi die Schuldige ist. Jetzt müssen Beweise her. Ich zähle auf Sie, Dottor Pagano. Helfen Sie uns aus diesem Schlamassel heraus.«

Nummer drei, dachte ich. Der Dritte, der sie so nannte. Seitdem ihr Kopf in der Schlinge steckte, war Julia Rodriguez plötzlich die »Signora«. Als Immigrantin aus Südamerika musste man wohl erst seinen Ehemann umbringen, um respektiert zu werden. Und auf eine Million Euro verzichten. Ein hoher Preis. »Kennen Sie diese Frau?«

Er stutzte und runzelte die Stirn. Doppeldeutig, irgendwie bedauernd. Ob er auch den Mund verzog, war durch den Bart nicht zu erkennen. »Ja, wir haben uns ab und zu in Monte Carlo getroffen. Im Hotel, im Kasino. Beide waren passionierte Baccaraspieler, die Chemin-de-fer-Variante. Sie verloren häufig, auch höhere Summen. Wobei sie die Vernünftigere war. Sie versuchte, ihren Ehemann immer wieder zu bremsen, aber er war besessen von den Karten ...«

»Sie spielen auch, Signor Matrakis?«

Er verzog keine Miene. Dieser Mann strotzte vor Selbstbewusstsein, von Betroffenheit keine Spur. »Zugegeben, ich spiele gerne. Mal mehr, mal weniger erfolgreich. Aber immer mit Limit, danach ist Schluss. Insgesamt gesehen hat mich diese Leidenschaft vielleicht dreißig, vierzig Millionen gekostet, mehr nicht.«

»Euro?«

»Ach was, alte Lire natürlich!«

»Und Terenzi?«

»Ähnliche Summen, allerdings in nur zwei Jahren. Außerdem logierte das Paar ausschließlich in Luxushotels. Die Frau war stets elegant gekleidet und trug wertvollen Schmuck. Dazu der brandneue Mercedes, bestimmt nicht unter fünfzigtausend Euro zu haben. Ich habe mich immer gefragt, wie ein solcher Hungerleider zu so viel Geld gekommen ist. Bis mich Caviglia aufgeklärt hat. Er hat mir kürzlich erzählt, dass Terenzi ein skrupelloser Wucherer war.«

»Unauffällig war das Pärchen ja nicht gerade.«

Er stutzte wieder und zuckte mit den Schultern. »Wie auch? An den beiden war vieles … unerklärlich.«

»Und welche Erklärung hatten Sie?«

»Wie darf ich das verstehen?«

»Ich möchte gerne wissen, welchen Eindruck Sie von den beiden hatten.«

»Mein Eindruck? Von ihm? Von ihr?«

»Von beiden. Von ihrem ungewöhnlichen Verhältnis.«

Die Zigarre war erloschen. Er ließ sie vom Mundwinkel in die Mitte wandern, schob sie mit den Lippen nach vorn und zündete sie wieder an. Der Rauch zog in Richtung Panoramafenster, als würde er von der Maccaia magisch angesaugt. Matrakis starrte ins Leere. Mit der Erinnerung kam die Wehmut, herzzerreißender als Händel. Und Julia Rodriguez. Am Baccaratisch würde er sie nie wieder treffen. »Ein seltsames Duo, diese beiden.« Er hatte sich wieder im Griff. »Was wollte eine Frau in den besten Jahren mit einem so alten Kerl? Meiner Meinung nach ging es Julia Rodriguez nur um Geld. In Monte Carlo war immer ein junger Südamerikaner an ihrer Seite, als Chauffeur. Aber wohl nicht nur. Es wurde gemunkelt, dass er ein Verhältnis mit ihr hatte. Nach den Blicken zu urteilen, die er ihr zuwarf … Und Sie haben es ja soeben bestätigt. Terenzi wusste offensichtlich Bescheid. Das ließ er den Südamerikaner deutlich spüren. Er strafte ihn mit Missachtung und Boshaftigkeit.«

Wollte mich Matrakis von etwas überzeugen, woran er selbst nicht glaubte? Es ging immerhin um eine Million Euro. Er wollte nachgießen, aber ich hielt meine Hand über das Glas. Das schien ihm zu missfallen. Er genehmigte sich noch einen und zündete erneut die Zigarre an, während ich mit stoischer Ruhe an meiner Pfeife zog. Im Zimmer war es mittlerweile nicht weniger neblig als draußen.

Schließlich ging er doch auf meine ursprüngliche Frage ein. »Terenzi betete seine Frau an. Kein Wunder bei einem so bezaubernden und begehrenswerten Geschöpf.

Aha.

Bezaubernd und begehrenswert.

»Terenzi wusste, dass ich Aktionär bei einer Versicherungsgesellschaft bin. Vielleicht hatte ich es ihm sogar selbst erzählt. Er wollte eine Lebensversicherung abschließen und bat mich um Rat. Er machte sich Sorgen. Aber wissen Sie, was ihm am wichtigsten war? Dass seine Frau nichts davon mitbekam. Er wollte sie auf keinen Fall damit belasten. Seine liebevolle Fürsorge grenzte manchmal an Ergebenheit. Wie ein überaus besorgter Vater, der seine einzige Tochter abgöttisch liebt. Kennen Sie ›Père Goriot‹ von Balzac?«

Natürlich kannte ich »Père Goriot«. Aber ich wusste auch von Terenzis Tochter, die er versteckte, als sei sie eine Aussätzige. »Wissen Sie, weshalb er sich Sorgen machte?«

»Eines Abends klopfte er an meine Zimmertür im Hotel. Er war allein und schien in Panik. Vor einigen Tagen sei er von einem Rumänen am Telefon bedroht worden. Es ging um Geld, Erpressung. Details erzählte Terenzi aber nicht. Er behauptete, schon mit der Polizei gesprochen zu haben. Ich glaubte ihm nicht. Bei dieser Gelegenheit erkundigte er sich nach einer Lebensversicherung. Ich musste ihm hoch und heilig versprechen, seiner Frau nichts zu erzählen.«

»Wie der Vater, so die Tochter«, dachte ich.

»Sie sollte sich keine Sorgen machen müssen, sollte sich wohlfühlen. Ihr Wohlergehen schien ihm wichtiger als das eigene Leben. Der Mann tat mir unendlich leid, und ich beschloss, ihm zu helfen. Ich rief sofort Caviglia an und bat ihn, sich persönlich um die Angelegenheit zu kümmern. Offensichtlich mit Erfolg: Zwei Wochen später traf ich in Monte Carlo einen glückstrahlenden Terenzi, der sich unbedingt erkenntlich zeigen wollte. Die Kiste Champagner, die er mir später schickte, hielt ich allerdings für übertrieben. Es war um die Weihnachtszeit. Ich weiß das noch genau, denn er hatte eine Karte beigelegt, auf der er sich nochmals bedankte und mir schöne Feiertage wünschte.«

Das geheimnisvolle Telefonat hatte also tatsächlich stattgefunden. Der Mann mit dem osteuropäischen Akzent war Rumäne. Julia Rodriguez hatte die Wahrheit gesagt. Ihre Aussage wurde von einer Person bestätigt, die über jeden Verdacht erhaben war: Leonida Matrakis. Doch auch er hatte ein existenzielles Interesse, die Panamaerin hinter Gittern zu sehen. Ich nahm einen letzten Schluck Brandy und blickte einer Möwe nach, die über dem Meer ihre Kreise zog. Es schien, als würden sie ihre Kreise immer wieder an den gleichen Punkt zurückbringen. Ein kleiner Felsen, der aus den Wellen ragte. Auch ich kreiste immer um den Punkt, der mir am Herzen lag.

»Können Sie sich vorstellen, dass diese Frau ihren Mann umbringen lässt? Sie haben beide gekannt, haben ihren Umgang miteinander erlebt.«

Diese Frage brachte ihn ins Schleudern. Konnte er sich das wirklich nicht vorstellen? Wünschte sein Herz sich etwa anderes als sein Verstand? Er schwieg angespannt, und ich nutzte die Gelegenheit, mir doch noch einen kleinen Cardenal Mendoza nachzugießen. Ich machte mir keine Illusionen. Zwischen seinem Schweigen und dem, was er wusste, lagen eine Million Euro. Und ein drohender Bankrott, der auch ihn treffen würde.

»Maniman.« Matrakis versuchte, seine Nervosität abzuschütteln und mit weltmännischem Ton weiterzufahren. »Was glauben Sie, wie sich eine Immigrantin aus Lateinamerika mit der Aussicht auf eine Million Euro fühlen muss?«

»Wie jeder andere auch, Signor Matrakis.«

»Papperlapapp, Dottor Pagano. Eben nicht wie jeder andere. Julia Rodriguez ist eine faszinierende Frau, und sie hat einen jungen Liebhaber. Der Gedanke, sich mit ihm und dem vielen Geld ein schönes Leben zu machen, lässt sie bestimmt nicht kalt. Terenzi war ja nicht gerade reizvoll für eine Frau wie sie, im Gegenteil. Eine Belastung. Gut, vielleicht hatte sie Mitleid oder empfand sogar eine gewisse Zärtlichkeit für ihn. Aber Sie werden doch nicht ernsthaft behaupten wollen, dass sie seine Gefühle mit der gleichen Intensität erwiderte.«

Das Foto im Silberrahmen kam mir wieder in den Sinn,

das die beiden in Monte Carlo zeigte. Ihr argloses Lächeln. Ihr strahlendes Glück. Ich fragte mich, was echt war. Und welche Gefühle Julia wirklich für ihren Mann hegte. Aber hatte ihre Glückseligkeit nicht Hoffnung ausgedrückt? Die Sehnsucht, dass ein Traum in Erfüllung gehen möge?

»Wenn Sie die beiden am Baccaratisch gesehen hätten«, fügte Matrakis hinzu, »würden Sie das Gleiche denken wie ich. Seine hingebungsvolle Verehrung war Fassade. Dahinter verbarg sich eiskalte Berechnung, sogar Gemeinheit. Vor allem aber Lüsternheit, die sich immer dann zeigte, wenn sie beim Kartenspiel Glück hatte. Er spielte nicht für sich, nein, er wollte sie gewinnen sehen. Und er hatte dabei nur Augen für ihre leidenschaftliche Erregung. Er fieberte. Das war seine Art von Lust und Leidenschaft. Und wenn sie verlor und gedemütigt war, berauschte er sich genauso an ihrem Unglück.«

Genau so hatte ich es mir vorgestellt. Dieser Mann sprach nicht nur lupenreines Italienisch, er war auch ein messerscharfer Beobachter.

»Sie haben sich hier ein wunderschönes Domizil geschaffen«, unterbrach ich ihn und deutete auf die Einrichtung und das große Fenster, »das war gewiss nicht billig. Wie kommt man zu so viel Geld? Verraten Sie mir Ihr Geheimnis?«

Er war überrascht. Ausweichend antwortete er: »Das müssen Sie meine Mutter fragen. Oder besser noch meinen Großvater mütterlicherseits. Sagt Ihnen der Name Marchesi Del Bene etwas?«

»Die Speditionsfirma?«

»Genau. Sehen Sie, ich bekam mein Vermögen in die Wiege gelegt. Ich musste nichts tun, außer auf dem Teppich zu bleiben und kein Risiko einzugehen.«

»Wie geht man kein Risiko ein? Indem man in der Spielbank das Limit einhält?«

»Ich unterstütze meine Schwester Caterina bei der Geschäftsführung. Sie ist zehn Jahre älter als ich und leitet die Spedition. Ich bemühe mich nach besten Kräften, meinen Beitrag zum Erfolg des Unternehmens zu leisten. Tag für Tag. Aber die Arbeit macht mir keinen Spaß, wenn Sie es genau wissen wollen. Meine Leidenschaft war von jeher die europäische Literatur. Und hier vor allem die französischen Schriftsteller des 19. und des frühen 20. Jahrhunderts. Ich bin in Pisa zur Schule gegangen. Dann habe ich in Paris an der Sorbonne studiert und dort meinen Master in Literaturwissenschaften gemacht. In meiner Freizeit schreibe ich Artikel fürs Feuilleton.«

»Und warum haben Sie keine wissenschaftliche Laufbahn eingeschlagen, an der Universität zum Beispiel?«

»Ich habe Ihnen doch gesagt, dass ich mich um die Spedition kümmern muss. Das war der letzte Wunsch meiner Mutter auf dem Sterbebett. Sehen Sie, Dottor Pagano, die Familie Del Bene hat nach dem Krieg schwere Zeiten durchgemacht. Weil mein Großvaters mit dem faschistischen Regime und den deutschen Besatzern kollaboriert hatte, gerieten wir nach dem Zusammenbruch in Schwierigkeiten. Wir liefen Gefahr, alles zu verlieren, außer unserem Adelstitel. Nur dank der weißen Weste meines Vaters, der eine Zeit lang sogar im griechischen Widerstand gekämpft hatte, und mit Unterstützung einflussreicher Nachkriegspolitiker, gelang es meiner Mutter schließlich doch, den Familienbesitz zu retten. Sie hatte es nie verwinden können, dass ihr Sohn die Geschäfte der Familie nicht weiterführte.«

»Also eine offene Rechnung mit Ihrer Mutter.«

»Mehr noch. Nennen wir es ein heiliges Versprechen.«

Mir fiel auf, dass er keinen Ehering trug. »Haben Sie auch versprochen, niemals eine schöne Frau zwischen dreißig und vierzig zu heiraten, selbst wenn sie Ihnen den Kopf verdreht hat? Oder haben Sie nie die Richtige gefunden?«

Er lächelte gezwungen. Aber Scham war ihm fremd. Und während er sich einen weiteren Brandy eingoss, antwortete er unverblümt: »Ich habe in meinem Leben weiß Gott nichts anbrennen lassen. Für mich sind Frauen wie das Kartenspiel. Reiz ja, zu großes Risiko nein.«

»Und sie haben nie überreizt?«

»Sagen wir es so: Immer, wenn ich drauf und dran war, den Kopf zu verlieren, wurde es gefährlich. Doch ich habe trainiert, Nein zu sagen. Für mich geht Freiheit über alles, Dottor Pagano. Sie zu erhalten, ist das Wichtigste. Das geht nur, wenn man wachsam ist und Frauen nur in homöopathischen Dosen genießt.«

Ich musste an Rivoli denken. Meinen Anruf in der Redaktion. Dann sah ich auf die Uhr. Kurz vor fünf. Essam fieberte seinem Debüt als Detektiv entgegen. Matrakis schien keine Eile zu haben. Ich erhob mich und sagte betont beiläufig: »Vielleicht haben Sie recht. Der Fall ist nahezu abgeschlossen. Schade nur, dass dieser Artikel im ›Secolo‹ erschienen ist. Das war Gift für die Ermittlungen.«

Misstrauisch zog er die buschigen grauen Augenbrauen hoch. »Wie kommen Sie zu diesem Schluss?«

»Jetzt ist die Witwe gewarnt. Leider hat jemand bei der Polizei oder bei der Staatsanwaltschaft nicht dicht gehalten und geheime Ermittlungsergebnisse preisgegeben.«

Seine überhebliche Miene verriet, dass er mehr wusste als ich. Unter seinem dichten Bart deutete sich ein maliziöses

Lächeln an. Während er sich ebenfalls aus dem Sessel wuchtete, klemmte er die Daumen hinter die roten Hosenträger und ließ sie selbstzufrieden zurückschnellen. »Weiß denn irgendjemand bei der Polizei oder bei der Staatsanwaltschaft, dass Sie im Auftrag der CarPol ermitteln?«

»Was wollen Sie damit sagen?«, fragte ich in ernstem Ton.

»Genau das, was ich gesagt habe«, gab er ebenso ernst zurück.

»Möglich. Ich habe es meinem Freund Pertusiello erzählt.«

»Der Commissario würde nie auch nur ein Sterbenswörtchen an die Presse weitergeben.«

Es war an der Zeit, die Karten auf den Tisch zu legen. »Gut, Dottor Matrakis. Meiner Meinung nach kam der Tipp von der CarPol selbst.«

»Alle Achtung, Sie sind Ihr Geld wert. Ich bin überzeugt, dass meine Interessen bei Ihnen in den besten Händen sind.« Seine Worte und der ironische Unterton machten mich wütend.

»Die CarPol und Sie spielen mit mir, sehe ich das richtig? Aber man kann mich nicht erst engagieren und dann sabotieren ...«

»Das war alles Caviglias Idee. Solche Spielchen sind nicht mein Stil. Ich bin nur Mittel zum Zweck, das können Sie mir glauben.«

»Warum?«

»Nennen wir es einen kleinen Test. Caviglia wollte einerseits Ihre Qualitäten als Ermittler prüfen und andererseits ausloten, ob er sich auf uns verlassen kann.«

»Du Arschloch«, dachte ich. Er hatte mich gezielt belogen. Aber vorführen lassen wollte ich mich nicht. »Unsinn. Sie wollen die Witwe hinter Gittern sehen, sonst nichts.«

»Und wenn? Was wäre falsch daran? Sie ist eine Mörderin, oder etwa nicht?«

»Sie hätten mich vorher darüber informieren müssen, dass mein Name in der Zeitung erscheint.«

»Ich wiederhole: Es war nicht meine Idee. Caviglia traut niemandem, Ihnen nicht und mir auch nicht. Vielleicht wäre er besser beraten, darüber nachzudenken, ob er sich selbst vertrauen kann. Dann würde er nicht so viel Mist verzapfen und weniger unkalkulierbare finanzielle Risiken eingehen. Wie der aktuelle Fall zeigt, werden durch seine Eskapaden besonnene und umsichtige Menschen wie Sie und ich in Mitleidenschaft gezogen. Mit diesem Manöver wollte er unsere Integrität testen, liegt das nicht auf der Hand?«

»Nein, das verstehe ich nicht.«

»Vergessen Sie nicht, dass ich es war, der Terenzi geraten hat, die Lebensversicherung bei der CarPol abzuschließen. Außerdem kenne ich die attraktive Witwe, für die ich ein gewisses Interesse nicht verhehlen möchte. Missverstehen Sie mich bitte nicht. Ein Interesse aus Distanz natürlich.«

Sie ist ein bezauberndes und begehrenswertes Geschöpf.

»Wenn ich nicht beim ›Secolo‹ angerufen hätte, wäre das für Caviglia der Beweis gewesen, dass ich nicht auf seiner Seite stehe. Ja, sogar gegen die CarPol arbeite, gegen sein Lebenswerk. Und das Gleiche gilt für Sie, Dottor Pagano. Er hat eine Heidenangst, Sie könnten Zweifel an der Schuld der Witwe haben. Er hegt sogar den Verdacht, Sie könnten auf ihrer Seite stehen und zu ihren Gunsten ermitteln. Der Beweis ihrer Unschuld würde das Ende der CarPol einläuten. Und seines dazu. Verstehen Sie jetzt?«

»Und Ihres nicht?«

»Nein, meines nicht, aber ich hätte trotzdem einen Haufen

Probleme am Hals. Das kann ich nicht leugnen. Wenn Caviglia bloß nicht so verflucht misstrauisch wäre!«

An der Nase herumgeführt werden, ohne daran etwas ändern zu können: ein Scheißgefühl. Kaum hatte ich das behagliche Arbeitszimmer verlassen, noch leicht berauscht von Brandy, Tabak, Händel und Maccaia-Grau, kochte ich vor Wut. Ich hatte große Lust, wieder zurückzugehen, ihn an den roten Hosenträgern zu packen und durch das weit geöffnete Panoramafenster zu werfen, hinaus in den tobenden Schirokko. Und ihm hinterherzuschreien, dass die Panamaerin nichts mit dem Mord an ihrem Ehemann zu tun hatte. Dass er gefälligst mit seinem Intrigenspiel aufhören solle. Dass er seinen Arsch nicht retten könne.

Inzwischen hatte es kräftig zu regnen begonnen. Müdigkeit und Ekel, die mich schon seit dem Morgen begleitet hatten, überfielen mich erneut.

10
Treibjagd

Rush Hour. Der Scheibenwischer des Taxis wischte hektisch über die Scheibe, der passende Rhythmus für meine Stinkwut. Im prasselnden Regen hatte ich die Vespa auf der Promenade stehen lassen. Nachdem wir die fahnengeschmückte Piazzale Kennedy passiert hatten, bogen wir in die Viale delle Brigate Partigiane ein. Mein flüchtiger Blick fiel auf ein Monument aus weißem Marmor. Die wuchtige Gestalt eines Fischers, der aufs Meer hinausblickte. Das hässliche Überbleibsel des Faschismus thronte am Ende der Straße. Nach der Befreiung hatte man sie zu Ehren der Partisanenkämpfer umbenannt. Hier beginnt die letzte Etappe des Bisagno auf seinem Weg ins Meer. Ein stinkendes Rinnsal, das von Zeit zu Zeit anschwillt und dann große Teile der Altstadt dreckig braun überflutet.

Als wir an der Questura vorbeifuhren, beschloss ich, Pertusiello anzurufen. »Ciao, Totò, ich bins, Bacci.«

Ein Grunzen. Seine Art, einen Gruß zu erwidern. »Neuigkeiten?«

»Das Auto des Chilenen wurde in der Nähe von Grugliasco gefunden. Verlassen. Nach Aussage von Terenzis Witwe hat Verda in dieser Gegend Bekannte. Mehr weiß sie offensichtlich auch nicht. Keine große Hilfe, wie du siehst.«

»Hör mal, Totò. Sag deinen Leuten, sie sollen nicht zu ruppig mit dem armen Kerl umgehen. Möglicherweise hat er gar nichts mit dem Mord zu tun.«

»Woher willst du das wissen?«

»Ich bin dem wahren Mörder auf der Spur.«

Mit diesem Satz hatte ich eine Sprengladung gezündet. Pertusiello war außer sich. Er brüllte in den Hörer.

»Aber sicher doch. Wir dagegen sind ja nur zum Spaß hier und machen Jagd auf Unschuldige. Vertrottelte Jäger, die sich ihre Nächte auf dem Hochsitz um die Ohren hauen. Unser genialer Signor Holmes hingegen hat den Fall schon längst gelöst und macht sich einen Spaß daraus, uns für blöd zu verkaufen.«

»Ich kann dir am Telefon nicht mehr sagen. Ich komme heute Abend zu dir ins Büro.« Damit beendete ich das Gespräch und überließ ihn seiner ohnmächtigen Wut. Dabei stellte ich mir bildlich vor, wie er mit seinem klobigen Zeigefinger die winzige rote Taste des Handys zerdrückte. Kaum waren wir in die Via XX Settembre Richtung Stadtzentrum eingebogen, klingelte mein Handy. Pertusiello. Ich hatte nichts anderes erwartet.

»Was hast du rausgefunden?«

»Das sage ich dir, wenn es so weit ist. Ich bin doch nicht dein Befehlsempfänger.«

»Was hast du davon, mich lächerlich zu machen?«

»Bist du verrückt geworden? Ich mache nur meinen Job.«

»Das nehme ich dir nicht ab. Es macht dir Spaß, uns alt aussehen zu lassen. Du verwöhnst mich mit einem Abendessen, lässt mich alle Details des Falles auspacken, und dann lässt du mich im Regen stehen. Wo steckst du überhaupt?«

»Ich bin einem Rumänen auf der Spur. Terenzis Mörder.

Wir sehen uns heute Abend.« Im Anschluss rief ich Essam an. Nachdem wir einen Treffpunkt ausgemacht hatten, schaltete ich das Handy aus.

Das Taxi setzte mich an der Piazza De Ferrari ab, genau vor der neoklassizistischen Fassade des Teatro Carlo Felice, Genuas Opernhaus. Auch dieses Gebäude mit seinem kubusförmigen Bühnenturm war für das Kolumbusjubiläum aufwendig renoviert worden, fünfzig Jahre nach der Zerstörung durch die Luftangriffe der Alliierten. Und zwanzig Jahre brauchte man, um ein paar Kilometer U-Bahn zu bauen. Das ist Genua. Eine Stadt, deren Bürger nicht zu früh sterben dürfen. Ich überquerte die Straße und bog in die Salita San Matteo ein, ein kleines Gässchen, das direkt ins Herz der Altstadt hinunter führt. Essam wartete mit aufgespanntem Schirm vor der Fontana di Campetto. Während wir durch den strömenden Regen eilten, erklärte ich ihm, was ich vorhatte.

»Ich gehe zuerst rein. Du kommst einige Minuten später nach, kennst mich aber nicht. Wenn die Sache gefährlich werden sollte, ist es besser, wenn niemand weiß, dass wir zusammengehören. Du musst äußerst vorsichtig sein. Wenn du dort jemanden triffst, dem du vertraust, versuche, ihn anzuzapfen. Sonst lässt du es sein. Ich will wissen, ob in dieser Bar ein Rumäne verkehrt. Frag nach seinem Namen, wo er wohnt und was er macht. Und ob er vielleicht einen Geländewagen fährt.«

Essam hing an meinen Lippen. »Warum bist du so scharf auf diesen Typen?«

»Weil er wahrscheinlich den Alten umgebracht hat. Er ist ein Verbrecher, ein Mörder. Deshalb darfst du nur Leute fragen, die du gut kennst. Du musst sicher sein, dass niemand den Rumänen über deine Ermittlungen informiert. Alles klar, Essam? Keine Solotouren, oder es ist das letzte Mal, dass ich dich für mich arbeiten lasse.«

»Ich bin doch nicht blöd, Bacci. Du klingst ja wie meine Mutter.«

»Mein Junge, ich habe deiner Mutter versprochen, dass die Geschichte nicht gefährlich ist. Aber ich befürchte, das war nicht ganz korrekt.«

»Warum hast du mich dann überhaupt mitgenommen?« Und da sagt man immer, Jugend und gesunder Menschenverstand würden sich gegenseitig ausschließen. Essam widerlegte dieses Vorurteil x-mal am Tag.

Ich bohrte ihm meinen Zeigefinger in die Rippen. »Weil du sonst beleidigt gewesen wärst. Oder irre ich mich da?«

»Du und dich irren? Bacci Pagano hat immer recht.«

Ich erklärte ihm, was es mit der Bar auf sich hatte. Er wusste offensichtlich Bescheid, denn er meinte: »Da wird gezockt, und zwar um viel Geld.«

Bevor wir von der Vico Lavagna in die Via della Maddalena einbogen, trennten wir uns. Wenn er etwas herausfinden sollte, würde er mich nach der Schule anrufen.

In der rauchgeschwängerten Bar drängten sich die Menschen. Vom großen Eingangsraum mit der Theke und den fünf Tischen zweigten zwei kleinere Räume ab. In der Mitte des einen Raumes ein Billardtisch, im anderen standen weitere Tische. Alle Plätze waren besetzt. Wie schon draußen an der Eingangstür hingen auch über der Theke zwei auffällige Wappen: der rotblaue Greifvogel und der Pfeife rauchende Seemann Baciccia, daneben die jeweiligen Vereinsfahnen. Der Wirt wollte es sich wohl mit niemandem verscherzen, erreichte damit aber genau das Gegenteil. Denn ein eingefleischter FC-Fan würde nie den Fuß in eine Bar setzen, in der eine Sampdoria-Flagge hängt. Und umgekehrt. Ich stellte mich an die Theke und bestellte einen Espresso. Um mich herum Kauderwelsch. Neapolitanisch, Kalabresisch und hie und da auch einige Fetzen Genuesisch. Aber auch exotische Dialekte, die vielleicht von einer Milliarde Menschen gesprochen wurden und mit dem Neapolitanischen, dem Genuesischen und dem Kalabresischen eines gemein hatten: alles keine Weltsprachen. Die Macht spricht und versteht nur eine einzige Sprache: Englisch. Die Leute an der Theke machten den Eindruck, als würden sie ihre Freizeit in Bars totschlagen, also einen Großteil ihrer Lebenszeit. Immigranten aus Lateinamerika und Afrika, vor allem Marokkaner und Senegalesen. Die abgestandene Luft roch nach Armut. Der Ekel stand mir offenbar ins Gesicht geschrieben, als neben mir ein schlecht rasiertes Kinn auftauchte. Ich drehte mich um. Der Typ ließ eine erkaltete Zigarettenkippe zwischen seinen letzten vier Zahnstummeln hin und her wandern. Die Jahre der Exzesse und Entbehrungen hatten auch in seinem Gesicht ihre Spuren hinterlassen.

»Anständige Leute würden einen armen Mann auf ein Gläschen einladen. Es sei denn, er stinkt.« Der Satz kam von einem alten Mann, der ebenfalls an der Theke lehnte. In seinem zerknitterten fleckigen Mantel sah er aus wie ein Penner. In der Hand hielt er ein Glas roten Cancarone, Ursache der bestialischen Fahne, die seine Worte hinter sich herzogen. Er sprach Italienisch ohne jeden Dialekt und drückte sich verblüffend gewählt aus.

Auf ein Gläschen einladen.

Als er bemerkte, dass ich mich wider Erwarten nicht von ihm abwandte, wirkte er zwar überrascht, sprach aber weiter.

»Wenigstens einmal im Monat, gegen das schlechte Gewissen. Aber meine Fahne verdirbt Ihnen bestimmt den Appetit.«

Der Wirt musste ihn gut kennen, denn er beachtete ihn nicht weiter.

Der Alte zeigte auf eine Gruppe Senegalesen, die rechts von uns im Nebenzimmer saßen. »Sehen Sie diese armen Schweine? Alles Afrikaner. Sie kommen aus einem Kontinent ohne Wasser, dafür mit einem Übermaß an Sonne und Schweiß. Das Vorurteil, Afrikaner seien allesamt dumm oder grausam, gilt heute nicht mehr. Sie sind weder Kopfjäger noch Menschenfresser. Aber ein Afrikaner stinkt nun mal, sogar ein Akademiker. Und der Gestank zieht eine Mauer, viel höher als die Barrieren der Sprache oder der Religion. Zur Verständigung kann man auch die Hände benutzen. Jeder kann an seinen eigenen Gott glauben, ohne dass es andere stört. Das alles spielt sich im Kopf ab. Aber Nase und Bauch sind etwas anderes.« Er unterstrich seine Worte, indem er mit dem Zeigefinger erst auf den Kopf, dann auf die Nase und schließlich auf den Bauch deutete. Seine wachen Äuglein fixierten mich. Ein wenig ungläubig, dass ich seiner Tirade so aufmerksam zuhörte. Eine kulturanthropologische Lehrstunde und ein Verteidigungsplädoyer für seinen eigenen Gestank. Für seinen unwürdigen Auftritt und die vergammelte Kleidung. Ein Penner, der druckreif sprach. Er schien verblüfft über meine Verblüffung. »Aber das war nicht immer so, wissen Sie? Erst vor gut einem Jahrhundert hat sich in der westlichen Welt die Körperpflege tatsächlich durchgesetzt. Und diese kulturelle Errungenschaft der Zivilisation schließt alle, die keine Seife verwenden, als gleichberechtigte Partner aus. Etwa drei Viertel der Weltbevölkerung.« Er musterte mich fragend, meine Meinung schien ihm wichtig.

Ich gab dem Wirt hinter der Theke ein Zeichen, ihm noch ein Glas einzuschenken.

»Natürlich gibt es auf dieser Welt auch Grauzonen. Dieses Lokal zum Beispiel. Hier herrscht friedliche Koexistenz, denn die Gruppe der Seifenbenutzer wäscht sich nicht öfter als diejenigen, die gar keine Seife kennen. Ein Problem der relativen Häufigkeit. Ein wirksamer Schutz gegen Arroganz. Sie dagegen scheinen zu den Saubermännern zu gehören. Ich wette, Sie waschen sich jeden Tag.«

»Von Schweißgeruch wird mir übel.«

Hatte er von jemandem wie mir ein bisschen mehr erwartet? Gut, ich hätte hinzufügen können, dass Sauberkeit für mich keine soziale Bedeutung hatte. Dass ich Wohnungen verabscheute, in denen nicht gekocht wird, nur damit alles sauber und ordentlich bleibt. Dass ich nichts für eine sterile Altstadt übrig hatte, wo Müll, Immigration und Armut beiseite geräumt und vor den Augen der Touristen verborgen wurden. Wo man stattdessen gesichtslose Blumenrabatten angelegt hatte. Wo Zigeuner, Huren und Bettler wie vom Erdboden verschluckt waren. Wo der Sanierung der baufälligen Häuser die Vertreibung der alteingesessenen, aber wenig solventen Mieter folgte. Aber was hätte es genutzt? Der Alte wollte offenbar nur zwei Dinge: einen Zuhörer und seinen Wein. Er leerte das Glas in einem Zug, wischte sich mit dem Handrücken den Mund ab und drehte sich um, ohne ein weiteres Wort. Er setzte sich zu einem Marokkaner, der entrückt Wasserpfeife rauchte. Dieser öffnete die Augen und reichte dem Alten das Mundstück der brodelnden Pfeife weiter. Ein scheinbar alltägliches Ritual.

Der übergewichtige Wirt schwitzte furchtbar. Seine permanent schlechte Laune schien sein Markenzeichen zu sein, genau wie seine verschmierte Schürze. Als er mir den Espresso servierte, schaute er mich nicht einmal an. Dem Dialekt nach kam er aus Neapel. »Milch?«, blaffte er mich an, in der Hoffnung, ich würde Nein sagen und ihm keine Zeit stehlen. Einer der Typen, die am liebsten im Gehen pinkeln würden.

Um ihn aus der Reserve zu locken, musste ich ihn provozieren: Ich zog die Fotokopie meiner Detektivlizenz aus der Brieftasche, faltete sie auseinander und hielt sie ihm unter die Nase. »Ja, danke. Und auch einige Informationen, wenn möglich.«

»Sind sie von der Polizei?« Die unhöfliche Geschäftigkeit hatte wachsamem Respekt Platz gemacht. Er hielt inne und sah mir direkt in die Augen, die Schürze in der Hand. Ihn so still zu sehen, war erstaunlich.

»Ich bin Privatdetektiv.«

Er wirkte beruhigt und lächelte schief. »Ah, die gibt es also wirklich? Ich kenne die nur aus dem Fernsehen.«

»Sehe ich etwa aus wie Robert Mitchum alias Philip Marlowe?«

»Weder wie der eine noch wie der andere. Was wollen Sie wissen?«

»Sind sie FC- oder Sampdoria-Fan?«

Er sah mich unschlüssig an. Sollte er sich aufregen oder sich damit abfinden, einen weiteren schrägen Vogel aus der Altstadt vor sich zu haben? »Und deshalb kommen Sie hier rein und halten mir Ihr Stempelpapier unter die Nase?«

»Ganz genau. Hopp oder topp. Beides zugleich geht nicht.«

»Wenn Sie es genau wissen wollen: Ich bin Napoli-Fan.«

»Und warum nehmen Sie dann nicht diese beiden Fahnen ab und hängen die Flagge Ihres Vereins auf?«

Langsam wurde er sauer.

»Sie machen Ihren Gästen etwas vor. Oder wissen die etwa, dass Sie Napoli-Fan sind?«

»Die Stammgäste ja.«

»Und die vertrauen Ihnen trotzdem?«

»Die wissen, dass sie sich auf mich verlassen können.«

»Wie kann man mit dem Herzen für einen Verein sein, aber zum Schein die Flagge eines anderen aufhängen? Sind Ihre Gäste etwa genauso?«

»Was weiß denn ich?« Sein Misstrauen wuchs. »Sie sind nicht zufällig einer von diesen Faschos, die was gegen Schwarze oder Süditaliener haben?«

»Ganz im Gegenteil. Ich bin quasi Kommunist.«

»Darf man dann bitte erfahren, wer Sie beauftragt hat, hier im Dreck zu wühlen?«

»Erklären Sie mir lieber, was das hier für eine Bar ist. Kennen Sie das Sprichwort: ›Vorne hui, hinten pfui‹?« Ich hatte ins Schwarze getroffen. Jetzt wurde er aggressiv.

»Sind Sie wirklich so clever, oder tun Sie nur so? Wenn ja, tun Sie mir einen Gefallen und verschwinden Sie!«

»Wenn ich einer Ihrer Gäste wäre, würde ich Ihnen nicht trauen.«

»Auch recht. Aber Sie sind nicht mein Gast.«

»Irrtum! Ich habe einen Espresso bestellt.«

Er war kurz davor, die Geduld zu verlieren. Bevor er hinter der Theke hervorkam und mir eine runterhaute, trat ich den Rückzug an.

»FC oder Sampdoria: Mir solls egal sein. Ich bin hier, weil ich einen Mann suche. Ist Ihnen hier jemals ein Rumäne aufgefallen?«

Er entspannte sich und dachte nach. Ob er sich zu erinnern versuchte? Vielleicht gab es auch bei Barkeepern so etwas wie

Schweigepflicht. Berufsethos. Genau wie bei Rivoli und wie bei mir. Auch Gäste hatten das Recht auf Privatsphäre, besonders in einer illegalen Spielhölle. Wieder eine Mauer des Schweigens: »Maniman.« Bei ihm in Neapel gibt es das auch. Dort nennt man es »Omertà«.

»Ein Rumäne?«, wiederholte er, um Zeit zu gewinnen.

Ich nickte und nippte an meinem Espresso. Er war wirklich gut.

»Ja, jetzt erinnere ich mich. Vor vielen Jahren waren zwei Rumänen hier, sie spielten Billard.«

»Wie viele Jahre?«

»Ungefähr zehn. Ich erinnere mich gut. Zwei etwas seltsame Typen, aber ehrlich. Musiker oder so was ... Aber warum suchen Sie diesen Mann?«

»Und danach sind die beiden nie wieder aufgetaucht?«

»Nie wieder.«

»Und Sie erinnern sich nicht zufällig an einen Rumänen, der mit Mino Terenzi zu tun hatte?«

Bei Erwähnung des Namens hellte sich sein Gesicht auf. »Ah, Sie interessieren sich für den Werwolffall.«

»Für den Werwolf und für den Rumänen. Kannten Sie Terenzi gut?«

»Aber sicher, er war Stammgast und fast jeden Abend hier. Ein guter Mensch. Er hat vielen geholfen, die in der Patsche steckten.« Für ihn waren alle Gäste gute Menschen. Auch die weniger guten. Und wer weiß, vielleicht sogar ihre Mörder.

»Und Sie kennen wirklich keinen Rumänen, der mit Terenzi Kontakt hatte?«

»Nein!«, gab er entschieden zurück. Das war sein letztes Wort.

Aus dem Augenwinkel sah ich, wie eine schmale dunkle

Gestalt die Bar betrat. Ein junger Mann. Er blieb einen Augenblick lang in der Tür stehen und ging dann zu einem Tisch im Nebenzimmer, von wo ihm ein tiefschwarzer Senegalese zugerufen hatte: »Essam, mein Freund! Setz dich!«

»Einen Augenblick.« Der Wirt war wieder in seinem Element. Er goss dem Penner, der sich erneut zu mir gesellt hatte, ein weiteres Glas Rotwein ein.

»Dann versuche ich es woanders. Trotzdem vielen Dank.«

Er stoppte mich. »Sie haben mir noch nicht geantwortet, Signor …?«

»Pagano, Bacci Pagano.«

»Warum suchen Sie nach dem Rumänen? Was hat er denn mit dem Mord an Terenzi zu tun?«

»Genau das wüsste ich auch gerne. Und: Kann ich einem trauen, dessen Herz für Napoli schlägt, der aber eine FC- und eine Sampdoria-Flagge aufgehängt hat?«

»Sie sind FC-Fan?«

»Natürlich.«

»Und warum?«

»Wie warum?«

»Warum natürlich?«

»Ich habe Ihnen doch gesagt, ich bin Privatdetektiv und quasi Kommunist.«

»Ja und?«

»Also bin ich ein Verlierer. Und ich habe nun mal Sympathien für Verlierer.«

»Na bravo. Weiter so.«

»Sparen Sie sich ihren Beifall. Sie haben sich nicht einmal bemüht, mir zu helfen.«

Er breitete die Arme aus. »Aber wie soll ich Ihnen helfen, wenn ich nichts weiß?«

Ich verabschiedete mich von ihm und dem Alten.

»Das nächste Mal trinken wir ein Gläschen zusammen.« Ein leeres Versprechen. Er hob die Hand und kehrte zu seinem afrikanischen Freund zurück.

Draußen regnete es noch immer. Ich war enttäuscht. Mein letzter Trumpf war Essam. Ich hoffte, dass er mehr Glück haben würde. Die enge Via della Maddalena war heute noch trostloser als gewöhnlich. Bei diesem Wetter waren nur wenige Leute unterwegs und auf der Flucht vor dem prasselnden Regen. Es war Punkt sechs, und die Glocken der Chiesa delle Vigne hallten durch die Carruggi. Sechs dröhnende Schläge, die sich wellenförmig in den engen Gassen ausbreiteten. Ich hätte postwendend in die Questura gehen können. Aber diese Genugtuung gönnte ich Pertusiello nicht. Er glaubte wohl, mich mit seinem Gepolter einschüchtern zu können. Da ließ ich ihn besser noch etwas schmoren. Ich stand jetzt in der Via dei Macelli di Soziglia, nicht weit von der Piazza Banchi und der Via San Luca. Dort, wo die Panamaerin mit den nachtschwarzen Augen in ihrer Wohnung saß, die sie nicht verlassen durfte. Sie stand unter Polizeiaufsicht. Ich könnte vorbeischauen und ihr einige Fragen stellen.

Noch mehr Fragen.

»Signora Rodriguez, ich bin nicht von der Polizei, und Sie sind zu nichts verpflichtet. Ich hoffe trotzdem auf eine ehrliche Antwort. Nehmen wir mal an, Sie hätten mich früher kennengelernt. Vor Manuel Verda, vor Mino Terenzi. In einem anderen Leben: Hätten Sie dann eine Affäre mit mir angefangen?« Ich musste lächeln, eine merkwürdige Idee. Inzwischen hatte ich nasse Haare, und die Regentropfen liefen mir das Gesicht herunter, als wären es Tränen. Ich ging durch die Via Macelli di Soziglia, die Campetto und die Via

Scurreria. Und über die Piazza Invrea, ganz in der Nähe des Doms. Quer durch die nach Pisse und Moder stinkende Altstadt. Mara wohnt an der Piazza Invrea. In einem alten Mietshaus, größer als das, in dem ich meine Wohnung habe. Dort hat sie auch ihre Praxis, mitsamt Wartezimmer und Behandlungsraum. Ein Geschenk ihres Vaters, Rechtsanwalt Sabelli. Der erste Mann in ihrem Leben. Er finanzierte ihr das Studium in Padua und die kinderpsychologische Spezialausbildung in London. Und bis heute die teuren Kongresse überall auf der Welt. Als Wiedergutmachung dafür, dass er sie einer depressiven Mutter überlassen hatte, um mit einer zwanzig Jahre Jüngeren ein neues Leben zu beginnen. Da war Mara acht.

Spontan entschloss ich mich, sie zu besuchen. Ich klingelte an der Tür, direkt gegenüber dem für seine erlesenen Weine berühmten Restaurant »Le Cantine Squarciafico«. Niemand zu Hause. Ach, besser so. Welcher Teufel hatte mich geritten, überhaupt zu klingeln? Wollte ich Terenzis Witwe entkommen? Julia Rodriguez hatte recht damit, dass betrügen und ermorden nicht dasselbe ist. Übrigens: Um jemand betrügen zu können, bedarf es einer Verpflichtung, treu zu sein. Es musste also eine Beziehung bestehen. Welche Beziehung hatte ich zu Mara? Um diese Frage zu beantworten, müsste ich weit gehen. Nicht nur die wenigen Schritte bis zu ihrer Wohnungstür und ihren staunenden Augen.

Was Gefühle angeht, bist du ein Analphabet, Bacci.

»Klartext, Fois! Kein langes Drumherum, in diesem Laden verstehe ich sonst kein Wort!«, hörte ich Pertusiello sagen, als ich in der Questura eintraf. Umringt von seiner Truppe redete er auf Ispettore Fois ein. Im Büro des Commissario herrschte hektische Betriebsamkeit. Ich fühlte mich wie in einem Ameisenhaufen.

Die Mordkommission: immer wieder ein Erlebnis der besonderen Art. Jeder schien in Eile, jeder schien die Tür zuknallen zu müssen. Jeder schrie, egal ob er eine Frage hatte oder eine Antwort gab. Das Ganze glich eher einem Jahrmarkt oder dem Börsenring als einem Polizeibüro. Ich fragte mich, wohin dieser ganze Aktionismus letztendlich führen sollte. Das Schlimmste, was einem hier passieren konnte: Man kam nicht zu Wort. Der Schreibtisch des Commissario glich einer Müllhalde von Aktenbergen, Faxen, Zeitungen, vollen Aschenbechern, leeren Bierdosen. Ein wüstes Durcheinander. Die alten Metallschränke standen offen, ein Großteil der Aktenordner war auf den Tischen ausgebreitet, in der Eile hatte man wohl vergessen, sie wieder zurückzustellen. Obwohl die Fenster sperrangelweit offen standen, war die Luft zum Schneiden. Der Zigarettenrauch zog nie mehr ab. Im letzten Abendlicht konnte man die Treppe und die Blumenbeete in Form der drei Karavellen des Christoph Kolumbus auf der Piazza Vittoria erkennen, im Hintergrund den Ponte di Carignano. Ispettore Fois versuchte noch immer, dem Commissario mitzuteilen, dass Dottor De Meo von der Spurensicherung auf der Suche nach ihm war.

»Was könnte der von mir wollen?«, murmelte Pertusiello ungeduldig. Hemdsärmelig, offener Kragen, offene Krawatte, thronte er mit hochrotem Kopf hinter seinem Schreibtisch. In seiner Nähe die Inspektoren Fois, Levrero, Mariella Esposito und der junge Cecchi, außerdem noch einige Uniformierte. In dem Tohuwabohu war meine Anwesenheit noch gar nicht aufgefallen, denn ich lehnte in der Tür, und Cecchis massiger Körper versperrte Pertusiello die Sicht. Ein junger

Polizist erkannte mich und grüßte. Plötzlich drehten sich alle zu mir um.

»Da ist ja unser Superstar«, begrüßte mich der Commissario sarkastisch, »der Hellseher, der uns die Identität des Mörders enthüllt.« Dabei ließ er seine mächtige Faust auf den Schreibtisch krachen. Leere Bierdosen und volle Aschenbecher hüpften in die Höhe. Dann wandte er sich Fois zu. »Tun Sie mir einen Gefallen. Rufen Sie De Meo an und fragen Sie, was er will.«

Fois griff nach dem Telefon. Pertusiello blickte mich herausfordernd an.

»Du siehst grauenhaft aus, Bacci Pagano. Was ist passiert? Ein Treffen mit Graf Dracula?«

»Warum gerade Dracula?«

»Weil unser Meisterdetektiv hier auf der Suche nach einem Rumänen ist.«

Ich ignorierte die Bemerkung und begrüßte die anderen. Cecchi flüsterte mir zu, ohne dass sein Chef es hören konnte: »Heute ist nichts mit ihm anzufangen. Was haben Sie nur mit ihm gemacht?«

Fois reichte Pertusiello den Hörer. »De Meo, Commissario.«

Pertusiellos Miene verwandelte sich von Missmut in Neugier und schließlich in Verblüffung. Er sagte kein Wort, ließ nur hin und wieder ein zustimmendes Grunzen hören. Am Ende des Gesprächs dankte er De Meo und verabschiedete sich. Dann sagte er wie zu sich selbst: »Mein lieber Mann. Mal sehen, was die Presse daraus macht, wenn sie Wind davon bekommt.«

Während die Uniformierten hin und her wuselten, wich sein Team nicht von seiner Seite, um ja nichts zu verpassen.

»De Meo hat einen Experten vom Museum für Naturgeschichte konsultiert. Wisst ihr, woher dieser Wolf vermutlich stammt, Kinder?«

Schweigen.

»Vom Balkan?«, ich wagte eine Antwort.

»Bravo, Sherlock. Und woher genau?«

»Aus den Karpaten.«

»Kompliment«, knurrte er. »Siehst du, ich hatte recht. Du hast uns richtig alt aussehen lassen.«

Alle starrten mich an, als sei ich ein Zauberkünstler.

»Habt ihr Manuel Verda gefunden?«, fragte ich.

Dieses Mal antwortete Mariella Esposito: »Man hat ihn in der Nähe von Roncaglia gesehen.«

»Unsere Leute sind ihm auf der Spur«, fügte Pertusiello hinzu, »ich glaube nicht, dass er weit kommt. Wir stehen in Funkkontakt.«

»Außerdem hat er bei der Witwe angerufen«, sagte Levrero in dem ihm eigenen sachlichen Ton. »Sie hat ihn angefleht, sich zu stellen, aber er wollte nichts davon wissen. Wir hören das Telefon ab.«

Ich blickte Pertusiello fragend an: »Hast du deinen Leuten gesagt, dass sie ihn nicht zu hart anfassen sollen? Der Mann ist unschuldig.«

»Aber klar doch. Bei uns hält man sich an Absprachen.«

»Was macht Sie so sicher?«, fragte Fois. Dem Ispettore stand noch immer die Neugier ins Gesicht geschrieben: ein Wolf aus den Karpaten!

»Es gibt einen weiteren Rumänen, der in den Fall involviert ist. Ich glaube, das ist der Mörder.«

Pertusiello blickte auf die Uhr und wuchtete seinen mächtigen Körper aus dem Stuhl. Im Vergleich zu diesem Klotz wirkte der Schreibtisch wie eine Schulbank. »Kinder, jetzt heißt es Warten. Ich habe schon das Mittagessen ausfallen lassen und keine Lust, auch heute Abend zu hungern. Was meint ihr, wollen wir nicht Schluss machen und richtig gut essen gehen?«

»Eine prima Idee«, Cecchi reagierte als Erster.

»Commissario, wie Sie wissen, habe ich Familie. Meinen Sohn habe ich seit heute Morgen nicht mehr gesehen. Wenn Sie nichts dagegen haben, möchte ich nach Hause«, entschuldigte sich Mariella Esposito.

Die Aussicht auf ein gutes Essen hatte Pertusiellos Laune schon erheblich gebessert. Er reagierte mit wohlwollender Ironie: »Ich habe nichts dagegen, auch wenn ich es bedauere, meine liebe Mariella. Aber gehen Sie ruhig. Ihr Gehalt haben Sie sich heute locker verdient.«

Wir verließen das Büro. In der Tür drehte sich Pertusiello noch einmal zum Beamten um, der am Funkgerät saß. »Wenn es Neuigkeiten gibt, Capocaccia, rufen Sie mich sofort an. Ich bin jederzeit über Handy erreichbar.«

Ich hatte Lust auf eine ordentliche Portion Trenette al Pesto. Deshalb schlug ich eine alte Trattoria auf dem Carignano-Hügel vor, in der Nähe der Kaserne. »So gute hausgemachte Pasta findet ihr sonst nirgends«, schob ich nach.

Wir nahmen einen Dienstwagen, Levrero setzte sich ans Steuer. Pertusiello quetschte sich neben ihn. Während der Fahrt dozierte er über die ligurische Küche. Er selbst stammte aus Sorrent, seine Mitarbeiter aus der Toskana, aus Sardinien und aus der Lombardei. Es lag auf der Hand, dass sich diese kulinarische Belehrung an den Genueser im Auto richtete. »Wisst ihr, woher die Trenette avvantaggiate ihren Namen haben?«

Levrero wagte eine Erklärung. »Sie haben den Vorteil, dass zu Pasta und Pesto noch grüne Bohnen und kleine gewürfelte Kartoffeln hinzukommen?«

»Ach was! Man nennt sie so, weil sie aus Mehl hergestellt werden, dem Kleie beigemischt wurde. Das hat den Vorteil, dass man Weizenmehl spart, was immer schon Luxus war. Deshalb sind die Trenette avvantaggiate auch etwas dunkler als normale Trenette. Jedenfalls gehört immer Pesto dazu, egal ob Nudeln mit oder Nudeln ohne Kleie. Oder habt ihr schon mal von Trenette mit Fleischsauce gehört? Die Trenette sind eben ein typisch genuesisches Pastagericht. Und Pesto ist die genuesische Würze par excellence.« Sein Geschwafel weckte meine Lebensgeister.

»Meine Großmutter bereitete sie mit Brokkoli zu, und die war Genueserin mit Leib und Seele.«

»Trenette mit Brokkoli? Das habe ich ja noch nie gehört. Das steht in keinem ligurischen Kochbuch.«

»Meine Großmutter hat das Kochen auch nicht aus Büchern gelernt. Aber sie stand von morgens bis abends am Herd.«

Er schnaubte und dozierte weiter. »Mit Erlaubnis der sehr verehrten Großmutter Pagano werden wir uns jetzt einen schönen Teller Trenette al Pesto bestellen. Und nach Belieben kann man auch Brokkoli dazu essen. Wisst ihr, dass Pesto an keinem Ort der Welt so perfekt ist wie hier? Dafür braucht es kein Gütesiegel, das Original spricht für sich. Denn Basilikum ist nicht wie Coca-Cola oder wie ein Hamburger. Die Globalisierung ist dem Basilikum wurst.« Das Thema Kochen mit Politik zu würzen, war schon immer eine seiner Stärken. Wenn es um Essen und Trinken ging, sprühte er vor Einfallsreichtum. Gaumenfreuden und Weltpolitik gehörten für ihn einfach zusammen. Da blieb er sich auch heute Abend treu. »An jedem anderen Ort der Welt verändert die Basilikumpflanze ihren Charakter, und ohne den für Genua typischen Minzgeschmack ist Pesto nicht gleich Pesto. Wie eine Fußballmannschaft, die auswärts immer verliert. Selbst der berühmte Basilikum aus Prà verliert seinen unvergleichlichen Geschmack, wenn er nicht hier in der Gegend wächst. Vor einigen Jahren habe ich einige Ableger mit nach Hause genommen. Glaubt mir, Jungs, einfach ungenießbar! Das muss an den klimatischen Bedingungen liegen, am Zusammenspiel von Boden, Wasser und Luft. Das könnt ihr mir glauben. Es gibt nur eine Möglichkeit, außerhalb von Genua einen guten Pesto zu genießen. Den Pesto hier zubereiten, in ein Einmachglas füllen, mitnehmen und alsbald verzehren.«

Dieser Exkurs hatte unsere Geschmacksnerven und unsere Magensäfte auf das eingestimmt, was Küche und Keller der Trattoria zu bieten hatten. Wir hatten es uns rund um den Tisch bequem gemacht und eine Flasche jungen Rosé aus Dolceacqua bestellt. Als fünf dampfende Teller Trenette avvantaggiate vor uns standen, nahmen wir unser Gespräch aus der Questura wieder auf. Die Trattoria war gemütlich, von einigen scheußlichen Ölbildern einmal abgesehen. Pertusiello begann zu lästern, aber der Wirt reagierte gelassen, gebührender Respekt vor seinem hohen Rang mischte sich mit Herzlichkeit gegenüber einem Stammgast. Der Commissario stellte keine Fragen über den Rumänen und über das Ergebnis meiner Ermittlungen. Das ließ sein Stolz als schlachtenerprobter Polizist einfach nicht zu. Und mit dem Stolz eines Leiters der Mordkommission war erst recht nicht zu spaßen. Aber die Neugier nagte in ihm mit der gleichen Gier, mit der er seine Trenette hinunterschlang.

Fois wagte die erste Frage. »Wer ist der ominöse Rumäne, Dottor Pagano?«

»So weit sind meine Ermittlungen noch nicht. Aber ich habe aus absolut zuverlässiger Quelle erfahren, dass Terenzi vor zwei Jahren von einem Rumänen bedroht und erpresst wurde. Wahrscheinlich hat er die dreihundert Millionen Lire abkassiert.«

Pertusiello brabbelte etwas vor sich hin. Obwohl er sich mit Inbrunst seiner Pasta widmete, ließ er sich kein Wort entgehen. Unvermittelt griff er ins Gespräch ein. »Und woher willst du wissen, dass er der Mörder ist? Warum hat er ihn nicht schon damals aus dem Weg geräumt? Warum erst jetzt?«

»Keine Ahnung.«

»Fragezeichen über Fragezeichen, Signor Detektiv.«

Natürlich hatte ich eine Ahnung. Eine vage Idee, die Andeutung einer Vermutung aus den Tiefen meines Verstandes. Und aus dem Bauch. Fast erdrückt von den Trenette und vier Gläsern Rossese di Dolceacqua. Anna allerdings durfte ich keinesfalls erwähnen.

Nachdem er sich den Mund abgewischt hatte, begann der Commissario, auf mich einzureden. Sein wohlwollend väterlicher Ton wirkte etwas grotesk. »Mein lieber Bacci, die Haare in Verdas Zwinger sind eine Tatsache. Ein objektiver Beweis. Alles andere sind doch nur vage Indizien …«

Ich trank noch einen letzten Schluck und setzte zu einer Erklärung an. »Ich zähle nur eins und eins zusammen und versetze mich in Manuel Verdas Lage. Wenn ich mich je dazu entschließen sollte, den Ehemann meiner Geliebten umzubringen, würde ich nicht im Traum daran denken, ein Tier dafür abzurichten.«

»Das ist doch psychologische Kaffeesatzleserei. Ein Richter würde dir entgegenhalten, genau das sei die Absicht des Mörders gewesen, weil er diese Argumentation vorausgesehen habe.«

»Und nach der Tat hat er die Wolfshaare im Zwinger nicht verschwinden lassen? Hör mal, Totò, spiel hier nicht den Advocatus Diaboli.«

»Vielleicht ist er so naiv und unterschätzt die Mittel, die der Polizei zur Verfügung stehen. Seine Flucht zeugt nicht gerade von Intelligenz …«

»Glaub bloß nicht, dass Verda blöd ist. Hat euch die Witwe nicht erzählt, dass er Tiermedizin studiert hat?«

Die Runde war überrascht. Jetzt war ich am Zug.

»Und dann die grobstolligen Reifenspuren. Verda besitzt keinen Geländewagen.«

»Auch das ist nur ein schwaches Indiz. Er hätte sich einen ausleihen können. Wir überprüfen gerade seinen Bekanntenkreis.«

Cecchi hatte seine Trenette verspeist und spülte mit einem kräftigen Schluck Wein nach. Er schnalzte genüsslich mit der Zunge und sagte: »Commissario, was den Chilenen angeht, hat Pagano meines Erachtens recht. Es wäre schon bescheuert, einen Wolf abzurichten, um den Alten umzubringen. Das wäre ja gerade so, als ob ein Schlangenbeschwörer jemanden mithilfe einer Kobra töten würde.«

»Psychologie, alles Psychologie«, wiederholte Pertusiello. Sein hochrotes Gesicht wirkte jetzt zufrieden. Pasta und Wein hatten ihn besänftigt. »Papperlapapp, Bacci sucht doch nur nach fadenscheinigen Gründen, wie die kleine Witwe mit heiler Haut davonkommen könnte. Die von der Car-Pol haben seine Taktik nur noch nicht kapiert. Sie bezahlen ihrem Detektiv ein saftiges Honorar, um sich ruinieren zu lassen, und diese arme, unschuldige Frau kassiert die ganze Kohle. Im Klartext: Sie geben eine Menge Geld aus, um sich in den Hintern treten zu lassen.«

Sein schallendes Gelächter füllte den Raum, aber ich war nicht in der Stimmung, mitzulachen. Zwar hatte das köstliche Abendessen das flaue Gefühl im Magen vertrieben, aber jetzt überfiel mich die Müdigkeit mit Macht. Die stechenden Kopfschmerzen ließen nicht nach. Ich brauchte dringend eine Pause. Wütend fauchte ich ihn an: »Du machst weiter Jagd auf den Chilenen, Commissario, und lässt mich in Ruhe arbeiten.«

»Ihr müsst verstehen, Jungs, es ist halt nicht leicht zu akzeptieren, dass eine solche Frau eine Mörderin sein könnte.« Pertusiello ließ einfach nicht locker. »Cecchi, du hast sie doch gesehen. Eine Klassefrau, was?«

In der Tat. Sie kam sogar in meinen Träumen vor.

»Eine Klassefrau, ganz recht. Und diese Leidenschaft...«, schwärmte der junge Ispettore.

»Wie soll man da akzeptieren können, dass eine solche Frau als Gattenmörderin im Gefängnis landet?«

Fois frozzelte: »Wer weiß, vielleicht ist bald der nächste dran.«

»Aber nicht doch. Man darf ja nicht vergessen, dass es hier noch um etwas anderes geht. Was sind schon eine Million Euro?« Die Diskussion schien den Commissario prächtig zu amüsieren. Offensichtlich wollte mich dieser Mistkerl provozieren, endlich die Karten auf den Tisch zu legen.

Mittlerweile war der Wirt wieder aufgetaucht. Mit gespieltem Mitleid blickte er auf die leeren Gläser und Flaschen auf unserem Tisch. Er empfahl Klassiker, wollte uns aber auch etwas Besonderes bieten. Für seine Gäste war das Beste gerade gut genug. Pertusiello spielte mit. Nach einigem Hin und Her einigten sie sich auf Bianchetti. Gekochte Bianchetti mit Petersilie und frittierte Bianchetti im Teigmantel. Frittierte Sardinen, das war wirklich etwas Besonderes. Und natürlich eine weitere Flasche Wein. Der Patrone empfahl einen Lumassina, einen Cortese di Gavi oder einen Vermentino d'Albenga. Schlussendlich fiel die Wahl auf einen Pigato aus dem Val d'Arroscia.

»Nach den Bianchetti wird man die Flasche auswringen können«, posaunte der Commissario überschwänglich. Die Aussicht auf ein kulinarisches Feuerwerk hatte einen Adrenalinschub ausgelöst. Stracks kam er auf Julia zurück, das Einzige, was ihn wirklich interessierte. »Diese wunderbare Frau heiratet einen senilen Kredithai, sucht sich einen jungen Liebhaber, lässt ihren Ehemann eine Lebensversicherung über eine Million Euro abschließen …«

»Was redest du denn für einen Scheiß, Totò? Terenzi hat ihr nie etwas von der Lebensversicherung erzählt!«

»Und das glaubst du?«

»Genau das hat mir ein Großaktionär der CarPol erst kürzlich bestätigt. Einer der Terenzi kannte und ein ureigenes Interesse daran hat, die Panamaerin hinter Gittern zu sehen.«

»Schön und gut. Aber dass ein Rumäne, wahrscheinlich von Verda angeheuert, Terenzi bedroht und ihn veranlasst, eine Lebensversicherung abzuschließen, das hätte Julia Rodriguez wissen können?« Er trieb es auf die Spitze, damit ich endlich die Katze aus dem Sack ließ.

Ich blieb in Deckung. »Du bist auf der falschen Spur.«

»Ich bin auf der falschen Spur? Du verheimlichst mir noch etwas, nur um mich lächerlich zu machen.«

»Du bist nicht mein Chef, ich bin dir keine Rechenschaft schuldig.«

Feuerrot vor Wut starrte er mich an. »Stimmt. Du arbeitest für einen Vollidioten, der sich von dir und der schönen Witwe an der Nase herumführen lässt und dich auch noch dafür bezahlt.«

»Ich arbeite, um den Schuldigen zu finden. Den wahren Täter.«

Das Erscheinen des Padrone entschärfte die Situation. Er stellte den Pigato und eine Flasche feinstes Olivenöl auf den Tisch. Eine angemessene Ouvertüre für den Auftritt der gekochten Bianchetti. Auf die frittierten sollten wir besser noch warten, sie müssten unbedingt warm gegessen werden. Die gekochten Sardinen schmeckten dagegen kalt besser. Levrero goss nach, Pertusiello blieb am Ball.

»Du schließt also von vornherein aus, dass die Panamaerin die Täterin ist. Halte dich an die Fakten, alles andere zieht vor Gericht nicht.«

»Lassen wir das. Es gibt noch etwas, das mich schon seit drei Tagen beschäftigt. Warum hat Terenzi einen Treffpunkt akzeptiert, an dem um diese Uhrzeit keine Menschenseele unterwegs ist? Ein Mann, der angeblich Todesangst hat?«

Levreros Antwort kam wie aus der Pistole geschossen. »Wir haben herausgefunden, dass Terenzi den Fitnesspfad auf dem Peralto häufig als Spazierweg nutzte. Dafür gibt es Zeugen. Er war aber nie allein. Vielleicht traf er sich dort mit Kunden und wickelte seine Geschäfte ab.«

Deswegen war er mir gleich bekannt vorgekommen, als ich das Bild in der Zeitung betrachtete!

»Sich tagsüber mit jemandem in den Hügeln zu treffen, schön und gut. Aber nachts?«

Sie sahen mich verständnislos an.

»Ich glaube, Terenzi hatte gute Gründe, die Verabredung geheim zu halten. Deswegen die späte Stunde. Sich in dieser Einsamkeit mit dem Liebhaber seiner Frau zu treffen, hätte ja wohl keinen Sinn ergeben. Den sah er ohnehin jeden Tag. Es muss jemand anderes gewesen sein.«

»Du widersprichst dir, Bacci«, konterte Pertusiello. »Es hätte ja wohl noch weniger Sinn ergeben, sich mitten in der Nacht mit einem Rumänen zu verabreden, der ihm mit dem Tod gedroht hat.«

»Allerdings. Aber ich gehe davon aus, dass er überrascht wurde. Derjenige, mit dem er verabredet war, hatte einen anderen geschickt: den Rumänen.«

»Und wer ist der große Unbekannte?«, bohrte Fois nach.

»Keine Ahnung.«

Pertusiello war ein Fuchs. Er kannte seine Pappenheimer. Er hatte den Wink verstanden. »Du weißt mit Sicherheit etwas über diesen Rumänen, aber du willst es uns nicht verraten«, zischte er mir zu.

Inzwischen war der Wirt mit einer prall gefüllten Schüssel Sardinen an den Tisch gekommen. Es duftete köstlich. Frittierte Bianchetti, und genau so, wie sie sein sollten: warm.

»Bevor ich heute in die Questura kam, war ich in einer Bar, in der Terenzi Stammgast gewesen ist. Ich habe nichts herausgefunden. Aber ich hoffe, dass Essam mehr Glück hatte. Als ich ging, sprach er gerade mit einem Senegalesen.« In diesem Augenblick überfiel es mich siedend heiß: Ich hatte mein Handy ausgeschaltet. Ich schaltete es sofort wieder ein. Eine Nachricht auf der Combox. Ein Anruf um 18.32. Ich hörte die Nachricht ab.

Zainabs angsterfüllte Stimme. »Signor Bacci, hier ist Zainab. Essam hat seine Schulsachen nicht geholt. Und er war nicht in der Schule. Selbst sein Handy hat er zu Hause gelassen. Bitte rufen Sie mich an. Ich mache mir Sorgen.«

11
Väter und Söhne

Wenn sich ein schwarzes Loch auftut, in dem all das verschwindet, was im Leben möglich gewesen wäre, aber nicht gelebt wurde, und wenn ich eines Tages in dieser Abstellkammer der verpassten Gelegenheiten herumkramen werde, was werde ich dort finden? Neben Julia Rodriguez und vielleicht zehn oder auch hundert anderen Frauen mit Sicherheit gekochte Bianchetti. Nicht angerührt, weil ich auf die frittierten gewartet hatte. Es war kein Platz mehr im Magen und auch kein Appetit. Zu spät! Ich war gelähmt vor Angst, dass Essam etwas passiert sein könnte. Durch meine Schuld.

Ich erhob mich, Pertusiello ebenso. Er wollte unbedingt, dass mich einer seiner Beamten begleitete. In manchen Situationen öffnet ein Polizeiausweis die Türen zu »Maniman« und »Omertà« eher als die Visitenkarte eines Privatdetektivs. Spontan erklärte sich Fois dazu bereit, wenn auch nicht ohne einen wehmütigen Blick auf seinen Teller. (Er hatte die Sardinen noch nicht einmal angerührt.) Bezahlen würden wir irgendwann.

Wir hasteten die rutschige Salita San Leonardo hinunter. Der Regen hatte aufgehört. Wortlos überquerten wir die taghell erleuchtete Piazza De Ferrari und tauchten in die Gassen der Altstadt ein. Entsetzliche Bilder schossen mir durch den Kopf. Am liebsten hätte ich geweint oder gekotzt. Die Verantwortung, die auf meinen alten Schultern lastete, war übermenschlich. Das würde ich mir nie verzeihen. Das wäre das Ende. Alles war jetzt zweitrangig und belanglos. Nur eins zählte: Essam. Er sollte die Schule abschließen. Er sollte ein Mann werden. Er sollte sein Leben weiterhin in vollen Zügen genießen. Ich spürte, dass ich für Essam nicht anders empfand als ein Vater für seinen Sohn. Die Bereitschaft, mein Leben für ihn zu opfern. Auch wenn Essam nicht mein leiblicher Sohn war. Mein eigenes Kind hatte ich seit zehn Jahren nicht mehr gesehen.

Endlich erreichten wir die Bar in der Via Maddalena. Sie war immer noch proppenvoll. Die Rauchschwaden waren noch dichter geworden, der Geräuschpegel war gestiegen. Ich suchte den Senegalesen. Er war nicht mehr da, aber an den Nebentischen saßen andere Schwarze. Der Wirt erkannte mich, er schien verblüfft, mich so schnell wiederzusehen. Ich nahm Fois am Arm und zog ihn hinter mir her.

Ich schrie: »Polizei«, und Fois assistierte mir, indem er mit seinem Ausweis herumwedelte. Die Überraschung war perfekt. Die Spannung war mit Händen zu greifen. »Vor zwei Stunden war ein dunkelhäutiger Junge hier. Er saß mit einem eurer Landsleute am Tisch. Hat ihn jemand gesehen?«

Sie sahen sich an. Verwundert. Verängstigt. Mit einem Schlag war es totenstill. Die Jäger waren da, mit ihren Hunden. Ein junger Marokkaner reagierte als Erster. Markantes Gesicht, dunkler Bart. Ich erkannte ihn wieder. Er hatte zusammen mit dem Alten Wasserpfeife geraucht.

»Ja, ich kenne ihn. Der Junge heißt Essam, er ist Ägypter«, sagte er betont leise. Dabei starrte er abwesend in sein

Bierglas. Seine Augen schienen sich in der hellen Flüssigkeit zu verlieren. Es sah aus, als hoffte er, dort Erleuchtung zu finden.

»Das ist er. Wohin ist er gegangen?«

»Er ist mit Mahmoud weg. Das ist sein Freund, er ist Senegalese. Ich glaube, sie wollten zum Bahnhof, um dort auf jemanden zu warten.«

»Wann? Wann sind sie gegangen?«

»Vor ungefähr einer Stunde.«

»Welcher Bahnhof? Principe oder Brignole?«

»Keine Ahnung, wirklich.«

»Wer weiß das? Los, raus mit der Sprache!« Wütend brüllte ich die anderen am Tisch an. »Oder sollen wir erst die Personalien aufnehmen?«

Allgemeine Verunsicherung. Die Ersten wollten sich verdrücken. Fois ging einige Schritte zurück und streckte die Arme von sich, um sie an der Flucht zu hindern.

»Halt, hiergeblieben! Niemand verlässt den Raum!«

Sie hielten inne. Ich spürte, die Situation begann, brenzlig zu werden. Wir waren nur zu zweit, noch dazu unbewaffnet. Aus dem Nebenraum, in dem der Billardtisch stand, drang die besänftigende Stimme eines Mannes.

»Immer mit der Ruhe. Keine Probleme, Freunde. Mit Essam ist alles in Ordnung.«

Ich ging auf ihn zu. Afrikaner, wahrscheinlich Senegalese, älter als die anderen, die krausen Haare schon angegraut. Von kräftiger Statur, rundliches Gesicht. Tiefschwarz. Sein warmes Lächeln wirkte beruhigend. Er saß in der Nähe des Billardtisches, neben sich eine Tasche mit allem möglichen Ramsch. Mein Gesprächspartner von vorhin saß auf dem Stuhl neben ihm, offensichtlich diente er als Souffleur. Die beiden Billardspieler hatten ihre Partie unterbrochen und starrten den Senegalesen an.

»Warum machst du hier Stress? Der Junge ist mit Mahmoud unterwegs, alles okay mit deinem Freund«, besänftigte der eine.

»Haben Sie gehört?«, ergänzte der andere, »Beruhigen Sie sich. Essam ist nicht in Gefahr.«

»Sie kennen ihn?«

»Wer kennt ihn nicht, den kleinen Ägypter? Das ist ein ganz Cleverer. Ein pfiffiger Bursche.«

Ihren Worten konnte man trauen.

»Unser kleiner Bruder«, fügte der Senegalese stolz hinzu.

Ich legte ihm die Hand auf die Schulter und gab Fois zu verstehen, dass er die anderen gehen lassen konnte. »Mein Freund, kennst du diesen Mahmoud gut?«

»Natürlich. Der tut dem Jungen nichts. Sie sind wie Brüder. Mahmoud ist den ganzen Tag am Strand, um Geld zu verdienen. Ein guter Mensch, keine Sorge.«

Ich fragte, was sie trinken wollten. Der Penner wählte ein Glas Rotwein, der Schwarze Cappuccino und eine Brioche. Ich ging an die Theke, um zu bestellen. Der Wirt blaffte mich an: »Sie sind also doch von der Polizei.«

»Garantiert nicht. Aber er«, antwortete ich und deutete auf Fois. »Ich bin nur ein einfacher Privatdetektiv.«

»Einfach?«

Fois lächelte. »In gewissem Sinne haben Sie recht. Aber um komplizierte Fälle zu lösen, braucht es komplizierte Ermittlungen. Bacci Pagano ist Berater der Mordkommission.«

»Sind Morde immer kompliziert?«

»Das hängt vom Mörder ab«, antwortete ich barsch, um das Thema zu beenden. Das Rotweinglas in der einen, Cappuccino und Brioche in der anderen Hand, ging ich zurück. Die Billardpartie war unterdessen weitergegangen. Die beiden Kontrahenten starrten gebannt auf den grünen Filzbelag des Billardtisches, eine erloschene Zigarettenkippe im Mundwinkel. Mit ihren Queues stießen sie die Kugel mit millimetergenauer Präzision, das Resultat täglichen Trainings. Doch als ich die Getränke brachte, war das Interesse meiner Gäste an der eben noch so faszinierenden Partie wie weggeblasen. Fois war an der Theke stehen geblieben und setzte seinen Plausch mit dem Wirt fort. Der Penner nahm sein Glas mit der rechten Hand, in der linken hielt er noch immer das Mundstück der Wasserpfeife. Der Senegalese tunkte die Brioche in den Cappuccino und verschlang sie gierig. Ich nahm einen freien Stuhl, setzte mich zwischen die beiden und lehnte mich leicht gegen den Billardtisch. »Und wer seid ihr?«

»Mohamed«, antwortete der Senegalese, »aber alle nennen mich Matteo.«

»Notgedrungen«, kommentierte der Penner, »bei euch heißt doch jeder Mohamed. Namen sind nun mal Erkennungsmerkmale, sie sollen den einen vom andern unterscheiden …«

So wie Mohamed seine Auswahl an Nippes anbot, so präsentierte er mir sein Wissen. Zwischen seinem Anblick und seinem Auftreten lagen Welten.

»Und Ihr Name?«

»Ist das wichtig?«

»Sie drücken sich gewählt aus …«

»Na und?«

»Nichts, na und.«

»Ich weiß, was Sie damit sagen wollen. Von einem, der aussieht wie ich, erwartet man etwas anderes.«

»Ein Vorurteil, wie so viele.«

»Da irren Sie sich, mein Freund. Das Vorurteil trifft zu. Ich lebe im Obdachlosenheim, und ich kann Ihnen versichern, dass man dort keinen großen Wert auf Lesen und Schreiben legt. Wer arm ist, stumpft ab, wird grausam und dumm. Man tötet, nur um seinen Schlafplatz zu verteidigen.« Das Mundstück der Wasserpfeife glitt ihm aus den Fingern. Wie eine träge Schlange räkelte sich der Schlauch auf dem schmutzigen Boden, wobei etwas Spucke herauströpfelte.

Ich griff nach dem Schlauch, wischte oberflächlich über das Mundstück und begann zu ziehen. Nach einer Weile blubberte das Wasser wieder. Würziger Rauch drang mir in die Mundhöhle, scharf wie rote Peperoncini. Ich hustete, und das Sprechen fiel mir schwer. »Lassen wir das. Ich kenne viele Leute aus dem Obdachlosenasyl. Ihr Part als eloquenter Penner beeindruckt mich nicht.«

»Besser, Sie sind nicht beeindruckt, als Sie haben Mitleid. Da sind wir uns einig, wenn wir auch sonst wenig gemeinsam haben.«

»Mitleid? Jedes Mal, wenn ich von einer einen Korb kriege, fühle ich mich obdachlos wie ein Penner. Und je älter ich werde, desto häufiger passiert mir das.«

»So gefallen Sie mir. Ich heiße übrigens Leandro. Genügt Ihnen das? Oder wollen Sie auch den Nachnamen wissen?«

»Würde mir der Nachname etwas sagen?«

»Möglicherweise.«

Das hatte ich mir gedacht. Er musste das schwarze Schaf einer angesehenen Familie sein. Vielleicht sogar adlig. Hatte voller Stolz alle Brücken hinter sich abgebrochen und die Freiheit der Straße gewählt. Doch er versäumte keine Gelegenheit, der Welt zu beweisen, dass er eigentlich aus besseren

Kreisen stammte. Jedes Mal, wenn er den Mund aufmachte. Ich stand auf, um zu gehen, als er mich am Arm packte.

»Wir waren sehr kooperativ. Wäre es jetzt nicht an der Zeit, uns Ihren Namen zu nennen?«

»Pagano, Bacci Pagano. Und alles, was Sie über mein Leben wissen wollen, steckt in meinem Nachnamen. Er riecht nach Fabrikschloten, Hafen und nach Genua.«

In der Geschichte der Menschheit sagten die Nachnamen schon immer etwas über ihre Träger aus. Sie sind Zeugen ihrer Herkunft, ihrer Wurzeln. Er versuchte zu grinsen, was aber misslang. Vielleicht hatte ich schlafende Hunde geweckt. Er nickte und sagte: »Gehen Sie zum Bahnhof Principe. Dort finden Sie den Jungen.«

»Warum sind Sie da so sicher?«

»Ich kenne Mahmoud, das ist sein Revier.«

Ich ging zur Theke zurück und gab Fois ein Zeichen. Wir verabschiedeten uns vom Barkeeper und verließen das Lokal. Endlich frische Luft. Als Erstes rief ich Zainab an, um sie zu beruhigen. Kaum hatte sich ihre Angst gelegt, wurde sie wütend. Essam hatte den Unterricht geschwänzt! Ihr Sohn gehorchte ihr nicht mehr! Womöglich war ihm seine Mutter nicht mehr wichtig! Aber es war unüberhörbar, dass ihr Zorn eigentlich mir galt. Essam in die Ermittlungen mit einzubeziehen, war einzig und allein meine Idee gewesen.

»Du verdammter Idiot! Soll mein Sohn vielleicht einer werden wie du? Ein Detektiv, der nicht einmal Unterhosen trägt?«

Fois und ich schmunzelten. Beruhigt waren wir aber noch nicht. Da klingelte mein Handy. Essam. Bevor er ein Wort sagen konnte, überhäufte ich ihn mit Vorwürfen. »Was fällt dir eigentlich ein? Das war nicht abgesprochen. Kannst du dir überhaupt vorstellen, welche Sorgen sich deine Mutter macht? Dass ich wegen dir in der Bar fast eine Schlägerei angezettelt hätte? Und dass ich sogar die Polizei einschalten musste?«

Er schaffte es gerade noch, mir zu sagen, dass er niemanden umgebracht habe und in einer Telefonzelle im Bahnhof Principe stehe. Mit wenig Kleingeld. Dann brach die Verbindung ab.

»Warte dort, ich hole dich ab«, rief ich. Hoffentlich hatte er das noch gehört. Ich rief Zainab ein zweites Mal an, um ihr zu sagen, dass ich ihren Sohn jetzt abholen würde. Und dass ich ihm gehörig den Kopf gewaschen hatte. Die aufreizende Ruhe und die distanzierte Höflichkeit, mit der sie reagierte, waren schlimmer, als wenn sie mich beschimpft hätte. Ich habe kein Recht, das Leben ihres Sohnes in Gefahr zu bringen, nur weil sie meine Haushaltshilfe ist. Aber sie bedankte sich nur und bat, ihren Sohn nach Hause zu bringen. Ich hatte ein miserables Gewissen.

Fois sah mich mit einem erleichterten Lächeln an. In diesem Moment war er mir regelrecht sympathisch. Auf unserer Jagd durch die Carruggi hatte er fast ebenso viel Angst um Essam gehabt wie ich. Jetzt war auch ihm ein Stein vom Herzen gefallen.

»Ende gut, alles gut«, verabschiedete er sich. Ein fester Händedruck, der mehr sagte als viele Worte.

»Auf Wiedersehen, Dottore«.

Zum Abschied sprach er das aus, was er die ganze Zeit schon hatte loswerden wollen. »Sie haben den Jungen wirklich gern. Das sieht man in Ihren Augen. Essam hat keinen Vater mehr, oder?«

Er hatte ins Schwarze getroffen. Natürlich hatte ich Schuldgefühle, die ich nur allzu gern von mir geschoben hätte. Aber ich konnte nicht leugnen, dass ein neues Gefühl hinzugekommen war: väterliche Fürsorge. Mir war klar geworden, dass dieser Junge unverzichtbarer Teil meines Lebens war.

Ich ging die Via Garibaldi hinauf zur Piazza Portello, um von dort den Bus zu nehmen. Bis zum Bahnhof Principe waren es zwei Haltestellen. Der Bus war nur schwach besetzt. An der Tür standen zwei baumlange Schwarze, sie hielten sich an der Haltestange fest. Ihre Lederjacken tiefschwarz wie ihre Haut. Ein Grüppchen Südamerikaner, die Arme gen Himmel gereckt, beklagte in einem monotonen Singsang das Unrecht der Welt. Wie ein griechischer Chor, der aber mehr an eine Telenovela als an Euripides mahnte.

Mit mir waren zwei Männer eingestiegen, beide weit über sechzig. Der eine mit dem drahtigen Körper eines Marathonläufers, der andere das genaue Gegenteil. Sein ausladender Bauch und die leuchtend roten Wangen verrieten zwar gleichfalls Marathonqualitäten, doch seine Wettkämpfe fanden in der Kneipe statt. Beide ehemalige Hafenarbeiter, jetzt in Rente. Sie philosophierten über das Leben im Allgemeinen und über das Ausländerproblem im Besonderen. Sie sprachen Genuesisch.

»Man kann sich kaum noch frei bewegen, überall stolpert man über solche wie die da drüben.«

»Die nehmen das elende Leben hier doch nur in Kauf, weil sie in ihrer Heimat gar nichts hatten. Und es werden immer mehr. Auch wenn einige dieser Schwätzer im Parlament verkünden, das könne man stoppen.« Das war der Marathonläufer. Ihn schien es nicht zu stören, dass Genua nach neun Uhr abends einem orientalischen Basar glich.

»Du meinst, wir müssen damit leben?«

»Wie soll der Strom denn gestoppt werden? Hast du dir

schon mal eine Landkarte angeschaut? Im Vergleich zu Afrika und Asien ist unser Land ein Fliegenschiss. Und Italien ist nahe. Italien liegt nicht im Pazifik.«

Vor den Augen seines Begleiters schien jetzt ein Schlaraffenland aufzutauchen, mitten im Ozean, doch ganz ohne Fremde. »Das ist ungerecht.«

»Ist es gerechter, dass ein Afrikaner keine Chance auf ein menschenwürdiges Leben hat?«

Als ich den Bus verließ, hatte ich diese Frage noch im Ohr. Auch ein Rumäne, ein Ägypter und eine Panamaerin hatten nur ein Leben. Und ein Recht darauf, es gut zu leben. Ich betrat die Bahnhofshalle. Für mich schon immer der Ort, von dem man aufbricht. An dem man immer etwas zurücklassen muss. Im Bahnhof hatten es alle eilig. Nomaden. Ohne feste Identität, ohne Heimat. Genau wie die Afrikaner, über die sich die beiden Männer im Bus unterhalten hatten. Mit schnellen Schritten durchquerte ich die Halle Richtung Schalter. Mein Herz klopfte bis zum Hals, während ich verzweifelt umherblickte. Wo war Essam? Ein fünfzehnjähriger Junge. Ein ägyptischer Einwanderer aus Assuan.

Schließlich sah ich ihn. Er stand unter der Uhr bei den Fahrkartenschaltern. Es war schon nach neun. Welch unvorstellbar großes Glück, ihn gesund und wohlbehalten in seiner blauen Regenjacke vor mir stehen zu sehen! Mit finsterem Gesicht ging ich auf ihn zu. Er war völlig durchnässt und hatte die Hände in den Hosentaschen vergraben. Essam ahnte schon, was kommen würde.

Als ich ihm gegenüberstand, fiel mir nichts Besseres ein, als ihn anzufahren: »Und wo ist der Schirm?«

Der Schirm war die Eröffnung einer gesalzenen Strafpredigt, die keinen Widerspruch duldete. Und in der Tat sparte sich Essam jeden Kommentar. Er stand nur da und ließ die Vorwürfe auf sich niederprasseln. Er hatte mich und seine Mutter in Angst und Sorge versetzt und sich selbst damit am meisten geschadet. Dass er bereute, sah ich in seinen Augen, aber auch den dringenden Wunsch, mir etwas zu erzählen.

Endlich war ich fertig und fragte: »Und du, sagst gar nichts dazu?« Ich erwartete etwas Reue.

Stattdessen antwortete er: »Ich wollte mich hier mit Ibrahim treffen. Der hat mir eine ganze Menge über den Rumänen erzählt.«

»Du hast mir wohl nicht zugehört! Kapierst du nicht, dass du in die Schule gehen sollst und nicht zum Bahnhof?«

»Ja, Bacci, du hast ja recht«, murmelte er. Er war zerknirscht, aber auch stolz darauf, mir etwas Wichtiges mitteilen zu können. Essam war viel zu clever, um nicht zu wissen, dass ich ihn früher oder später nach dem Ergebnis seines gewagten Alleingangs fragen würde, den ich ihm gerade noch heftig vorgeworfen hatte. Er brauchte nur abzuwarten, bis ich mich auf den Fang stürzen würde, den er aus der dreckigen Brühe gezogen hatte.

Schweigend gingen wir durch die menschenleere Via Balbi. Nach und nach verschwanden die letzten Baustellen, und die Straße mit ihren prächtigen Palazzi aus dem 17. Jahrhundert schickte sich an, den vergangenen Glanz wieder aufleben zu lassen. Noch vor Kurzem waren die Mauern der altehrwürdigen Häuser mit Graffiti beschmiert: »Freiheit für die inhaftierten Kameraden«, »Polizist=Faschist«, »Nein zur Globalisierung«, »Tod der Konsumgesellschaft«. Jetzt war alles rein. Geschickte Restauratoren hatten die Wut einer Generation übertüncht und eine heile Welt hergezaubert. Erinnerungen wurden wach. An die Zeit, als der Verkehr bis zum Bahnhof nur in eine Richtung floss und sich die Studenten der Rechts- und Literaturwissenschaften auf dem Bürgersteig drängten. Ich war dabei. Und natürlich gehörte ich nicht zu den Angepassten, die Jura studierten. Im Gegenteil: Mit Juristen sollte ich schon bald massive Probleme bekommen.

Ich war in der Zwickmühle, während Essam neben mir hertrottete. Wie sollte es weitergehen? Einerseits musste ich konsequent bleiben und seinen eigenmächtigen Ausflug verurteilen, andererseits musste ich unbedingt wissen, was er herausgekriegt hatte. War ich Vaterersatz oder Ermittler in einem Mordfall? Einmal mehr war es Essam, der mir aus der Bredouille half. Gerade als wir am Eingang der Fakultät für Philosophie und Literaturwissenschaften vorbeikamen, brach er sein Schweigen. Nach fünf endlosen Minuten.

»Kann ich dir jetzt sagen, was ich herausgefunden habe?«

Ich nickte grimmig.

»Mein Freund Mahmoud hat den Rumänen schon einige Male gesehen. Er war Stammgast in der Bar. Eines Tages war er wie vom Erdboden verschluckt. Mahmoud war aufgefallen, dass der Rumäne mit seinem Freund Ibrahim gesprochen hatte. Außerdem wusste er, dass Ibrahim mit dem Zug nach Serravalle gefahren war, um dort sein Zeug an den Mann zu bringen. Üblicherweise fährt er mit dem Sieben-Uhr-Zug nach Genua zurück. Da habe ich Mahmoud gebeten, mit mir zum Bahnhof zu gehen, um dort Ibrahim zu treffen.«

»Das war ein Fehler. Ibrahim hätte den Rumänen warnen können, dass er gesucht wird, verstehst du? Dieser Mann ist ein Mörder.«

»Du irrst dich. Mahmoud hat mir versichert, dass man Ibrahim vertrauen kann. Die beiden sind gut befreundet. Auf Mahmouds Urteil ist Verlass, hundertprozentig.« Sein Ton ließ keinen Einspruch zu. »Als der Zug da war, hat Mahmoud seinem Freund erklärt, was ich wissen wollte. Ibrahim gab mir alle Informationen noch so gern, er mag den Rumänen nicht.«

Er holte tief Luft, bevor er seine Trumpfkarte ausspielte. Er wurde mutiger. Mein scheinheiliges Desinteresse stank allerdings so gegen den Wind, dass Essam es in seiner Gutmütigkeit ignorierte. »Jetzt hör mir mal gut zu, Bacci. Der Rumäne heißt Radu Popescu und wohnt nicht mehr in Genua. Wahrscheinlich lebt er jetzt im Piemont, zusammen mit seiner Verlobten. Er ist ein leidenschaftlicher Spieler und war in großen finanziellen Schwierigkeiten. Er war am Ende. Eines schönen Tages hat er seine Schulden auf einen Schlag zurückgezahlt, mitsamt Zinsen. Danach ist er urplötzlich von der Bildfläche verschwunden. Das war vor ungefähr zwei Jahren. Ganz schön auffällig, was? Seitdem hat ihn Ibrahim nur noch selten gesehen. Das letzte Mal vor ungefähr vier Wochen. Der Rumäne schwärmte, er habe einen tollen Job als Stallknecht auf einem Hof im Piemont. Ein reicher Typ züchtet dort Pferde. Radu verdient gutes Geld, heißt es.«

Mir war klar, dass er bei seinen Recherchen sehr viel erfolgreicher gewesen war als ich. Während er mich voller Stolz ansah und auf ein Lob wartete, begnügte ich mich mit einem kurzen: »Interessant.« Wie ein eiskaltes Arschloch.

»Ach, das habe ich noch vergessen«, fügte er hinzu, »er fährt einen schwarzen Geländewagen.«

Wieder liefen wir stumm nebeneinander her. Wir überquerten die Piazza della Nunziata, dann bogen wir in die Via Lomellini ein. Die Gegend war ausgestorben. Essam wartete auf meine Reaktion. Vielleicht die Schlagzeile auf der Titelseite? Ich hätte ihm gerne gestanden, dass er und sein Freund entscheidend zur Lösung des Falles beigetragen hatten. Und ich hätte ihm auch gerne erzählt, warum. Aber das verschob ich besser auf morgen. Erst musste ich mit Zainab sprechen. Zunächst musste ich ihn seiner Mutter bringen. Als wir uns verabschiedeten, war sein Blick finster, kein Lächeln wie sonst.

Konsequenz und Härte gehören auch zum Ersatzvatersein.

Die Tür schloss sich hinter Essam, als ich versuchte, mich mit diesem Gedanken zu trösten. Dann erinnerte ich mich an meinen Vater. Er hätte als Erster gelächelt. Und Maras Lieblingssatz kam mir in den Sinn: »Was Gefühle angeht, bist du ein Analphabet, Bacci.«

Ich war wieder allein. In der Via dei Macelli di Soziglia, auf halbem Weg zwischen Mara und Julia Rodriguez. Ich war müde, alles ekelte mich an. Das altbekannte Gefühl. Im kalten Wind fror ich in meiner nassen Jacke wie ein Hund. Ich wollte nur noch eins. Nach Hause, unter die heiße Dusche und ins Bett. Ich ging weiter in Richtung Via Scurreria, dabei kam ich erneut an der Piazza Invrea vorbei. Wehmut stieg in mir hoch: Mara. Ob sie jetzt zu Hause war? Wahrscheinlich schon. Doch das würde nichts ändern. Unsere gemeinsame Zeit hatte Wunden bei ihr hinterlassen. Aus gutem Grund hatte sie sich vor drei Jahren aus dem Staub gemacht.

Ich sehnte mich nach ihr. Von der Piazza Matteotti ging ich die Salita Pollaiuoli hinunter, dabei kam ich erneut am Le Corbusier vorbei, wo ich am Morgen Terenzis Tochter getroffen hatte. Die Bar hatte noch geöffnet. Zu dieser Tageszeit präsentierte sich Genua als Bühne ohne Darsteller. Es wurde Zeit, den Vorhang herunterzulassen. Bevor ich nach Hause ging, musste ich unbedingt Bilanz ziehen. Die Fakten rekapitulieren. Ich fühlte mich wie ein Student am Vorabend seiner Schlussprüfung. Ich betrat die menschenleere Bar und setzte mich. An den Tisch, an dem ich heute Morgen mit Anna Terenzi gesprochen hatte. Bei einem gelangweilten Kellner bestellte ich einen Cardenal Mendoza, der mir umgehend und mitsamt der Rechnung serviert wurde. Ich zahlte sofort, zum Zeichen, dass ich nicht lange bleiben wollte. Ich genoss den Brandy in kleinen Schlucken. Hoffentlich würde er mir beim Einschlafen helfen. Der Brandy, den ich auch vor Matrakis' Panoramafenster getrunken hatte. Gleichzeitig versuchte ich, meinen Verstand noch einmal auf Touren zu bringen. Jedenfalls, was davon noch übrig war.

»Du siehst aus wie ein ausgewrungener Putzlappen«, hätte Mara zärtlich zu mir gesagt. Früher, bevor ich sie bitter enttäuscht hatte. Später, als unsere Gespräche sich immer wieder im Kreise drehten und unvermeidlich mit einem »Leck mich am Arsch« endeten, waren ihre Augen nur noch traurig und voller Trostlosigkeit. Ich zündete meine Pfeife an. Um mich besser zu konzentrieren, schloss ich die Augen und nahm einen tiefen Zug. Bläulicher Rauch schwebte durch den Raum und suchte seinen Weg zum gekippten Fenster, als wollte er mir zeigen, dass es Zeit war zu gehen.

Die Informationen, die mir Essam geliefert hatte, waren wie die Fußballbildchen, die ich einst als Kind gesammelt hatte. Wie die seltenen Exemplare, die jeder haben wollte, damit sein Sammelheft vollständig war. Genau wie bei Mozarts Don Giovanni drehte sich alles um Anna. War der Verlobte von Anna Terenzi wirklich der Mörder ihres Vaters? Das Motiv lag auf der Hand: die Lebensversicherung. Er wollte, dass seine Verlobte das Geld bekam und gleichzeitig der Verdacht auf Julia Rodriguez und ihren Hundezüchter fallen würde. Vor zwei Jahren hatte der Rumäne den Alten bedroht und erpresst. Er hatte hohe Spielschulden und brauchte die dreihundert Millionen Lire, um sie zu begleichen. Ein Jahr lang hatte er in der Bar gespielt, Zeit genug, sich selbst in den Ruin zu treiben. Dort war er auch Terenzi begegnet und hat auf Anraten seiner Verlobten Kontakt zu ihm aufgenommen. Später war er abgetaucht, das erpresste Geld in der Tasche.

Welche Rolle hatte Anna bei der Erpressung und beim Mordplan gespielt? Radu war für Anna nicht nur Verlobter und Liebhaber, sondern auch der ideale Partner, ihren Vater zu beschatten und sie über seine Aktivitäten auf dem Laufenden zu halten. Irgendetwas sagte mir, dass sie von der Erpressung wusste, vielleicht sogar die Triebfeder dazu war. Blind vor Eifersucht auf Julia Rodriguez. Vor drei Jahren hatte die Liaison zwischen der Panamaerin und Manuel Verda begonnen. Hatte Anna davon Wind bekommen? Auf alle Fälle wäre es ein gutes Motiv, es der Konkurrentin heimzuzahlen. Radu wusste es mit Sicherheit. Er hatte die Sache mit dem Wolf ja inszeniert, um den Verdacht auf den Hundezüchter und seine Geliebte zu lenken. Mit was hatte er Terenzi erpresst? Womit gedroht? Mit dem Tod? Die Lebensversicherung war Motiv genug. Anna wäre bestimmt mit weniger zufrieden gewesen. Sie hätte ihrem Vater die Pistole an die Brust setzen können, damit er Julia von seiner leiblichen Tochter erzähle. Und von seiner dunklen Vergangenheit. Er hätte bestimmt Schweigegeld bezahlt, genug zum Leben für sie und Radu. Warum also war Radu bis zum Äußersten gegangen? Hatte Anna ihrem Vater wirklich den Tod gewünscht? Das konnte ich mir nicht vorstellen.

Bis jetzt hatte ich mich immer gefragt, was Anna für ihren Vater empfand. Aber welche Gefühle hatte er für seine Tochter? Was wusste er von ihr? Auch diese Frage war von Bedeutung. War ihm bewusst, dass der Mann, der ihn bedrohte, der Verlobte seiner Tochter war? Wenn ja, war der Abschluss einer Lebensversicherung völlig unverständlich. Denn neben seiner Frau hätten auch seine Tochter und Radu Popescu davon profitiert. Ein Risiko. Und warum geht jemand, der mit dem Tod bedroht wurde, um Mitternacht auf den Peralto? Wollte Terenzi seine Schuld mit einer Million Euro wieder gutmachen? Eine Million für die beiden wichtigsten Frauen in seinem Leben? Ehefrau und Tochter, für jede die Hälfte. Eine Inszenierung auf Kosten der CarPol.

Wenn Terenzi jedoch nicht gewusst hatte, dass Popescu der Verlobte seiner Tochter war, was dann? In diesem Fall wäre die Lebensversicherung logisch. Der Schachzug eines umsichtigen Mannes, dem es am Herzen lag, für die beiden Menschen zu sorgen, die er liebte. Ihm war klar, dass im Falle seines Todes auch die Tochter erbberechtigt war. Oder glaubte er wirklich, dass Anna von der Lebensversicherung nichts erfahren würde? Das erschien mir sehr unwahrscheinlich. Das Schicksal geht manchmal seltsame Wege. Die gedemütigte Tochter wusste Bescheid, seine Königin nicht. Fest stand: Julia Rodriguez hatte keine Ahnung von Annas Existenz. Wie in Perraults Märchen, wo das gedemütigte Aschenputtel Rache an der bösen Stiefmutter nimmt. Das würde auch die letzte Frage beantworten, die für mich bis jetzt offen geblieben war. Woher wusste Popescu von der Lebensversicherung? Der Wirt in der Via Maddalena hatte gelogen, was den Rumänen anging. Er musste sich an ihn erinnern, da war ich mir sicher. Aber Verschwiegenheit gehörte zu seinem Beruf. Das erwarteten seine Gäste von ihm.

Jetzt konnte ich endlich schlafen gehen. Ausgebrannt und leer. Wie mein Glas. Ich musste nur noch meine müden Knochen Richtung Bett schleppen. Nur wenige Meter weit. Alles war leer: die Bar, mein Glas, mein Bett.

Der Brandy hatte mich aufgewärmt. Jetzt war ich fähig, von meinem Stuhl aufzustehen, mich in die kühle Regenluft zu wagen. Aber ist der Kopf voller Fragen, fällt es schwer, Ruhe zu finden. Und es ist gefährlich. Voller Risiken, sich im Spinnennetz der Gedanken zu verfangen. Um mich zu befreien, gab es nur eine Möglichkeit. Ich musste nochmals mit Anna sprechen. Ich wählte die Nummer, die ich heute Morgen an diesem Marmortisch in meinem Handy gespeichert hatte. Sie nahm sofort ab.

»Guten Abend. Hier Bacci Pagano.«

»Oh, Dottore. Ich hatte noch nicht mit Ihrem Anruf gerechnet.« Sie schien echt überrascht. »Was gibts? Ist etwas passiert?«, fragte sie besorgt, aber auch ein wenig neugierig.

Ich beschloss, ihr nicht die ganze Wahrheit zu sagen, um sie nicht zu warnen. »Die Polizei ist dabei, den Liebhaber ihrer Stiefmutter zu verhaften. Wussten Sie, dass Sie einen Liebhaber hat?«

»Ja. Sie ist eine Hure.«

»Ich muss mit Ihnen sprechen. Ich stehe kurz davor, den Fall abzuschließen, aber ich brauche Beweise. Sie müssen mir helfen.«

»Ja gerne, von mir aus sofort«, antwortete sie ohne zu zögern.

Damit hatte ich nicht gerechnet, es nicht einmal zu hoffen gewagt.

»Sie sind noch nicht wieder zu Hause?«

»Nein, ich habe den Ausflug nach Genua genutzt, um meine Tante zu besuchen, die Schwester meiner Mutter. Sie wohnt in der Via Molassana.«

Unsäglich müde, hundeelend, steife Knochen: Mein ganzer Körper rebellierte. »Ehrlich gesagt, mir wäre morgen lieber.«

»Mein Zug geht morgen früh um acht. Um zehn holt mich mein Verlobter in Ovada ab. Ich kann ihn leider telefonisch nicht erreichen. Dort, wo er arbeitet, hat man keinen Handyempfang.«

»Wo arbeitet er?«, hakte ich nach.

»Er ist Pferdepfleger auf einem Hof in der Nähe von Molare. Ein abgelegenes Gehöft mitten im Wald. Ich selbst war noch nie dort. Er wollte das nicht.«

Treffer! Ein weiteres Puzzleteilchen passte. Ich konnte nicht länger warten. Ich musste den Rumänen schnappen, bevor Anna ihn warnen konnte. Aber zuvor musste sie mir noch einige Fragen beantworten. Ich beschloss, mir wenigstens eine heiße Dusche zu gönnen. »Also gut. Können Sie ein Taxi nehmen und in mein Büro kommen?«

»Aber natürlich. In einer halben Stunde bin ich da.«

Bevor ich ging, genehmigte ich mir noch einen doppelten Espresso.

12
Tragisches Wiedersehen

Blauer Regenmantel. Flauschiger Wollpullover. Und eine getönte Brille, durch die sie mich verstohlen musterte. Ihre grünlichen Augen, Spiegelbild ihrer Gefühle. Ein trübes Grün, das mich an einen düsteren Waldweiher erinnerte. Mein Anruf hatte sie belebt: Jetzt schien die Zeit reif, die offene Rechnung mit der Witwe ihres Vaters zu begleichen.

Aber ich hatte sie in die Falle gelockt.

Sie saß vor meinem Schreibtisch, angespannt, die Knie zusammengepresst. Sie wirkte besorgt. Sie strich sich über die Hüften, um sich zu vergewissern, dass ihr Rock korrekt saß. Ich spürte aber auch Entschlossenheit, getrieben von einem unbändigen Wunsch nach Rache, der keinen Aufschub duldete. Ihr Misstrauen Männern gegenüber war offenkundig. Die Spezies Mann ein unheilvoller Schatten eines angreifenden Raubtiers. Ihr Blick irrte durch das Zimmer. Nur selten sah sie mich direkt an, als sei Augenkontakt für sie gleichbedeutend mit körperlicher Berührung. Anna Terenzi erinnerte mich an eine Blume, die schon zu verblühen beginnt, bevor sie sich richtig entfaltet hat. Eine empfindliche Blume, gewachsen auf einem Feld von Angst und Misstrauen.

Der doppelte Espresso und die heiße Dusche hatten einen Teil meiner Lebensgeister wieder geweckt. Ich war bereit, mit

Anna Terenzi zu sprechen. Mehr noch: ein Verhör nach allen Regeln der Kunst zu führen. Es war Zeit. Ich zündete die Pfeife an und schob ihr das Holzkästchen mit Zigaretten zu, das auf dem Schreibtisch stand. Sie sollte sich entspannen. Sichtlich überrascht fischte sie sich eine Camel heraus. Ich gab ihr Feuer, auf ihrem Gesicht erschien ein erwartungsvolles Lächeln. Fast komplizenhaft. Als ob diese Zigarette der Schlüssel wäre, mit mir eine heilige Allianz zu besiegeln, einen Pakt gegen alle Panamaerinnen dieser Welt. Das konnte nicht gut gehen. Aber ich musste die Karten sorgfältig auf den Tisch legen, wollte ich meinen Plan nicht gefährden.

»Sie haben mir von Ihrem Verlobten erzählt, Anna. Wie heißt er?«

Ihr Misstrauen gewann wieder die Oberhand. »Warum wollen Sie das wissen?«

»Ich glaube, er hat etwas mit dem Tod Ihres Vaters zu tun.«

In ihren Augen blitzte Verwunderung auf. Dann Widerspruch, schließlich Wut. Sie war außer sich. Jetzt war ihr klar, dass sie in eine Falle getappt war. »Was reden Sie denn da?«

»Ich bin fest davon überzeugt«, fuhr ich unbeirrt fort, »dass dieser Mann Ihren Vater umgebracht hat.«

»Was soll das! Sind Sie verrückt geworden?« Danach wurde es ganz still. Nicht lange. Sie drückte energisch die Zigarette aus. Eine Geste, als ob sie das Foto ihres Geliebten zerreißen würde, den sie gerade mit einer anderen im Bett erwischt hatte. Ihre Hände zitterten vor Wut. »Jetzt ist mir alles klar. Sie stecken mit dieser Hure unter einer Decke.«

Sie schien meinen Verdacht als reine Provokation aufzufassen. Als gemeine Unterstellung, um sie aus dem Busch zu locken.

»Der Name Ihres Verlobten?«

»Erwarten Sie bloß nicht, dass ich Ihre schmutzigen Spielchen mitspiele, Sie wollen doch nur diese Mörderin schützen!« Sie war im Begriff aufzustehen, aber ich hielt sie zurück.

»Anna, bitte warten Sie. Ich werde dafür bezahlt, den Mörder Ihres Vaters zu finden. Nach Ihrer Meinung ist seine Frau die Schuldige. Erklären Sie mir, warum. Versuchen Sie, mich zu überzeugen.«

»Wie warum? Tun Sie doch nicht so scheinheilig, Pagano. Sie wissen ganz genau, warum. Sie will die Million kassieren und sich ein schönes Leben machen, zusammen mit diesem Chilenen.«

»Seit wann wissen Sie …?«

»Was?«

»Dass sie einen Liebhaber hat.«

Wie sollte sie reagieren? Meine Worte bauten ihr eine Brücke.

»Schon lange. Sofort nachdem dieser Mörder mit meinem Vater Kontakt aufgenommen hatte.«

»Wie haben Sie es heraufgefunden?«

»Was geht Sie das an? Ich wusste es eben.«

Kaum war die Rede von ihrem Verlobten, ließ Anna die Rollläden herunter. Jedes Mal. Allein seinen Namen zu nennen, bedeutete für sie, ihn mir auszuliefern. Wahrscheinlich war Radu nach dem Tod ihrer Großeltern der einzige Mensch, auf den sie zählen konnte. Aber für Rücksichtnahme fehlte mir die Zeit. Ich musste meinen Auftrag erfüllen. Einen Mörder finden und zwei Unschuldige retten. Mein Ton wurde jetzt schärfer, und ich sah ihr zum ersten Mal direkt in die Augen.

»Ich sage Ihnen, woher Sie es wissen. Von einem rumänischen Einwanderer namens Radu Popescu. Er hatte Kontakt zu Ihrem Vater, überwachte ihn auf Schritt und Tritt und hielt Sie über alles auf dem Laufenden. Und er hat herausgefunden, dass Ihre Stiefmutter und der Chilene ein Verhältnis haben.«

»Ein Verhältnis? Kaum hatte mein Vater die Wohnung verlassen, um in die Bar zu gehen, schlüpfte der Kerl bei dieser Hure unter. Fast jeden Abend. Wenn man sich vorstellt, dass mein Vater sie mit Geld und Luxus überhäuft hat, diese Hungerleiderin. Aber das war ihr nicht genug. Nein, sie wollte ja noch mehr …« Ihre Wut entlud sich in heftigem Weinen. Aber dieses Weinen hatte nichts Befreiendes. In ihren Tränen lag Verbitterung, abgrundtiefe Hoffnungslosigkeit. Es kam ihr nicht einmal in den Sinn, danach zu fragen, woher ich den Namen ihres Verlobten wusste. »Dieses Flittchen wollte seine Freiheit. Und das Geld der Versicherung verjubeln. Na klar, bei dem Lebenswandel reichten die Ersparnisse meines Vaters längst nicht mehr. Teure Kleider, Schmuck, schickes Auto, Spielkasino und, und, und. Finden Sie das etwa gerecht?«

Was sollte ich antworten? Dass es nur auf den Standpunkt ankommt? Dass es von Julia Rodriguez' Standpunkt aus durchaus gerecht war? Sollte ich sie daran erinnern, dass ihr Vater keinem Menschen verraten hatte, dass er eine Tochter hat? Dass er sie vor der Welt versteckte? Im Leben ihres Vaters war sie nur eine lästige Hypothek, die in Monatsraten schnell und diskret abbezahlt wurde. Eine anonyme Überweisung aus einem abgelegenen Postamt, die Quittung entsorgt, um die Spuren zu tilgen. »Deshalb haben Sie und Radu ihn vor zwei Jahren erpresst? Weil das die einzige Möglichkeit war, sich das zu nehmen, was Ihnen zustand?«

Sie wischte sich mit dem Handrücken die Tränen ab, wie

ein auf frischer Tat ertapptes Kind. Sie wusste nicht mehr weiter, versuchte, ihre Fassung wiederzufinden. Ich reichte ihr ein Taschentuch, aber sie winkte ab. »Ja, Radu hatte Spielschulden. Er war ein Spieler, genau wie mein Vater.«

»Warum war? Spielt er nicht mehr?«

»Nein. Er hat mir versprechen müssen, dass diese hundertfünfzig Millionen Lire die letzten waren. Und er hat sein Versprechen gehalten.« Stolz klang aus ihrer Stimme.

»Hundertfünfzig? Waren es nicht dreihundert?«

»Zu Hause haben wir nachgezählt. Es waren genau hundertfünfzig Millionen Lire.« Sie zögerte. »Hätten es dreihundert sein müssen?«

Warum sollte sie lügen? Es waren hundertfünfzig gewesen. Genau die Hälfte.

»Vor zwei Jahren hat Ihr Vater bei der Bank dreihundert Millionen in bar abgehoben. Radu hat Sie entweder betrogen oder das Geld mit jemand anderem geteilt.«

Sie war schockiert, hatte aber Zweifel. Wollte ich ihr eine weitere Falle stellen?

»Waren Sie es, die das Geld von Ihrem Vater gefordert haben?«

»Nein, das war Radu. Ich hatte keinen Kontakt zu meinem Vater.« Sie errötete. Und fügte dann hinzu: »Was dieses Geld betrifft.«

»Wie ist Radu an das Geld gekommen? Bekam er es direkt von Ihrem Vater?«

»Nein, über einen Mittelsmann. Mein Vater wollte mit Radu nichts zu tun haben. Er hatte Angst vor ihm.«

»Das glaube ich gerne. Er hatte immerhin damit gedroht, ihn zu töten. Aus diesem Grund hat Ihr Vater auch die Lebensversicherung abgeschlossen.«

Wie von der Tarantel gestochen sprang sie auf. »Er hat meinem Vater gedroht, das stimmt. Am Telefon, ich war dabei. Als er ihn nach den Schlüsseln für das Haus gefragt hat. Aber hundertfünfzig Millionen waren doch nichts im Vergleich zu dem, was er mit Julia aus dem Fenster geschmissen hat.«

»Folglich muss es zwischen Ihrem Vater und Radu noch einen Dritten gegeben haben. Jemand, der die andere Hälfte des Geldes bekommen hat.«

»Davon habe ich keine Ahnung.«

»Und wann haben Sie erfahren, dass Ihr Vater eine Lebensversicherung abgeschlossen hat?«

»Vor zwei oder drei Wochen. Radu hat es mir gesagt. Und er hat mir auch von dem Plan erzählt.«

»Von welchem Plan?«

»Meinen Vater zu ermorden.«

Dieser Satz traf mich wie ein elektrischer Schlag. Ich signalisierte ihr, sie solle weitersprechen.

»Radu hatte es in der Bar gehört. Ein Freund hat es ihm erzählt, der den Chilenen gut kannte. Julia und ihr Liebhaber planten, meinen Vater umzubringen.«

»Komisch. Radu verkehrte doch schon seit Längerem nicht mehr in der Bar.«

»Das stimmt nicht ganz. Er wollte auf jeden Fall vermeiden, meinen Vater dort zu treffen. Er ist nur dann hingegangen, wenn er wusste, dass mein Vater nicht da war.«

»Und als Sie von dem Plan wussten, was haben Sie dann gemacht?«

»Ich habe meinen Vater gewarnt. Aber es war zu spät.« Sie senkte den Kopf, ich sollte ihre Tränen nicht sehen. Ihr leises Schluchzen klang wie das Wimmern eines verletzten Tieres.

»Wie haben Sie ihn gewarnt?«

»Ich habe ihm einen Brief geschrieben. Radus Freund hat ihn dann meinem Vater weitergegeben.« Ihr ersticktes Flüstern war kaum zu verstehen.

»Kennen Sie diesen Freund? Wie heißt er?«

»Keine Ahnung, ich kenne ihn nicht.«

»Was stand in dem Brief?«

»Das weiß ich nicht mehr genau. Radu hat ihn mir diktiert. Wir haben alles versucht, ihn zu retten.«

»Bitte, Anna, erinnern Sie sich. Was stand in diesem Brief? Es ist sehr wichtig.«

»Es war kein richtiger Brief, nur eine Postkarte. Ich habe ihm geschrieben, dass er in Gefahr ist. Und dass ich mich mit ihm treffen will. Und um Druck zu machen, habe ich damit gedroht, seiner Frau alles zu erzählen.«

»Das haben Sie geschrieben? Dass Sie ihn treffen wollten, um mit ihm zu reden? Dass Sie sonst alles seiner Frau erzählen würden?«

»Richtig.«

»Ohne ihm zu sagen, wer ihn umbringen will?«

»Radu meinte, dass er mir das sowieso nicht glauben würde. Das müsse ich ihm persönlich sagen.«

Es kam mir vor, als hätte plötzlich jemand das Licht angeknipst. So also war der Alte in die Falle getappt! Jetzt war mir alles klar. Deshalb war er um Mitternacht auf den Monte Peralto gekommen, ohne jede Vorsichtsmaßnahme. Weil er glaubte, dort seine Tochter zu treffen. Und er wollte nicht mit Anna zusammen gesehen werden. Dieser Feigling wäre jedes Risiko eingegangen, um die Existenz seiner Tochter zu verheimlichen. So einfach war das.

»Wann haben Sie zum letzten Mal persönlich mit ihm gesprochen?«

»Mit meinem Vater?«

»Ja.«

»Das habe ich Ihnen doch schon gesagt. Vor zwei Jahren, kurz vor Weihnachten. Als wir uns in Ovada bei der Schlüsselübergabe für das Haus getroffen haben.«

»Und in letzter Zeit?«

»Da hatten wir nur Kontakt über den Freund meines Verlobten.«

»Wissen Sie eigentlich, dass Sie Ihren Vater mit dieser Karte zum Tode verurteilt haben? Ihr Verlobter hat sie benutzt, um ihn zum verabredeten Ort zu locken. Um ihn dort von einem abgerichteten Wolf zerfleischen zu lassen.«

Sie starrte mich ungläubig an. Hin und her gerissen zwischen Misstrauen und der Panik, dass ich recht haben könnte. Ihre Augen füllten sich erneut mit Tränen. Aber nur für einen Augenblick. Dann verhärteten sich ihre Züge wieder. Sie sah mich direkt an, ihre Stimme war schneidend. Gefühllos. Sie schien wie verwandelt. »Sie lügen. Nur um dieser Hure zu helfen. Das alles ist eine Verschwörung.«

Danach Stille, lange Stille. Unsere Blicke irrten ziellos durch den Raum, manchmal trafen sie sich zufällig und drifteten dann wieder auseinander. Ihre Angst war mit Händen zu greifen, ihr Schweigen sagte mehr als tausend Worte. Wie ein Kind, ohnmächtig im Kampf gegen einen überlegenen Gegner. Voller Angst vor etwas, das es nicht versteht, das aber unerträgliche Schmerzen verursacht. In ihren Augen steckte ich unter einer Decke mit denen, die ihr alles nehmen wollten. Der willfährige Helfer. Ich hatte sie belogen und ihrem Schicksal überlassen. Aber was blieb mir anderes übrig, als wenigstens zu versuchen, sie auf den Boden der Tatsachen zurückzubringen.

»Verwechseln Sie nicht Wunschdenken mit Realität. Der Wolf, der Ihren Vater zerfleischt hat, wurde nicht von Manuel Verda darauf dressiert. Das war Radu Popescu.«

»Was reden Sie denn da? Radu hat noch nie einen Wolf besessen.«

»Oh doch. Er hat den Wolf auf dem Pferdehof gehalten und ihn dort zum Morden abgerichtet. Deshalb durften Sie ihn auch nie besuchen.«

»Das ist nicht wahr!«

»Ich wette, dass Radu vor etwa zwei Jahren Kontakt zu Landsleuten aufgenommen hat. Vielleicht war er sogar selbst in Rumänien. Oder irre ich mich da?«

Keine Antwort ist auch eine Antwort. Ihr Blick war ausdruckslos.

»Damals hat er sich den Wolf besorgt.«

Fast unhörbar flüsterte sie: »Er war fast einen ganzen Monat zu Hause. Mit dem Auto.«

»Radu hat einen Geländewagen, oder?«

Sie nickte.

»Wissen Sie, dass man in der Nähe des Tatorts die Reifenspuren eines Geländewagens gefunden hat?«

»Aber Geländewagen gibt es viele«, versuchte sie, mir zu widersprechen. Sie zwang sich, mir direkt in die Augen zu sehen. Aber ich merkte, wie ihre Gedanken rasten. Sie waren weit weg. Viel zu weit. In der unergründlichen Stille meines verrauchten Büros wirkte sie wie eine leere Hülle. Sie wollte noch nicht wahrhaben, dass es in unserem Gespräch um sie selbst ging. Auch wenn sie nur eine Nebenrolle spielte. Wie ich. Verloren in der feuchten Kälte dieser Nacht. Ich versuchte, sie ein zweites Mal zurückzuhalten. Ich wollte verhindern, dass ihr Geist davonflog wie ein dunkler Vogel.

»War Radu am Abend des Mordes mit Ihnen zusammen?«
»Nein, er war arbeiten.«

»Das stimmt nicht, Anna. Er war nicht arbeiten, sondern im Parco del Peralto. Mit einem blutrünstigen Karpatenwolf an der Leine. Der Wolf, der Ihren Vater zerfleischt hat.« Dieses Mal drangen meine Worte bis zu ihr durch. Einem Verzweiflungsschrei folgten ein Weinkrampf und befreiende Tränen. Anna war in die reale Welt zurückgekehrt, in eine Welt, wo für Geld sogar gemordet wird. Doch sie war wieder da, hier bei mir. Noch nicht imstande zu akzeptieren, dass sie von einem Mann, den sie liebte, benutzt wurde. Als Köder, um den Menschen zu töten, nach dem sie ein Leben lang vergeblich gesucht hatte. Ihren Vater. Die liebevolle Erinnerung, die später zum Albtraum wurde. Sie tat mir unendlich leid. Ich wartete, bis sie sich beruhigt hatte, und fragte dann:
»Wann haben Sie Radu eigentlich kennengelernt?«

»Im Sommer vor etwa vier Jahren. Er lebte damals in Genua. Ich verbrachte einige Tage bei meiner Tante und habe ihn zufällig in einem Café in der Altstadt getroffen. An einem Sonntagnachmittag.«

»Dann kamen Sie sich näher, und Sie haben ihm von sich erzählt.«

Sie nickte.

»Kannte er Terenzi da schon?«

Sie schüttelte den Kopf und wischte sich über die rot geweinten Augen.

»Und wann hat er Ihnen erzählt, dass Ihr Vater geheiratet hatte?«

»Nachdem sie sich in dieser Bar kennengelernt hatten. Mein Vater hat ihm sogar sechshunderttausend Lire geliehen, damit er seine Spielschulden bezahlen konnte.«

»Ihr Vater wusste natürlich nicht, dass er Ihr Verlobter war?«

»Zumindest anfangs nicht. Er hat es erst später erfahren. Radu sagte immer, man müsse ihn zur Kasse bitten. Es sei ungerecht, mich mit ein paar hundert Euro abzuspeisen. Während diese Hure, die ihn belügt und betrügt, Abertausende einsteckt und in Saus und Braus lebt.« Ihr Ton verriet, dass ihr Zorn jetzt verraucht war. Asche und Verwüstung nach einem verheerenden Brand. Die Konfrontation mit der ungeschminkten Wahrheit hatte mit einem Schlag allen Hass, aber auch alle Hoffnung hinweggefegt. Volltreffer. Sie wusste nun, dass sie wieder ganz von vorn beginnen musste. Ich versuchte, ihr Mut zu machen.

»Anna, Ihr Vater hat Ihnen eine halbe Million Euro hinterlassen. Er hat bestimmt auch an Sie gedacht, als er diese Police unterschrieb…«

Das war jetzt zweitrangig. Geld spielte keine Rolle für sie. Wieder schlug sie die Hände vors Gesicht und begann, leise vor sich hin zu weinen. Wieder verschwand ein Mann aus Annas Leben. Einmal mehr musste sie sich damit abfinden, dass der Mann, den sie liebte, ihrer Liebe nicht würdig war. Ich saß wie auf glühenden Kohlen. Ich musste so schnell wie möglich diesen Rumänen finden, bevor er Wind von der Sache bekam und das Weite suchte. Doch konnte ich Anna nicht einfach so sitzen lassen. Ich fragte, ob sie etwas trinken wolle. Sie lehnte ab.

»Bitte rufen Sie mir ein Taxi, ich will nach Hause.«

»Ich muss ohnehin ins Polizeipräsidium. Wenn es Ihnen recht ist, fahre ich Sie vorher bei Ihrer Tante vorbei.«

Wasser und Schlamm spritzten hoch, als ich auf der Uferstraße links des Bisagno entlangraste. Auf der anderen Straßenseite reihte sich eine Lagerhalle an die andere, erhellt vom gelben Licht der Straßenlaternen. Auf dem nassen Asphalt der Uferstraße spiegelten sich blaue Irrlichter. Anna blieb stumm. Steif wie eine Puppe saß sie auf dem Beifahrersitz. Ich fragte nach dem Namen des Reiterhofs, auf dem ihr Verlobter arbeitet. Sie kannte nicht einmal den Namen des Besitzers. Und ich glaubte ihr, ich hatte nichts anderes erwartet.

Auf der Höhe von Geirato überquerten wir den Bisagno. Anna deutete auf das alte Mietshaus, in dem ihre Tante wohnte. Ich bremste und machte den Motor aus. Während sie ausstieg, versuchte ich, ihr in die Augen zu sehen. Jetzt hatte sie keine Angst mehr, meinen Blick zu erwidern. Warum auch? Was konnte ihr jetzt noch passieren?

»Sind Sie heute Vormittag eigentlich freiwillig zu mir gekommen? Oder hat Radu Sie geschickt?«

Kurze Pause. Sie schien zu überlegen. »Radu hatte den Artikel in der Zeitung gelesen. Er zeigte ihn mir und schlug vor, Kontakt mit Ihnen aufzunehmen. Vielleicht könnte ich bei Ihren Recherchen helfen, meinte er.«

»Liest Radu regelmäßig den ›Secolo‹?«

Sie lehnte sich an die halb offene Tür meines alten Käfers, als würde sie sonst den Halt verlieren und auf die nasse Straße stürzen. Eine Straße, eintönig und anonym wie alle Vorstadtstraßen. Früher, als es hier noch Industrie gegeben hatte, war es sicher dreckiger gewesen, aber auch lebendiger. »Nach dem Tod meines Vaters kaufte er alle Zeitungen, die über den Mord berichteten.«

»Warum sollte ich Ihre Existenz geheim halten? War das Radus Idee?«

Stummes Nicken, voller Trauer und Resignation. Die Vergangenheit holte sie unbarmherzig ein. Auch Radu wollte nicht, dass jemand von ihr wusste. Ich schauderte bei dem Gedanken, welches Martyrium auf sie zukommen würde. Sie würde beweisen müssen, dass sie nichts mit der Tat zu tun hatte, bei der sie aber entscheidend mitgewirkt hatte. Einer Tat, von der sie profitieren würde. Das war für sie noch weit weg. Momentan verlor sie sich in bleigrauer Einsamkeit. Beim Abschied wünschte ich ihr viel Glück. Sie reagierte nicht und drückte vorsichtig die Autotür zu. Nicht fest genug. Während sie wegging, stieg ich aus, um sie richtig zu schließen.

Ich fuhr die gleiche Strecke zurück und versuchte, den bitteren Nachgeschmack aus meinem Mund zu verbannen. Auf dem Weg ins Präsidium sinnierte ich, dass alles Geld der Versicherung Annas Wunden nicht heilen könnte. Wenigstens würde das Geld sie von den grauen Straßen aller grauen Vorstädte dieser Welt erlösen. Und von den Menschen, die ihre Existenz verleugneten. Auch sie war so etwas wie eine Illegale, nicht anders als ihre panamaische Stiefmutter, die sie so abgrundtief hasste. Die tödliche Geometrie des Lebens.

Ich durfte nicht einschlafen. Im Auto rauchte ich fast nie, da ich abgestandenen Rauch hasse. Aber jetzt zündete ich mir eine Pfeife an. Ich hatte das Rätsel fast gelöst. Bis auf wenige Teile war das Puzzle komplett. Terenzi hatte gewusst, dass Radu mit seiner Tochter verlobt war. Warum war er auf die verrückte Idee gekommen, diese Lebensversicherung abzuschließen? Und wie hatte Radu das herausgefunden? Der Freund aus der Bar, der ihm das erzählt haben sollte, war mit Sicherheit erfunden. Und es zeigte, dass dieser Verbrecher nicht nur skrupellos, sondern auch dumm war. Terenzi hätte niemals einer Zufallsbekanntschaft von seiner Lebensversicherung erzählt. Kannte Anna ihren Vater so wenig, dass ihr das nicht aufgefallen war? Ohne Zweifel musste Radu Popescu einen Komplizen gehabt haben. Dieser hatte die Hälfte des erpressten Geldes eingesteckt und den Kontakt zu Terenzi gehalten. Ja, er hatte ihn sogar davon überzeugt, nachts auf den Monte Peralto zu kommen, um dort seine Tochter zu treffen. Das musste ein ähnlich skrupelloser Typ wie Radu Popescu sein. Sonst hätte er sich nicht für dieses üble Spiel hergegeben.

Was ist Intuition?

Eine Fähigkeit, die wir in uns tragen, ohne uns ihrer bewusst zu sein. Wir wissen viel mehr, als wir zu wissen glauben. Und treffen oft aus dem Bauch heraus die richtige Entscheidung. Aus heiterem Himmel blitzte ein Gedanke in mir auf. Eine innere Stimme sagte mir, dass ich dringend in der Questura etwas erledigen musste. Etwas ganz Bestimmtes. Ein Zeichen aus meinem Unterbewusstsein, dass ich ganz nah dran war, den Fall endgültig zu lösen.

Es war gegen Mitternacht, als ich Pertusiellos Büro betrat. Levrero kauerte müde auf dem Stuhl des Commissario. Er war mutterseelenallein und blätterte gelangweilt in einer Zeitschrift, um die Zeit totzuschlagen. Als er mich erkannte, richtete er sich auf und sagte: »Ich habe gehört, mit dem Jungen ist alles in Ordnung.«

»Zum Glück. Gibts was Neues über den Chilenen?«

»Immer noch nichts«, antwortete er mutlos. Die Müdigkeit verlieh seiner sonst so nüchternen Stimme etwas Gefühlvolles, das ihn sympathisch machte.

»Haben Sie die ganze Nacht Dienst?«

»Leider.«

»Sie müssen mir einen Gefallen tun, Levrero. Haben Sie Kontakte zur Steuerfahndung?«

Er sah mich verwundert an. »Wie meinen Sie das, Dottore?«

»Sagen wir ... persönliche Kontakte. Vertrauliche.«

»Wir arbeiten ja oft genug zusammen. Ich habe Freunde dort.«

»Ich fürchte, auf deren Hilfe sind wir jetzt angewiesen. Können Sie mir Informationen über ein bestimmtes Grundstück beschaffen?«

Er war jetzt noch verwirrter. »Welches Grundstück?«

»Ein Bauernhof, der einem alten Bekannten von mir gehört. In seiner Einkommenssteuererklärung müsste der Standort verzeichnet sein.«

»Wann brauchen Sie die Daten?«

»Noch heute Nacht. Auf diesem Hof hält sich der Mörder von Mino Terenzi versteckt. Morgen früh um zehn trifft er sich in Ovada mit seiner Verlobten. Ich fürchte, sie wird ausplaudern, dass wir ihm auf der Spur sind. Das wars dann für uns, denn er wird sich schleunigst aus dem Staub machen. Meinen Sie, Sie haben die Adresse bis zum Morgengrauen?«

»Ja, Dottore. Geben Sie mir den vollen Namen Ihres Bekannten.«

Vom Schreibtisch des Commissario war ein Zettel gefallen. Levrero hob ihn auf und notierte sorgfältig die Daten. Ich bat ihn, auch zu überprüfen, ob Radu Popescu vorbestraft sei. Dann gab ich ihm meine Festnetz- und meine Handynummer. Wie es sich für einen guten Beamten gehört, machte sich Levrero sofort an die Arbeit. Er griff nach dem Telefonregister wie König Artus nach dem Schwert Excalibur.

»Ich gehe jetzt nach Hause. Sobald Sie etwas herausgefunden haben, rufen Sie mich bitte sofort an.«

Ich stellte meinen Käfer nicht eben elegant neben der Metrobaustelle in Sarzano ab. Über die menschenleere Piazza peitschte ein kalter Wind. Ich hoffte inständig, dass Levrero bald anrufen würde. Ich war aus einem ganz bestimmten Grund nach Hause gefahren: Ich musste einen Leichtsinnsfehler ausmerzen: meine Pistole aus der Schublade nehmen, das Magazin einführen und in die Tasche stecken. Die alte Beretta 8000 Cougar, neun Millimeter. Nach langwierigen Verhandlungen mit der Justiz war es meiner Anwältin Gina Aliprandi gelungen, die zwischenzeitlich beschlagnahmte Waffe zurückzuerhalten. Mitsamt Waffenschein, Detektivlizenz und allem, was dazugehört. Es gibt Menschen, die vergessen Geburtstage, die Rate für den Kühlschrank oder die Steuern. Sie vergessen den Autoschlüssel, die Sonnenbrille oder ihre Geldbörse. Ich vergesse meine Pistole. Mit Absicht. Aufgrund langjähriger Erfahrungen hege ich ein gesundes Misstrauen gegenüber Waffen. Denn eine Pistole taugt bestenfalls als Beruhigungsmittel für Idioten, die glauben, die Situation damit im Griff zu haben. Aber nur bis zu dem Augenblick, wo auch der andere eine Waffe in Händen hält. Ab dann ist offen, wie das Ganze ausgehen wird. Und leider geht es manchmal schlecht aus. Ich habe geschossen. Und ich habe gute Gründe, anzunehmen, dass ich andernfalls nicht mehr hier wäre. Auch wenn ich jedes Mal danach kotzen musste. Und Fieber bekam. Die Beretta ist ein seltsames Arbeitsgerät. Kalt. Hart. Die Welt ist nun mal nicht so, wie sie sein sollte. Das Töten bleibt eine schmutzige Sache. Es hinterlässt einen bitteren Nachgeschmack, den man nie wieder loswird. Und trotzdem konnte ich einem Typen wie Radu Popescu nicht ohne Waffe gegenübertreten. »Man sollte nie ohne Zwieback in See stechen«, sagt ein altes genuesisches

Sprichwort. Auch ich brauchte eine Lebensversicherung gegen die Gefahren meines Berufes. Denn schlussendlich hatte mein Großvater Baciccia recht: »Sterben ist das Letzte, was man anfangen sollte.«

Mir blieb gerade noch Zeit, in meine Wohnung zu gehen und die Nachrichten auf dem Anrufbeantworter abzuhören in der Hoffnung, dass eine von Mara dabei war. Ich machte mir einen Espresso und befestigte das Halfter am Gürtel. Dann klingelte das Telefon. Levrero. Er lieferte mir die endgültige Bestätigung meines Verdachts. Gehofft hatte ich es natürlich, aber sicher war ich mir nicht gewesen. Eine vage Idee, so realistisch wie ein Blumenbeet zwischen Eisenbahnschienen. Aus irgendeiner Windung meines überstrapazierten Gehirns, das eigentlich nur noch einen einzigen Wunsch aussenden konnte: Schlaf!

Ich hätte genauso gut falsch liegen können.

Lag ich aber nicht.

Levreros Tonfall war wieder sachlich. Präzise und trocken wie ein Polizeibericht. »Der Bauernhof ist unter dem Namen Cavagnina registriert. Er befindet sich in einem kleinen Weiler namens Bric del Lové, einem Ortsteil von Ovada. Provinz Alessandria.«

Ich setzte meine Brille auf, notierte seine Angaben und bedankte mich. Er erzählte mir noch, dass inzwischen auch Cecchi in der Questura eingetroffen war. Sie boten mir an, mich zu begleiten. Was jetzt? Ich spiele nicht gern den Helden. Doch mein Ehrgeiz, Popescu selbst zu stellen, war größer als alle Vernunft. Ich fand einen akzeptablen Kompromiss. »Informiert Pertusiello. Ich fahre schon mal los und schnappe ihn mir. Morgen früh treffen wir uns vor Ort.«

»Dottore, wissen Sie denn, wo dieser Hof überhaupt liegt?«

»Ich denke schon.« Ich behauptete, die Gegend gut zu kennen. Und legte auf. Dann holte ich mir meine Militärlandkarte, Maßstab 1:25 000, und begann zu suchen. Bric del Lové war nicht schwer zu finden. Der Ort lag genau an der Grenze zwischen Ligurien und dem Piemont. Ich musste grinsen. Im piemontesischen Dialekt bedeutete dieser Name Wolfshöhle. Nachdem ich auch den Cavagnina-Hof auf der Karte entdeckt hatte, war ich sicher, dass ich mein Ziel ohne Probleme erreichen würde. Ich faltete die Karte wieder zusammen und steckte sie in die Tasche. Als ich die Tür hinter mir schloss, war es kurz nach eins. Es war noch kälter geworden. Die Fahnen der Architekturfakultät blähten sich im Wind, sie zeigten in Richtung Meer. Ich blickte nach oben. Am Himmel über den Mauern des Klosters San Silvestro meinte ich Sterne zu sehen. Vielleicht war die Maccaia endlich überstanden, und der Nordwind würde Genua wieder im hellen Sonnenlicht erstrahlen lassen.

13
Sonnenaufgang und Sonnenuntergang

Erholsamer, ruhiger Schlaf? Unmöglich. Wirre Traumbilder und konfuse Gedanken spukten in meinem Kopf herum. Ich hatte direkt neben der Autobahn geparkt, unweit der Mautstation von Ovada. Bis zum Sonnenaufgang wollte ich mich hier ausruhen. Es war noch immer stockfinster, und ich war unsicher, ob ich die kleine Straße in der Nacht finden würde. Außerdem wäre etwas Schlaf gut, um Kräfte zu tanken.

Vergeblich. Immer wieder bogen PKWs und Lastwagen laut auf den Rastplatz ein. Zwischen Tag und Traum kamen alle Ängste wieder hoch, die der dunkle Mantel der Nacht gnädig zugedeckt hatte. Einer Nacht, deren Finsternis immer wieder von den Schweinwerfern der Autos zerfetzt wurde. Finster waren auch die Gedanken, die mich zu verschlingen drohten. Der Albtraum mit dem Wolf. Die Angst um Essam. Das Verhör von Anna. Nicht heilende Wunden. Bleischwere Knochen. Ich klapperte mit den Zähnen wie bei einer schweren Grippe. Rächte sich mein überstrapazierter Körper kurz vor dem Finale mit Schüttelfrost? Nur der Blick auf die Uhr hielt mich am Leben. Ich wartete darauf, dass es tagen würde. Es gab nur einen einzigen Weg, aus dieser Agonie auszubrechen: Ich musste handeln. Aber dazu musste es hell sein.

Endlich dämmerte der Morgen.

Mit steifen Knochen quälte ich mich aus dem Auto. Ich spürte jede Faser meines Körpers. Die Kälte, die mir entgegenschlug, ließ mich erschauern. Ich hastete durch die Unterführung zum Rasthaus auf der anderen Seite der Autobahn. Ein schnelles Frühstück. Focaccia vom Vortag, heißer Cappuccino und ein Espresso. Doppelt. Ich musste noch einige Stunden wach bleiben.

Ich atmete tief durch. Die glasklare Morgenluft roch nach frischem Gras. Die Nacht hatte Tau über die Wiesen gelegt. Die letzten Sterne verloschen. Über den Bergen zeigte sich ein orangefarbener Schimmer. Nur der Morgenstern leuchtete noch. Der letzte Zeuge der Nacht, bevor die Sonne den neuen Tag ankündigte. Die Autobahn war leer. Als ich losfuhr, rief ich Pertusiello an, um mir Mut zu machen. Er teilte mir mit, dass er gerade mit Levrero, Cecchi und drei weiteren Beamten die Questura verließ, um mit zwei Jeeps in Richtung Ovada aufzubrechen. Wir verabredeten uns auf dem Cavagnina-Hof.

Ich fuhr los und bog nach der Ausfahrt Ovada in die Allee zum Bahnhof ein. Das Morgenlicht strich über die Wipfel der Bäume. Neues Leben nach einer langen Nacht. Nur die rechts und links der Straße geparkten Autos zeugten von menschlicher Zivilisation. Es war ganz still. Das hell erleuchtete Schaufenster einer Bäckerei durchbrach die fahle Morgendämmerung. Ich überquerte die Bahngleise und folgte der Straße Richtung Acqui Terme. Auch hier keine Menschenseele weit und breit. Links ab ging es weiter auf einer schmalen Teerstraße, die sich in Serpentinen den Berg hochschlängelte. Ich erreichte La Costa, ein verschlafenes Nest mit frisch renovierten Häuschen, deren helle Fassaden gut mit den grünen und braunen Fensterläden harmonierten. Am Ortsausgang nahm ich einen Feldweg, der inmitten von Wiesen und blühenden Obstbäumen stetig bergan führte. Weiter oben begann der Wald. Die nackten Eichen und Kastanien hatten noch keine Blätter angesetzt. Schließlich erreichte ich den Hügelkamm. Der Weg durchschnitt eine sattgrüne Wiese, gesprenkelt mit flammend roten Mohnblüten.

Jetzt erkannte ich den Saumpfad, der nach Bric del Lové führte. Ich fuhr noch ein Stück weiter, dann stellte ich den Käfer am Wegrand ab. Totenstille. Beängstigend. Eine Stille, die in den Ohren wehtat: Wer am Meer lebt, ist solche Naturerscheinungen nicht gewohnt. Vielleicht lag es auch an meiner Erschöpfung, aber diese bleierne Stille wirkte wie ein Vorbote des Todes. Ich ging zu Fuß weiter. Erst nach und nach begann ich, die Umgebung wahrzunehmen. Den Gesang der Vögel. Das Säuseln der morgendlichen Brise. Der Wald war sehr dicht, eine undurchdringliche schwarze Wand. Der intensive Geruch nach Erde und Pilzen erinnerte mich an den Parco del Peralto. Eine ideale Umgebung, um sich zu entspannen und zu erholen. Aber nicht heute. Im Hintergrund lauerte eine Bedrohung, die meinen Adrenalinspiegel hochschnellen ließ. Gut so, denn ich hatte meinem abgewrackten Körper schon alles abverlangt. Alle Eindrücke waren wie durch Watte gedämpft. Bilder, Geräusche und Düfte hinter Schleier. Mithilfe meiner Landkarte versuchte ich, mich zu orientieren. Der Cavagnina-Hof musste ein wenig unterhalb der Straße auf der rechten Seite liegen. In der Tat. Nach einigen hundert Metern entdeckte ich den Feldweg, der in den Wald hineinführte. Ich entsicherte meine Pistole, steckte sie aber wieder in das Holster zurück. Ich suchte auf dem Boden nach Reifenspuren eines Geländewagens. Es dauerte nicht lange, bis ich fündig wurde. Deutlich zeichnete sich das Profil im feuchten Erdreich ab. Wie Ariadnes Faden führten mich die Spuren zum Ziel. Dazwischen waren aber auch Hufabdrücke zu erkennen, offensichtlich wurde der Weg auch von Reitern genutzt. Das nasse Gras bot kaum Halt. Vorsichtig schlich ich mich den Hügel hinunter. Meine Lederschuhe waren jetzt völlig durchnässt. Das massive zweistöckige Bauernhaus mit dem roten Ziegeldach war heruntergekommen. Die Eingangstür war geschlossen. Von den Südfenstern hatte man den Zugangsweg gut im Blick, während das Haus von der Fahrstraße aus nicht einsehbar war. Gewaltige Eichen und Kastanien schützten es vor neugierigen Blicken.

Etwa zweihundert Meter vor dem Haus stand ein Geländewagen, den ich jetzt genauer unter die Lupe nahm. Er war vor zwei Jahren zugelassen worden. Karosserie und Reifen waren mit Schlamm bespritzt, der Wagen musste noch vor Kurzem gefahren worden sein. Die Rückbank war mit einem Netz vom Kofferraum abgetrennt. Im Kofferraum lag eine Wolldecke. Das Versteck für den Wolf. Als ich mich dem Haus näherte, glaubte ich, Geräusche zu hören. Ich schlich vorsichtig weiter, bereit, die Beretta zu ziehen. Die Geräusche kamen von der Rückseite des Gebäudes, offensichtlich aus dem Stall. Die Stalltür war halb geöffnet, ich klopfte. »Hallo?«

Im Halbdunkel des Stalles erkannte ich einen hageren Mann um die vierzig. Schwarzer Pullover, abgewetzte Jeans und grüne Gummistiefel. Seine Haare mussten früher einmal blond gewesen sein, jetzt waren sie schlohweiß. Er hielt eine Mistgabel in der Hand und schaufelte Stroh in eine Box, in der ein prachtvolles Fuchsfohlen stand. In einer anderen Box hörte man ein zweites Pferd. Der Mann warf mir einen überraschten, leicht misstrauischen Blick zu. Dann widmete er sich wieder seiner Arbeit, ohne mich weiter zu beachten.

»Buongiorno«. Sein Italienisch hatte einen ausgeprägten

Akzent. Osteuropäisch, aber nicht Slawisch. »Kann ich Ihnen helfen?«

»Radu Popescu?«

»Um was gehts?«

»Ich heiße Bacci Pagano. Sagt Ihnen das was?«

Auf seinem hageren Gesicht machte sich Verwunderung breit. Er war unrasiert, zwei tiefblaue Augen fixierten mich fragend. »Bacci Pagano? Sind Sie nicht der Detektiv der Versicherung?«

»Genau der.«

»Und was wollen Sie hier?«

»Ich ermittle im Mordfall Mino Terenzi. Ich halte Sie für den Täter.«

Ein dreckiges Lachen. »Ich der Mörder von Mino Terenzi? Guter Witz.«

»Ja, sogar ein sehr guter. Erzählen Sie mir, wie es gelaufen ist? Einige Details fehlen mir noch.« Ich hielt sicheren Abstand zu ihm und zu seiner Mistgabel. Immer bereit, meine Waffe zu ziehen.

»Was wollen Sie wissen?«

»Zum Beispiel, wann Ihr Chef vorgeschlagen hat, Terenzi zu erpressen und ihm dreihundert Millionen Lire abzuluchsen.«

»Sie haben zu viel Fantasie, Signor Pagano.«

»Und wann kam die Idee mit dem Wolf? Eine ungewöhnliche Mordwaffe. Sie haben ihm erzählt, dass Julia Rodriguez' Liebhaber Kampfhunde züchtet. Das konnte er nicht wissen.«

»Sie träumen wohl. Haben Sie Beweise?«

»Die Beweise wird die Mordkommission finden, wenn die Spurensicherung ihr Auto und das Gebäude hier untersucht.«

»Haben Sie die Polizei etwa gleich mitgebracht?« Er schien jetzt seine Chancen abzuwägen.

»Die Polizei wird bald hier sein. Aber ich wäre Ihnen sehr dankbar, wenn Sie mir vorab den genauen Tathergang schildern würden. Das wäre gut für mein Image.«

Er schloss die Boxentür und lehnte die Mistgabel gegen die Wand, um einen weiteren Strohballen zu holen. Dann holte er ein Klappmesser aus der Hosentasche und ließ es aufschnappen. Er beobachtete scharf, wie ich reagierte. In aller Ruhe schnitt er die Kordel auf, die den Strohballen zusammenhielt. Dann ließ er das Messer wieder zuschnappen und schob es in die Tasche zurück. »Gut, in Ordnung«, sagte er. Er griff nach der Mistgabel und begann, das Stroh in der Box zu verteilen. Plötzlich drehte er sich um und stürmte auf mich zu. »Was sagst du zu dieser Erklärung, Schnüffler?«

Blitzschnell tauchte die Beretta in meiner Rechten auf. Bereit, ihm in die Beine zu schießen.

»Keinen Schritt weiter, oder ich schieße.« Ich war jetzt ganz ruhig. Kein Wunder. Er hatte eine Mistgabel, ich eine Pistole. Er funkelte mich wütend an. Damit hatte er nicht gerechnet.

»Ich glaube nicht, dass du das wirklich tun würdest.«

»Willst du es darauf ankommen lassen?« Mein entschlossener Tonfall musste ihn beeindruckt haben. Scheinbar resigniert drehte er sich um und arbeitete weiter, als sei nichts geschehen.

»Wie hast du mich gefunden?«

»Ermittlerinstinkt, Intuition.«

»Anna hat bestimmt nichts gesagt.«

»Stimmt. Anna hat mir nur gesagt, dass du hier auf dem Hof arbeitest. Ansonsten hatte sie ganz offensichtlich keine

Ahnung. Du und dein Chef, ihr habt sie tüchtig getäuscht. Für eure schmutzigen Geschäfte missbraucht, mit ihrer Gutgläubigkeit und ihren Gefühlen gespielt. Du hast dich dabei wie ein mieses Schwein benommen.«

»Anna ist naiv und dumm. Das Schwein war Terenzi. Er hatte es verdient zu sterben. Ich habe es auch für sie getan.«

»Ich glaube nicht, dass sie das gewollt hätte. Der Tod ihres Vaters hat sie genauso hart getroffen wie dein Verrat.«

»Ein toller Vater, wirklich.« In seinem Ton lag Sarkasmus, aber auch Genugtuung. Er meinte es ernst, schien sogar stolz auf seine Rolle als Racheengel zu sein. Am meisten irritierte mich die selbstgefällige Art, mit der er seine schäbige Rolle als Handlanger für ein Verbrechen rechtfertigte.

»Anna wollte bestimmt nicht, dass ihr Vater auf diese Weise stirbt. Natürlich wusste sie von deiner Drohung, ihn umzubringen. Aber dass du die Drohung in die Tat umsetzen könntest, damit hat sie nicht gerechnet.«

»Ich habe dir doch gesagt, sie ist naiv und dumm.«

»Weil sie ihren Vater geliebt hat? Möchtest du, dass dein Vater umgebracht wird?«

»Ich habe keinen Vater.« Worte, mehr nicht. Er zeigte keine Regung. »Vater und Mutter existieren für mich nicht. Ich bin in einem Kinderheim in Brasov aufgewachsen.«

Er war ein Bastard. Wie sollte er Anna verstehen können, wenn ihm derartige Gefühle völlig fremd waren?

»Besser keinen Vater als einen Vater wie Mino Terenzi.«

»Wer gibt dir das Recht, über die Gefühle anderer zu urteilen?«

In seinem Blick lagen jetzt Hohn und Spott. Und Verachtung für die ganze Welt. »Gefühle? Gefühle für einen, der es mit kleinen Mädchen treibt?«

»Er war ihr Vater. Er hat sie auf seine Art geliebt. Vielleicht war nicht zuletzt seine Tochter Grund für die Lebensversicherung.«

Sein Lachen klang zynisch. »Glaubst du noch an Märchen? Du bist genauso naiv wie Anna. Los, was hat sie dir erzählt?«

»Alles.«

»Alles?« Sein Zynismus reizte mich bis zur Weißglut. Am liebsten hätte ich abgedrückt. Gleichzeitig wurde ich aber hellhörig.

»Hat sie dir erzählt, dass ihre Mutter ihr verboten hat, ihren Vater zu sehen? Da war sie gerade elf.«

»Ja.«

»Hat sie dir auch erzählt, warum?«

»Es hatte da wohl eine üble Geschichte mit einem kleinen Mädchen aus dem Nachbardorf gegeben.«

Er lehnte die Mistgabel gegen die Wand. Sein stechender Blick schien mich festnageln zu wollen. Seine Lippen blieben stumm, aber sein Gesichtsausdruck sprach Bände. Sein eisiges Lächeln drückte seine ganze Geringschätzung aus.

Ich war wirklich naiv. Ich stammelte: »Willst du damit sagen, das Mädchen war …«

»Bingo. Glaubst du jetzt endlich, dass ich recht hatte? Dass ich es nur für sie getan habe?« Aus seinen Worten sprach Genugtuung. Nach einem Leben voller Benachteiligungen hatte er endlich Rache nehmen können. Denn wer ohne Eltern aufwächst, ist ein Niemand. Und wer in ein fremdes Land kommt, das ihn nicht haben will, ist ebenfalls ein Niemand. Nun war er ein Mörder, der sich als Racheengel und Retter misshandelter Seelen aufspielte. In der Hoffnung, dadurch seine eigene verlorene Waisenseele wiederzufinden.

Ich steckte die Pistole weg und schwieg. Mein Blick

schweifte zum Fuchsfohlen, das mich gleichgültig beäugte. Dieser Moment genügte Radu, mich anzuspringen und nach mir zu beißen. Wie eine Giftschlange. Dann packte er blitzschnell die Mistgabel und schleuderte sie mir mit aller Kraft entgegen, Zacken voraus.

Im Leben gibt es Situationen, da braucht man einfach Glück. Alle Erfahrungen, alles Geschick, aller Mut nützen uns nichts. Nur Glück. Binnen Kurzem würden Pertusiello und seine Leute hier sein, und Popescu würde in der Falle stecken. Aber genauso gut könnte der Commissario einen lausigen kleinen Privatdetektiv vorfinden, der röchelnd im Sterben liegt, durchbohrt von den Zinken einer Mistgabel.

Instinktiv schützte ich meinen Bauch – oder war es tiefer? Ich drehte mich zur Seite, um den Zinken möglichst wenig Angriffsfläche zu bieten, mein linker Arm schnellte nach vorn: eine rasche Abwehrbewegung wie beim Angriff eines Hundes. Oder eines Wolfes. Dieses Mal war es aber kein Wolf. Reine Glückssache. Es war eine Mistgabel, mit der man reichlich Stroh aufnehmen konnte. Der Abstand zwischen den einzelnen Zinken war ungefähr so breit wie mein Arm. Die Gabel streifte meinen Ellenbogen und ritzte mich leicht an der Hüfte. Dann fiel sie zu Boden. Radu versuchte zu fliehen, aber ich versperrte ihm den Weg. Wie ein Stier stürmte er mit gesenktem Kopf auf mich zu. Ich spürte einen Schlag, knickte ein und stürzte. Der Aufprall auf dem harten Beton erschütterte jede Faser meines Körpers. Mein Magen verkrampfte sich, ich musste würgen. Radu stand über mir und war im Begriff, das Messer aus der Tasche zu ziehen. Doch ich war schneller. Wieder war die Beretta auf ihn gerichtet.

»Halt!«, schrie ich. Ich war wütend, und mir war kotzübel. »Dieses Mal ziele ich nicht auf die Beine.«

»Du willst mich erschießen, Schnüffler?«

»Ich knall dich ab wie ein Stück Vieh.« Dann quälte ich mich hoch, die Waffe stets auf seinen Kopf gerichtet. Ich packte ihn am Arm und schob ihn vor mir aus dem Stall. Erst jetzt merkte ich, wie schmächtig er war. Unsanft dirigierte ich ihn Richtung Haus. »Los, Radu«, sagte ich, »biete mir was zu trinken an, wie es sich gehört.«

Wir betraten die eiskalte Küche. Ein Ofen und ein Holztisch, auf dem die Reste eines einsamen Abendessens standen, sonst nichts. Doch. Eine Flasche Rotwein, noch halb voll.

»Was ist das für einer?«

»Ein Dolcetto. Ein wirklich guter.«

»Ich trinke ein Glas.«

Er ging zu dem alten Küchenschrank neben dem Fenster und kam mit zwei Gläsern zurück. Er stellte sie auf den Tisch und goss ein. Mit einer brüsken Bewegung schob er mir ein Glas herüber, dabei schwappte etwas Wein auf den Tisch. Ich nahm einen Schluck. Für meinen Geschmack etwas zu herb, zu viele Tannine. Plötzlich war die Übelkeit wieder da. Nur mit Mühe konnte ich den aufsteigenden Brechreiz unterdrücken. Wir saßen uns wortlos gegenüber, einer belauerte den anderen. Ich legte die Beretta auf den Tisch, stopfte meine Pfeife und zündete sie an, ohne ihn aus den Augen zu lassen. Hin und wieder drückte ich den Tabak im Pfeifenkopf fest. Radu nestelte unter seinem Pullover herum und zog eine Schachtel Zigaretten und ein Feuerzeug hervor. Er nahm eine Zigarette heraus, knickte den Filter ab und zündete sie an.

»Wir sind unter uns, ohne Zeugen. Packst du jetzt aus, oder willst du erst deinen Anwalt sprechen?«

Er zuckte mit den Schultern und blies eine Rauchwolke in die Luft.

»Die dreihundert Millionen hast du mit deinem Chef geteilt, oder?«

»Er brauchte Geld, genau wie ich.«

»War die Erpressung seine Idee?«

»Die ganze Sache war seine Idee. Vor zwei Jahren ist er im Haus von Annas Vater aufgetaucht. Wir waren gerade eingezogen. Es war ein Sonntag kurz nach Weihnachten, ich erinnere mich noch ganz genau. Ich hatte keine Ahnung, wer er war, ich hatte ihn noch nie gesehen. Er wollte mit mir unter vier Augen sprechen, es ginge um meine Spielschulden. Das wusste er wohl von Terenzi. Er meinte, dass der Alte sich unser Schweigen bestimmt etwas kosten lassen würde. Und er hatte recht.«

»Dann hat Terenzi ihm auch erzählt, dass er eine Tochter hat.«

»Klar. Er wusste Bescheid, über Anna und über meine Drohungen.«

»Hatte der Alte die Versicherung zu diesem Zeitpunkt schon abgeschlossen?«

»Ich denke ja.«

»Warum? Wovor hatte Terenzi Angst?«

»Anna weigerte sich stets, über ihren Vater zu sprechen. Sie wollte auch nie mit mir schlafen. Wenn ich sie nach dem Grund fragte, weinte sie nur und schwieg weiter. Eines Tages hatte ich es satt. Ich drohte, sie zu verlassen. Da gestand sie mir, was er ihr angetan hatte. Ich war außer mir vor Zorn. Ich habe Terenzi angerufen und gedroht, ihn kaltzumachen. An Erpressung habe ich damals überhaupt nicht gedacht. Ich wollte ihm nur die Hölle heiß machen.«

»Und da hast du ihn auch nach den Schlüsseln für das Haus gefragt?«

»Ja, das war Annas Wunsch. Aber ich musste nicht lange nachhaken. Er benutzte das Haus schon seit Jahren nicht mehr.«

»Also die Erpressung war nicht deine Idee.«

»Nein, weder die Erpressung noch die Sache mit dem Wolf. Nachdem ich die dreihundert Millionen kassiert hatte, teilten wir fifty-fifty. Doch er wollte mehr. Warum nicht noch das Geld der Versicherung kassieren? Das würde sich erst richtig lohnen. Wir müssten bloß den Alten umbringen und den Verdacht auf die Ehefrau lenken. Ich hatte ihm von Julias Verhältnis mit dem Chilenen erzählt. Anna wusste übrigens auch davon, sie hat diese Hure gehasst. Außerdem habe ich ihm von den Hunden erzählt, die der Chilene züchtete. Da kam ihm die Idee.«

»Und die Wolfshaare? Die hast du im Zwinger deponiert?«

»Ja. Vor zwei Wochen. Sie waren wieder mal in Monte Carlo.«

»Und du hast dir in Rumänien einen Wolfswelpen besorgt, den du hier auf dem Hof unbemerkt abrichten konntest.«

Er lächelte selbstgefällig. Ein bedrohliches Lächeln. Ich ging wieder auf Distanz.

»Aber warum diese ganze Inszenierung? Um Terenzi umzubringen und den Verdacht auf den Chilenen zu lenken, hätte es doch auch ein Schäferhund getan.«

»Mag sein. Aber ein Wolf wirkt viel glaubhafter. Ein alter Freund aus dem Waisenhaus arbeitet als Wildhüter in einem Nationalpark in den Karpaten. Dort wimmelt es von Wölfen. Einen Welpen zu besorgen, war überhaupt kein Problem. Und außerdem, was ist schon ein Schäferhund?«

»Du hast zu viele Horrorfilme gesehen, Signor Popescu. Und wie ging die Geschichte weiter?«

»Er hat mir den Job hier auf dem Hof angeboten. Ich pflegte seine beiden Pferde. Gegen gutes Geld natürlich. Er hat mir auch einen Schal von Terenzi besorgt, damit der Wolf seinen Geruch aufnimmt und später wieder erkennt.«

»Was ist aus dem Wolf geworden?«

»Er ist tot. Ich musste ihn töten. Ich habe ihn im Wald vergraben.« Zum ersten Mal lag Bedauern in seiner Stimme. Er trauerte um ein Tier. Für Menschen empfand er kein Mitgefühl. Aber der Tod der Bestie, die den Alten zerfleischt hatte wie ein Schaf, machte ihn sentimental. Er empfand Zärtlichkeit für den kleinen Wolf, den er aufgezogen und zum Killen abgerichtet hatte.

Ich versuchte, mir den tristen Schlafsaal in einem Waisenhaus in Brasov vorzustellen. Ich sah Schwarz-Weiß-Bilder vor mir, wie in den alten Filmen aus meiner Kinderzeit. »Anna hat von alldem nichts gewusst?«

»Natürlich nicht. Wie gesagt, Anna ist naiv. Die liebte dieses Schwein von Vater immer noch.«

»Und deshalb hast du ihr eingeredet, die Panamaerin und ihr Liebhaber wollten ihn umbringen.«

»Sie haben ihn betrogen.«

»Eine geniale Idee, das mit der Postkarte.«

»Auch das hat sich Signor Caviglia ausgedacht.«

Die Treue zu seinem Chef hatte etwas Sklavisches. Radu war nicht der professionelle Killer, der ungerührt seinen Auftrag ausführt und kassiert.

»Terenzi hat in dieser Nacht also Anna und Caviglia erwartet.«

»Ja. Caviglia hatte Terenzi erzählt, dass seine Tochter sehr besorgt um ihn sei. Dann hat er ihm die Karte gegeben und ihn überredet, sich mit ihr zu treffen.«

»Auf dem Peralto. Um Mitternacht. Damit sie keiner zusammen sehen konnte.«

»Genau. Es sollte ja ein Geheimnis bleiben. Vor allem seine Frau durfte keinen Wind davon kriegen.«

»Aber welchen Vorteil hatte Caviglia, wenn Anna eine Million Euro hätte ausgezahlt werden müssen?«

»Wir hatten ausgemacht, dass jeder die Hälfte kassiert.«

»Es hätte die Versicherung ruiniert.«

Schulterzucken.

»Die CarPol war ohnehin so gut wie pleite. Mit der halben Million wollte er im Ausland untertauchen.«

»Konnte sich Caviglia darauf verlassen, dass er seinen Anteil tatsächlich bekommt?«

Erneutes Schulterzucken, dann wandte er seinen Blick ab. Die Antwort lag auf der Hand: Ein Sklave gehorcht. Für einen Hungerleider wie Radu war eine halbe Million mehr als genug.

»Er hätte uns verpfeifen können. Es gab Fotos von mir und dem Wolf. Caviglia hatte alles im Griff.«

Ich hörte das Geräusch der näher kommenden Jeeps. Radu schaute aus dem Fenster und zuckte zusammen. Aber ich musste nur auf die Pistole tippen, um ihn in Schach zu halten. Er blieb sitzen. Ich hörte die Bremsen quietschen, dann Türen schlagen. Und Pertusiellos vertraute Stentorstimme, ungeduldig, aber auch ein bisschen besorgt.

»Bacci, wo zum Teufel steckst du?«

»Wir sind im Haus.«

Mit gezogener Waffe stürmten sie in die Küche. Pertusiello, Levrero, Cecchi und ein Beamter in Uniform. Die anderen waren in den Jeeps geblieben.

»Kommt rein, Jungs. Macht es euch gemütlich.«

Sie starrten mich verblüfft an. Ich hatte es mir bequem gemacht und rauchte genüsslich meine Pfeife. Die Beretta lag auf dem Tisch, neben meinem Rotweinglas.

»Wollt ihr etwas trinken?«

Pertusiello ging auf Radu zu und legte ihm seine Pranke auf die Schulter. »Das wars dann wohl, mein Freund.« Dann zog er den Korken aus der Flasche und schnupperte. »Hm, noch ziemlich jung.«

Er ging zum Küchenschrank und fragte, ob er sich ein Glas nehmen könne. Von Zeit zu Zeit war der Commissario sogar zu Mördern höflich. Radu reagierte mit einem zustimmenden Grunzen. Pertusiello goss sich ein Glas ein. »Dazu gehört eigentlich ein Stück Focaccia«, fügte er hinzu, nahm sich einen Stuhl und setzte sich neben Annas Verlobten. An der Seite dieses Riesen sah Radu noch mickriger aus. Der Commissario stützte einen Arm auf die Lehne von Radus Stuhl, sah ihm direkt in die Augen und sagte: »Guten Morgen, ich bin Vicequestore Pertusiello. Mobiles Einsatzkommando der Mordkommission im Polizeipräsidium Genua. Und das sind meine Mitarbeiter. Hör mal, hast du den Wolf etwa hier abgerichtet?«

Radu war eingeschüchtert von so viel Polizeipräsenz. Auch, weil es keinen Ausweg mehr gab. Er nickte nur. Pertusiello nahm einen Schluck Wein und schnalzte zufrieden mit der Zunge. Wahrscheinlich hätte er das selbst bei Benzin getan.

»Im dunklen Wald steht ein kleines Häuschen«, murmelte er vor sich hin, »das Häuschen von Rotkäppchen. Alias Caviglia, dein Chef, mein Freund. Und letztlich auch der Chef von diesem Typen da.« Er zeigte auf mich. »Ein Fuchs, dem es immer wieder gelingt, den Kopf aus der Schlinge zu ziehen. Wenn er sogar unseren Superschnüffler hinters Licht geführt hat … Wir werden ihm in seinem Luxusbüro am alten Leuchtturm einen Besuch abstatten und ihn ein bisschen ärgern. Und ihm zwei auf Hochglanz polierte Handschellen anlegen, natürlich nicht, ohne zuvor die Presse zu informieren. Scharen von Fotografen werden dieses Bild für die Nachwelt festhalten. Wie wird er sich aufregen, dass es in Italien keinen Rechtsstaat mehr gibt!«

Dann wandte er sich wieder an Radu.

»Ein bisschen hilfst du uns aber noch, damit dieser Verbrecher auch wirklich verurteilt wird. Denn du wirst erleben, was er mit seinen Anwälten veranstalten wird, um seine Haut zu retten! Er wird alles abstreiten und die Schuld auf dich schieben. Denn du bist nur ein Fliegenschiss aus Rumänien, und er ist der Direktor einer Versicherung. So denken diese Typen.«

Ich hätte dem Commissario gerne erzählt, dass er einem Typen gegenübersaß, der mir kurz vorher eine dreckige Mistgabel in den Bauch rammen wollte. Aber ich ließ ihn reden. Ich sicherte meine Waffe und steckte sie ins Holster zurück. Mit Sicherheit der beste Platz für eine Pistole. Während der Rumäne abgeführt wurde, berichtete ich Pertusiello und seinen Leuten in groben Zügen, was ich über Anna und Radu herausgefunden hatte.

Dann fuhr ich nach Hause und schaltete den Plattenspieler wieder ein. Die Arie des Leporello, der in Don Giovannis Kleidern erwischt wird.

»Ah! Gnade, liebe Leute! Ihr seid zu Recht wütend, doch das Verbrechen ist nicht meines. Mein strenger Herr machte mich zum Komplizen.«

Diese Passage schien nur für Radu Popescu geschrieben worden zu sein. Ich lächelte. Aber zufrieden war ich nicht.

»Es gibt immer noch etwas, das ich nicht verstehe. Aber ich komme nicht drauf.«

Pertusiello räkelte sich in meinem Korbstuhl. Nur die Fußspitzen schienen den Boden zu berühren, wie ein Balletttänzer in »Schwanensee«. In der Hand ein Glas gut gekühlten Champagner. Veuve Clicquot, den er spendiert hatte, um die schnelle und glückliche Lösung des Werwolffalls zu feiern, über den alle Zeitungen berichteten. Der ihm bereits öffentlich Komplimente des Polizeipräsidenten höchstpersönlich eingebracht hatte. Widerwillig gab er zu, dass das Lob eigentlich mir gebühre, und sagte knapp: »Ich hatte einfach Schwein.«

Essams dunkle Kulleraugen leuchteten, als wir ihm alles erzählten. Pertusiello hatte ihn bereits dafür gelobt, dass er die wahre Identität des Mörders herausgefunden hatte. Es hatte auch in den Zeitungen gestanden. Für drei Helden wurde es eng auf dem Balkon, vor allem weil der Commissario allein Platz für zwei brauchte. Unter uns im Abendlicht das Meer der Schieferdächer. Vom Schirokko war noch ein schwaches Lüftchen geblieben. Die Maccaia war vorüber, die Konturen der Berge hoben sich vom stahlblauen Himmel ab, weiße Wölkchen wurden wie Wattebäusche Richtung Meer gepustet. Genua präsentierte sich in Technicolor, die Stadt machte ihrem Beinamen »Superba« alle Ehre. Unvergleichlich schön.

Ich hatte von zehn Uhr morgens bis mittags um vier geschlafen. Müdigkeit und Ekel waren wie weggeblasen. Der Champagner schmeckte köstlich. Erst jetzt fiel mir auf, wie hungrig ich war. Ich hatte, wie versprochen, Rivoli angerufen und ihm alles erzählt. Exklusiv und bis ins letzte Detail konnte er nun über die Jagd nach dem Mann mit dem Wolf berichten. Ich hatte auch Julia Rodriguez informiert, ebenfalls am

Telefon. Der Mörder ihres Mannes hieß Radu Popescu. Ein Immigrant aus Rumänien, der Mino Terenzi bereits vor zwei Jahren telefonisch bedroht hatte. Der Mann, der alles geplant und im Hintergrund die Fäden gezogen hatte, war mein Auftraggeber. Ja, Signora. Signor Augusto Caviglia, der Präsident der CarPol. Beide sitzen im Marassi-Gefängnis in Untersuchungshaft und warten auf ihren Prozess. Geduldig hatte ich ihrem Weinen zugehört. Sie war verblüfft, als sie erfuhr, dass sie eine gleichaltrige Stieftochter hatte. Schließlich bedankte sie sich herzlich, dass ich so fest an ihre Unschuld geglaubt hatte. Aber wie sie von Anbeginn betont hätte: Wer seinen Ehemann betrügt, bringt ihn nicht zwangsläufig um. Ohne darauf zu reagieren, hatte ich auch ihr Versprechen registriert, ich würde meinen »verdienten Lohn« erhalten. Was könnte das sein? Was hätte die Panamaerin mit den nachtschwarzen Augen anzubieten? Eine Nacht? Oder doch nur ein Scheck? Eines war klar. Ich war nicht Philip Marlowe, und ich erwartete von ihr etwas Handfesteres als Dankbarkeit. Immerhin würde ich von der CarPol keinen müden Cent bekommen.

Ich war überzeugt, alles getan zu haben, was getan werden musste. Ich war mit mir und der Welt im Reinen.

Fast.

Mara hatte sich nicht gemeldet.

»Ich sehe da keinen Sinn«, fing Pertusiello wieder an, »Caviglia wusste doch, dass wir befreundet sind.«

»Befreundet? Wir sind befreundet? Wenn ich daran denke, wie du mich in der Trattoria behandelt hast …«

»Das war gestern«, fiel er mir ins Wort und fuhr mit seinen Überlegungen fort. »Caviglia hat dich engagiert, um über den Stand der polizeilichen Ermittlungen auf dem Laufenden zu sein. Was ich aber absolut nicht verstehe: Warum hat er Anna

Terenzi dazu gebracht, sich dir gegenüber als leibliche Tochter des Opfers zu outen? War das nicht ein Risiko?«

»Sagen wir, er hat nicht mehr und nicht weniger getan als du: Er hat mich unterschätzt.«

»Tja«, murmelte er sarkastisch und versüßte sich dieses Eingeständnis mit einem Schluck Champagner, »aber du hast meine Frage nicht beantwortet.«

»Was meinst du, Essam? Warum hat er das gemacht?«

Essam zog die Stirn kraus und dachte nach. Würde er diese tückische Frage falsch beantworten, wäre dies der Beweis für seine kriminalistische Inkompetenz. Schlimmer als eine vergeigte Italienischprüfung. Er fuchtelte mit gestrecktem Zeigefinger in der Luft herum und antwortete messerscharf: »Bevor in einem Film eine wichtige Person auftaucht, kommt erst mal Musik ...«

Dieser Junge verblüffte mich immer wieder.

»Bravo, Essam. Die Arie des Commendatore. Totò, erinnerst du dich an Mozarts Don Giovanni?« Ich ging ins Arbeitszimmer und legte den Tonarm wieder auf die Schallplatte. Leporello und Don Giovanni auf dem Friedhof, am Denkmal des Commendatore. Hin und her gerissen zwischen der Angst vor der Stimme aus dem Jenseits und der Angst vor dem Schwert seines Herrn, singt Leporello.

»Herr, dieser mein Meister ... wohlbemerkt, nicht ich ... möchte mit Euch zu Nacht speisen!«

Pertusiellos anfängliche Verblüffung verwandelte sich in ein zufriedenes Lächeln. Er hatte verstanden. »Er wollte den Boden bereiten, bevor er seine Trumpfkarte ausspielt?«

»Caviglia ist eine Spinne. Geduldig hat er sein Netz um die ahnungslosen Opfer gesponnen, die seinen Zielen dienen konnten. Sie haben gar nicht bemerkt, dass er die Fäden in der Hand hielt. Das hat er mit allen so gemacht. Mit Terenzi. Mit seinen Aktionären. Mit Rivoli, mit Anna, mit mir. Und auch mit dir, Totò.«

»Was für ein Teufel!«

»Radu war der Einzige, der über alle Schachzüge seines Chefs Bescheid wusste. Aber auch er war im Spinnennetz gefangen. Er hätte ihn nie verraten, denn er war Caviglia hörig. Und er war ihm ausgeliefert, denn Caviglia hatte das Foto mit dem Wolf als Druckmittel.«

Essam wurde mutiger: »Wenn Anna Terenzi erst nach Abschluss des Falles aufgetaucht wäre, hätte man bestimmt Verdacht geschöpft.«

»Nun ja«, murmelte Pertusiello. Er goss sich ein weiteres Glas Veuve Clicquot ein. »Im Grunde war es für Caviglia gar nicht so wichtig, dass du der Polizei Annas Existenz verheimlichst. Vielleicht hat er sogar gehofft, dass du mich informierst. Dann hätten alle gewusst, dass eine zweite Erbin existiert, und er wäre über jeden Verdacht erhaben gewesen. Mehr noch, man hätte ihn für das Opfer einer Intrige gehalten.«

»Richtig. Dadurch hatte er mich stets unter Kontrolle. Kannte jeden meiner Schritte. Für ihn ein entscheidender Vorteil, für mich ein schwerer Nachteil.«

»Was für ein Teufel!«, sagte Pertusiello ein zweites Mal.

»Ja, du hast recht. Aber es ist schiefgelaufen. Im Grunde ist er nur ein kleiner Fisch.«

Auf seinem hochroten Gesicht machte sich Enttäuschung breit. Dann sagte er wie zu sich selbst: »Weißt du, Bacci. Du hattest auch Glück. Aber deine Idee, über das Finanzamt den Besitzer des Pferdehofs zu ermitteln – Hut ab! Wie bist du nur darauf gekommen?«

»Ich habe versucht, auf eine einfache Frage eine einfache

Antwort zu finden. Davor habt ihr euch immer gedrückt. Caviglia hatte mir diese Frage ganz am Anfang meiner Ermittlungen gestellt.«

Ich zeigte auf Essam, der mich voller Stolz ansah.

»Wem außer seiner Tochter konnte es gelingen, Terenzi um Mitternacht auf den Peralto zu locken? Wer könnte ihm die Angst nehmen, umgebracht zu werden? Wem würde der misstrauische Terenzi vertrauen?«

»Aber natürlich! Nur jemandem, den sein Tod eine Million Euro kosten würde.«

»Vor zwei Jahren kurz vor Weihnachten hatte sich Terenzi Hilfe suchend an Caviglia gewandt, auf Empfehlung von Matrakis! Er hat ihm von seiner Tochter erzählt und auch davon, dass sie und ihr Verlobter ihn bedroht hatten. Dann hat Caviglia Radu kontaktiert, um mit ihm die Erpressung durchzuziehen. Gegen Radu hatte Terenzi von Anfang an Vorbehalte, Caviglia hingegen vertraute er blind. Der Fehler seines Lebens.«

Das war gelogen. Er hatte einen weit schlimmeren Fehler begangen. Früher. Aber ich hatte keine Lust, darüber zu reden. Wenn überhaupt, dann sollte es Anna tun.

»Terenzi war bestimmt perplex, als ihm Caviglia zwei Jahre später Annas Postkarte gab. Aber durch die Lebensversicherung fühlte er sich sicher.«

»Das Leben hat ihm einen makabren Streich gespielt. Derjenige, der ihn schützen sollte, hat ihn verraten«, schlussfolgerte der Commissario.

»Und die Frau, die ihn liebte und ihn warnen wollte, wurde sein Todesengel.«

Die Klingel ließ mich zusammenzucken. Ich eilte zur Gegensprechanlage.

Tatsächlich, sie war es.

Mara.

Während sie die Treppe hochstieg, fragte ich mich, warum sie zurückgekommen war. Ob ich für sie doch mehr als eine Episode war? Mehr als eine prickelnde Erinnerung an stürmische Zeiten?

Mara schwebte ins Zimmer und mit ihr der Duft nach Zitrone und Lavendel. Ihr Anblick versetzte mir einen Stich. Sie war am Meer gewesen. Ihre Haut war leicht gebräunt. Kurzes rosa Kleid, keine Strümpfe, elegante hochhackige Sandalen. Pertusiello war hingerissen. Als sie den Champagner entdeckte, fragte sie: »Wie ich sehe, gibt es etwas zu feiern. Dann habt ihr meinen Geburtstag also nicht vergessen?«

Sie nahm ein Glas und hielt es Pertusiello hin, damit er ihr einschenken konnte.

»Glückwunsch, Dottoressa!«

Wir stießen auf ein Missverständnis an, das sich so schnell, wie es entstanden war, in Wohlgefallen auflöste. Essam schloss sich dem Commissario an: »Glückwunsch, Mara.« Er küsste sie zaghaft.

Sie erwiderte den Kuss. Von ihrer Selbstsicherheit Männern gegenüber war in diesem Moment nichts zu spüren. Zwei Teenager beim ersten Kuss. Sie löste sich. »Deine Mutter hat mir am Telefon von euren Eskapaden erzählt. Du und dein Freund, der Detektiv. Wolltet ihr die arme Frau vor Angst sterben lassen?«

Dann schaute sie mich an. Ich erwiderte ihren Blick, verlegen, aber voller Sehnsucht.

»Es gibt da vielleicht jemanden, der mich heute Abend zum Essen einlädt. Um zu feiern.«

»Zum Abendessen? Wo?« Ich kam mir etwas lächerlich vor und versuchte, dieses Gefühl abzuschütteln.

»Seit Tagen träume ich von Gamberoni rossi – mit dir.«

»Und die Erde ist eine Scheibe«, gab ich missmutig zurück.

Aber für Mara war heute ein neuer Tag, genau wie für Pertusiello.

»Hast du mich nicht noch bis gestern für einen Idioten gehalten?«

»Du bist auch ein Idiot. Aber ich habe heute Geburtstag, und ich hatte noch keine Zeit, einen geeigneten Ersatz für dich zu finden.«

»Waren drei Jahre nicht Zeit genug?«

»Ich hatte ziemlich viel um die Ohren. Und außerdem finde ich, dass mir Schadenersatz zusteht. Immerhin habe ich dich sieben Jahre lang ertragen müssen. Ich verlange nichts Besonderes, nur einen Teller Gamberoni rossi.«

»Aber frische sollen es schon sein.«

»Na klar, von Fisch aus der Gefriertruhe habe ich die Nase voll.«

»Warum suchst du dir nicht einen knackigen Koch um die dreißig?«

»Das ist mir zu stressig. Bei dir weiß ich, woran ich bin. Ich werde morgen darüber nachdenken. Das Wichtigste ist, dass ich nicht allein essen muss.«

Ich griff nach dem Telefonbuch, es sollte ja etwas Besonderes sein. Ich dachte an ein Restaurant in Nervi.

Don Giovanni sang.

»Das Essen ist bereitet. Spielt, meine lieben Freunde! Da ich mein Geld so leicht verschwende, will ich unterhalten sein!«

Aber ich hatte noch einen anderen Wunsch. Ich wollte Essam dabeihaben. Bloß: Wie sollte ich das Mara erklären? Es war ihr Geburtstag, ihr Fest. Auch war ich längst noch nicht im Reinen mit ihr. Eigentlich müssten wir uns endlich unter vier Augen aussprechen. Eine Diskussion, die hoffentlich im Bett enden würde. Sie müsste das rosafarbene Kleid nicht ausziehen. Mara ging mit Pertusiello und Essam auf den Balkon. Die Glocken von San Lorenzo und der Chiesa del Gesù hallten über die Carruggi. Das erinnerte mich daran, dass es sieben Uhr war und die Geschäfte bald schließen würden.

»Ich habe einen Tisch in Nervi bestellt. Deinem Traum steht nichts mehr im Wege. Ich müsste vorher aber noch ein Geschenk kaufen.«

»Ein Geschenk? Das muss wirklich nicht sein. Du kannst auch später ...«

Ich nahm sie beiseite. »Nicht für dich, für Essam. Ich möchte Essam ein Buch schenken.«

»Ein Buch? Was für ein Buch? Und warum?«

Zu viele Fragen auf einmal. Typisch für sie. Sie war so was von neugierig.

»Undercover in Madrid von Vázquez Montalbán. Er möchte gerne Detektiv werden. Und er hat Talent dazu. Ohne ihn würden wir heute noch im Dunkeln tappen.«

»Habt ihr den Werwolffall gelöst?«

Wir gingen zu den anderen auf den Balkon zurück, und ich erklärte Mara in groben Zügen, was passiert war.

»Ja, Dottoressa«, sagte Pertusiello, »Ihr Verlobter hat sich dieses Mal selbst übertroffen. Unterstützt von Essam, der entscheidend zur Lösung des Falles beigetragen hat.«

»Verlobter? Ich bitte Sie, Commissario. Unsere Beziehung ist längst vorbei.«

»Sagen Sie niemals nie, Dottoressa. Ich glaube, Bacci liebt Sie immer noch.«

»Totò, bist du jetzt unter die Hellseher gegangen?«
Unsere Beziehung ist längst vorbei.
Aber was wollte sie dann hier?
Fragen konnte ich sie nicht. Ich hörte schon ihre spöttische Antwort: Was Gefühle angeht, bist du ein Analphabet, Bacci.
Ich blickte aufs Meer. Hinter dem Hafendamm der Horizont eine ferne Grenzlinie zwischen Himmel und Meer, wie mit dem Lineal gezogen. Das Indigoblau des Meeres war gesprenkelt mit leuchtend roten Lichtreflexen. Als hätte man mit einem Messer hineingestochen. Was für ein Kontrast zum Zartrosa des von der Maccaia verschleierten Sonnenuntergangs. Vor zwei Tagen. Im Fenster der Wohnung von Julia Rodriguez in der Via San Luca. Es schien eine Ewigkeit her. Ich dachte an diese faszinierende Frau in ihrer einsamen Wohnung. An ihren Mann, den Kredithai. Und an sein jämmerliches Ende. Jetzt, wo ich seine Geschichte kannte, war mir restlos klar, warum er seine Frau so verehrte. Doch die Wunden, die man jemandem zufügt, kann man nicht dadurch heilen, dass man jemand anderem Gutes tut. Jeder Mensch ist einzigartig. Jeder hat seine eigenen Wunden, seine eigenen Hoffnungen, sein eigenes Schicksal. Und es nützt auch nichts, sich dessen bewusst zu sein – ändern kann man es sowieso nicht. Gut geht es einem im Leben nur, wenn man den unangenehmen Dingen aus dem Weg geht, das Leben akzeptiert, wie es ist, davon überzeugt ist, dass es immer einen Weg gibt. Terenzi hatte den Bogen überspannt. Das Schicksal hatte zugeschlagen.
Meine Gedanken trugen mich weg, angeregt vom Champagner, von Mozarts herrlicher Musik und von der Sehnsucht nach Sommer. Mara, Essam und Pertusiello standen immer

noch auf dem Balkon, ins Gespräch vertieft. Mara sah mich an. Etwas unruhig. Ich blickte fragend zurück. Sie kam ins Zimmer und hängte sich bei mir ein.

»Hör mal, Bacci. Ich möchte dir einen Vorschlag machen. Aber wenn du nicht willst, auch nicht schlimm.«

Alle Alarmglocken läuteten. Was hatte sie noch in petto?

»Ist es dir recht, wenn wir Essam mitnehmen?« Ihre Katzenaugen sahen mich bittend an. Eine große Zärtlichkeit überkam mich.

»Essam? Mit zum Essen?«

»Glaubst du nicht, dass es ihm gefallen würde?«

»Er würde wieder die Schule verpassen. Wie soll er das seiner Mutter beibringen?«

»Wäre das so schlimm?«

Nein, schlimm wäre das nicht. Essam war ein Musterschüler.

»Bacci, diese Skrupel verblüffen mich. Gerade bei dir. Du hast ihn doch in diese Situation hineinmanövriert …«

Es war höchste Zeit, diese Komödie zu beenden.

»In Ordnung. Sag du es ihm.«

Wir gingen auf den Balkon zurück.

»Essam, magst du Gamberoni rossi?«

Er nickte und zog neugierig die Stirn kraus.

»Dann ruf deine Mutter an und sag ihr, dass du heute Abend nicht in die Schule gehst. Du gehst mit uns essen. Das hast du dir wirklich verdient.«

Das ließ er sich nicht zweimal sagen. Totò Pertusiello nickte. In seiner Zustimmung lag die ganze Autorität eines Leiters der Mordkommission.

Don Giovanni bittet Donna Elvira an seinen Tisch, die ihn gerade anfleht, sein Leben zu ändern und zu bereuen.

»Lass mich essen, lass mich essen. Und wenn du willst, so speise mit mir. Es leben die Frauen! Es lebe der Wein! Die Stütze und Glorie der Menschlichkeit!«

Als wir aus dem Haus gingen, ließen wir die Balkontür offen. Die Dächer der Stadt leuchteten glutrot. Genua glich einem Flammenmeer.

Bruno Morchio

Bruno Morchio, geboren 1954, lebt und arbeitet in seiner Heimatstadt Genua als Autor, Psychologe und Psychotherapeut. Er hat Psychologie und italienische Literatur studiert und schreibt Artikel in Literaturzeitschriften sowie für psychologische und psychoanalytische Fachorgane. Bruno Morchio ist Verfasser von bisher fünf Romanen mit dem Genueser Privatdetektiv Bacci Pagano, die in Italien äußerst erfolgreich sind. Nachdem die drei ersten Bände noch beim kleinen Genueser Verlag Fratelli Frilli Editori erschienen waren und in Genua ständig hatten nachgedruckt werden müssen, hat Morchio mit dem vierten Band den Sprung zum großen renommierten Verlag Garzanti geschafft. Gefragt nach seinen literarischen Vorbildern, nennt Morchio gerne drei Autoren: Vázquez Montalbán, Izzo und Chandler.

Bibliografie

Bacci Pagano – Una storia da carruggi (2004; dt. *Kalter Wind in Genua*, 2007); *Maccaia. Una settimana con Bacci Pagano* (2004; dt. *Wölfe in Genua*); *La crèuza degli olivi. Le donne di Bacci Pagano* (2005); *Con la morte non si tratta. Bacci Pagano in Sardegna* (2006); *Le cose che non ti ho detto* (2007).

Die Übersetzerin

Ingrid Ickler, geboren 1968, zog es nach dem Abitur nach Paris und Rom, dann folgte das Studium der Übersetzungswissenschaften in Heidelberg, heute übersetzt sie aus dem Englischen, Französischen und Italienischen. Sie lebt und arbeitet in der Nähe von Frankfurt.

Mein Genua *noir*

Von Bruno Morchio

In meinen Romanen gibt es drei zentrale Elemente, die eng miteinander verknüpft sind: die Landschaft, die Figuren und das historische Gedächtnis. Die Ermittlungen von Bacci Pagano sind keine lupenreinen Krimis. Zwar fügen sie sich in die Tradition des Genres ein, aber sie orientieren sich an den großen Autoren des »Mittelmeerkrimis«, vor allem an Vázquez Montalbán und Jean-Claude Izzo.

Der übliche Schauplatz für Krimis, seien sie nun europäisch oder amerikanisch, ist die Großstadt. Denn die Stadt repräsentiert den Ort, an dem die kleinen, schmutzigen Ereignisse, in denen der Tod lauert, auf die großen Fragen unserer Zeit treffen: Dort gibt es soziale Ausgrenzung, Immigration, die Kluft zwischen Arm und Reich und die uneingeschränkte Vormacht der Wirtschaft. Die großen Hafenstädte am Mittelmeer haben aufgrund ihrer Orientierung nach Übersee in dieser Hinsicht besonders viel zu erzählen.

Genua ist eigentlich eine kleine Stadt, aber sie hat eine große historische Vergangenheit, die noch immer in den Gassen und Palazzi der Altstadt spürbar ist. Außerdem hat sie auch eine große jüngere Vergangenheit mit den aufgelassenen Industriearealen im Westen der Stadt und im Val Polcevera. Genuas einstige Pracht und Größe, die Vormachtstellung in Handel und Industrie, sind inzwischen verdrängt vom Gewerbe mit sicherer Rendite, von auf geheimen Konten deponierten Reichtümern und vom Immobilienhandel.

In Genua auf Spurensuche zu gehen, heißt, diesen komplexen Wandel zu beleuchten, der für unsere Identität von solch großer Bedeutung ist, bedeutender, als die Wirtschaft und die großen politischen Entwürfe.

Die Altstadt von Genua mit ihren Kontrasten von Licht und Schatten, Flaute und Wind, Pracht und Zerfall unterscheidet sich nicht grundlegend von den historischen Zentren in Neapel, Cagliari und Palermo oder in all den anderen mediterranen Großstädten in Frankreich, Spanien oder Griechenland. Die Altstadt ist eine ewige Baustelle, in der sich die Wege von Menschen aller Ethnien kreuzen, ein Ort der Konflikte und der unerfüllten Hoffnungen, ein Ort, an dem man nach mehr Platz und Licht hungert. Die Gerüche und die Atmosphäre in den Carruggi illustrieren auf beispielhafte Weise eine Mentalität und eine bestimmte Kultur: In Genua muss man die Pracht mit dem Blick nach oben suchen, in unvermuteten Ausgängen, in den engen Fluchten der Gassen. Hinter den alten und notdürftig instand gehaltenen Portalen der baufälligen Palazzi verbergen sich atemberaubende Marmortreppen, und entlang dieser Treppen finden sich illegalen Einwanderern überlassene Löcher, aber auch traumhafte Wohnungen mit Sicht auf die Dachterrassen, die das Zentrum von Genua prägen. Diese Schönheit und dieser Reichtum im Verborgenen, dieses Spiel zwischen Gegensätzen ist typisch für ein Stadtpanorama, das ein komplexes gesellschaftliches und menschliches Panorama widerspiegelt. In der Altstadt von Genua leben Arm und Reich, alteingesessene Genueser und neu angekommene Einwanderer, Intellektuelle und Prostituierte Tür an Tür. Man muss der Politik das Verdienst zusprechen, dass sie, anders als in vielen italienischen und europäischen Städten, die Randständigen nicht an die Peripherie verbannt hat.

Was die Zukunft bringen wird, ist ungewiss. Falls ihnen nicht die Politik zu Hilfe kommt, werden die Armen möglicherweise von gierigen Immobilienhaien vertrieben. Wenn dies geschieht, werden sich Körper und Seele der Altstadt grundlegend verändern – und sie wird weniger interessant sein, auch für die Literatur.

Ein weiteres typisches Merkmal dieses Ortes: In den letzten zwanzig Jahren gab es Ereignisse (von den Kolumbus-Feiern bis hin zur europäischen Kulturhauptstadt), die Genua dazu benutzt hat, große Teile des Stadtgebiets radikal zu verändern, ohne sie jedoch zu entstellen. All dies hat die Altstadt und die Gassen wieder mit jungem Leben und mit wirtschaftlichen Aktivitäten erfüllt. In den letzten Jahren sind in den Carruggi eine Menge Lokale eröffnet worden, in denen ein bislang unbekanntes Nachtleben entstanden ist. Auch die Entscheidung, bestimmte Abschnitte zu Fußgängerzonen zu erklären, hat sich als glücklich erwiesen und positive Auswirkungen auf den Tourismus und die Wirtschaft gezeigt.

Aber nicht alles ist so idyllisch. Vor allem weil ich den Eindruck habe, dass Genua, wie andere Städte im Mittelmeerraum, auf der Suche nach seinem Platz in einer postindustriellen Zukunft ist. Es ist ungewiss, ob der Tourismus die darniederliegende Industrie ersetzen kann. Der Hafen bietet nicht genügend Arbeit, um einer Stadt, die allmählich alt und unterstützungsbedürftig wird, den Wohlstand zu garantieren.

Genua ist für mich demnach zunächst ein Ort der Erinnerung und der Identität. Er birgt in sich die Wunden und den Stolz der Seele, weil er eifersüchtig die Spuren seiner Geschichte bewahrt. Diese Geschichte zu durchqueren, hat nicht nur meiner Biografie ihren Sinn gegeben, sondern auch der meiner Romanfigur. Bacci Pagano ist ein Detektiv mit 68er-Vergangenheit, pessimistisch, humorvoll, nostalgisch und zweifelnd. Moralisches Urteilen gehört nicht zu den Privilegien seines schmutzigen Metiers. Er muss einfach genügend verdienen, um anständig zu überleben. Auch im Krimi reicht es nicht, die eigene Haut zu retten, wenn man dabei die Seele verliert. Und tatsächlich ist es für Bacci wichtiger, seine Seele zu bewahren, als den Schuldigen eines Verbrechens zu finden. Dies treibt ihn an, in der Geschichte und im Leben von Opfern und Tätern immer tiefer zu graben, auf der Suche nach einem Sinn, der für gewöhnlich kein anderes Ziel hat als das Fortleben der Seele im Lauf der Geschichte zu beweisen.

Bruno Morchio im Unionsverlag

KALTER WIND IN GENUA
Bacci Pagano, Privatdetektiv und »Analphabet in Gefühlsdingen«, liebt Mozart, gutes Essen und die Literatur. Sein Revier sind die Carruggi, die engen Altstadtgassen Genuas, die er auf seiner amarantroten Vespa 200 PX durchkreuzt.
Bei Ermittlungen für eine vornehme Familie aus dem Genueser Industrieadel stößt er auf pikante Liebesaffären und dubiose Millionengeschäfte. Doch plötzlich bekommt er einen noch viel heikleren Fall: Aus dem Studio eines linken Radiosenders wurde ein Gewehr gestohlen. Irgendjemand plant damit ein Attentat auf den Ministerpräsidenten, der Genua in diesen Tagen einen Besuch abstatten wird.

»Eine hinreißende, stimmige, in Timing, Tempo, Witz, Dialogführung, Lokalkolorit, Charakterzeichnung und Plotkonstruktion höchst überzeugende, ja grandiose Schilderung Genuas, seiner Bewohner und das Sittenbild eines zeitgenössischen Staates namens Italien.«
Alexander Kluy, Die Berliner Literaturkritik

»Bruno Morchio versteht es, seine Leser durch die akribische und kenntnisreiche Schilderung von Menschen und Schauplätzen zu fesseln.«
Margarete von Schwarzkopf, NDR

»Ein rasanter Krimi. Mit Bacci Pagano gesellt sich ein weiterer Ermittler auf die literarische Plattform der großen zeitgenössischen Detektivfiguren, wie es etwa der Spanier Pepe Carvalho, der Chilene Heredia, der Kubaner Mario Conde oder der Franzose Fabio Montale sind. Mit Pagano spricht eine autochthone Stimme aus dem Inneren einer Gesellschaft und gibt Morchios Leidenschaft für ›La Superba‹ an seine Leser weiter.«
Ute Evers, Neues Deutschland

Aus dem Italienischen von Ingrid Ickler
ISBN 978-3-293-00374-3

Lesen Sie weiter mit dem Unionsverlag …

Leonardo Padura *Der Nebel von gestern*
Mario Conde schlägt sich mehr schlecht als recht als Antiquar durchs Leben. All seine Geldsorgen scheinen gelöst, als er auf eine außerordentlich wertvolle, alte Bibliothek stößt. Zwischen den bibliophilen Kostbarkeiten entdeckt er auch das Porträt der verstorbenen Bolero-Sängerin Violeta del Río aus den Fünfzigern. Es ist um ihn geschehen. Auf der Suche nach ihr dringt er vor in das wilde Havanna von gestern, aber auch in das zerfallende, melancholische Havanna der Gegenwart.

Raúl Argemí *Chamäleon Cacho*
Ein Krankenhaus in der argentinischen Provinz. Manuel Carraspique, Journalist aus Buenos Aires, wacht aus dem Koma auf. Er weiß nur noch seinen Namen und Beruf. Im Nebenbett liegt ein entstellter indianischer Exorzist. Manuel wittert die Story seines Lebens und bringt seinen Bettnachbarn zum Reden. In halluzinierenden Gesprächen erzählt dieser von Cacho, der nach Bedarf die Rollen wechselt. Ein atemberaubendes Verwirrspiel nimmt seinen Lauf.

Yaşar Kemal *Die Hähne des Morgenrots*
Die vom Krieg zusammengewürfelte Gemeinschaft auf der Ameiseninsel wächst und wächst. Und auch das Heimweh wächst: Der berühmte Pferdezüchter Aga Efendi will um jeden Preis zurück auf sein geliebtes Kreta. Er reist nach Istanbul und Ankara, bestürmt Botschafter und Minister und bäumt sich auf gegen eine gedankenlose Weltpolitik, die nach dem Ersten Weltkrieg Millionen von Menschen umgesiedelt und in die Katastrophe geführt hat.

Hannelore Cayre *Das Meisterstück*
Christoph Leibowitz, das liebenswerte Scheusal, ist frisch aus dem Gefängnis entlassen und versucht, als Advokat der kleinen Gangster wieder Fuß zu fassen. Als einer seiner Stammkunden in die Mühlen der Pariser Justiz gerät, findet er sich unversehens mitten in einer Raubkunst-Affäre, die bis in die besten Kreise und die dunkle Vergangenheit Frankreichs reicht.

Tschingis Aitmatow *Das erzählerische Werk*
Aitmatows Werk umfasst eine große Zahl an Romanen, Erzählungen und Novellen, die in über neunzig Sprachen übersetzt und mit zahlreichen Preisen ausgezeichnet wurden. Die Ausgabe seines erzählerischen Werks versammelt in sechs Bänden die Romane, Novellen und Erzählungen, dazu autobiografische Texte, Theaterstücke und Romanfragmente.

Mehr über alle Bücher und Autoren auf www.unionsverlag.com

metro – Spannungsliteratur im Unionsverlag

»Die metro-Bände gehören auf jeden Fall zum Besten, was derzeit an sogenannter Spannungsliteratur zu haben ist.« *Michaela Grom, Südwestrundfunk*

Raúl Argemí
Ein Mann allein

Bernardo Atxaga
Ein Mann allein

Lena Blaudez
Spiegelreflex; Farbfilter

Patrick Boman
Peabody geht fischen; Peabody geht in die Knie

Hannelore Cayre
Der Lumpenadvokat; Das Meisterstück

Driss Chraïbi
Inspektor Ali im Trinity College

Liza Cody
Gimme more

José Luis Correa
Drei Wochen im November; Tod im April

Pablo De Santis
Die Übersetzung; Die Fakultät; Voltaires Kalligraph; Die sechste Laterne

Garry Disher
Drachenmann; Hinter den Inseln; Flugrausch; Schnappschuss

Rubem Fonseca
Bufo & Spallanzani; Grenzenlose Gefühle, unvollendete Gedanken; Mord im August

Jorge Franco
Die Scherenfrau; Paraíso Travel

Jef Geeraerts
Der Generalstaatsanwalt; Coltmorde

Friedrich Glauser
Die Wachtmeister-Studer-Romane: Schlumpf Erwin Mord; Matto regiert; Der Chinese; Die Fieberkurve; Die Speiche; Der Tee der drei alten Damen

Joe Gores
Hammett

Jean-Claude Izzo
Die Marseille-Trilogie: Total Cheops; Chourmo; Solea

Stan Jones
Weißer Himmel, schwarzes Eis; Gefrorene Sonne; Schamanenpass

H. R. F. Keating
Inspector Ghote zerbricht ein Ei; Inspector Ghote geht nach Bollywood; Inspector Ghote hört auf sein Herz; Inspector Ghote reist 1. Klasse

Yasmina Khadra
Morituri; Doppelweiß; Herbst der Chimären

Thomas King
DreadfulWater kreuzt auf

Bill Moody
Solo Hand; Moulin Rouge, Las Vegas; Auf der Suche nach Chet Baker; Bird lives!

Christopher G. Moore
Haus der Geister; Nana Plaza; Stunde null in Phnom Penh

Bruno Morchio
Kalter Wind in Genua; Wölfe in Genua

Peter O'Donnell
Modesty Blaise – Die Klaue des Drachen; Die Goldfalle; Operation Säbelzahn; Der Xanadu-Talisman; Ein Hauch von Tod

Celil Oker
Schnee am Bosporus; Foul am Bosporus; Letzter Akt am Bosporus; Dunkle Geschäfte am Bosporus

Leonardo Padura
Adiós Hemingway; Das Havanna-Quartett: Ein perfektes Leben; Handel der Gefühle; Labyrinth der Masken; Das Meer der Illusionen

Pepetela
Jaime Bunda, Geheimagent

Claudia Piñeiro
Ganz die Deine

Roger L. Simon
Die Baumkrieger

Susan Slater
Die Geister von Tewa Pueblo

Clemens Stadlbauer
Quotenkiller

Paco Taibo II
Vier Hände

Masako Togawa
Schwestern der Nacht; Trübe Wasser in Tokio; Der Hauptschlüssel

Tran-Nhut
Das schwarze Pulver von Meister Hou

Gabriel Trujillo Muñoz
Tijuana Blues; Erinnerung an die Toten

Nury Vittachi
Der Fengshui-Detektiv; Der Fengshui-Detektiv und der Geistheiler; Der Fengshui-Detektiv und der Computertiger; Shanghai Dinner

Manfred Wieninger
Der Engel der letzten Stunde; Kalte Monde

Mehr über Bücher und Autoren des Unionsverlags auf www.unionsverlag.com